2022年版

現代万葉集

日本歌人クラブアンソロジー

特設項目

続・新型コロナウイルス関連

日本歌人クラブ編

短歌研究社

はじめに

令和四年、今年もまた日本歌人クラブのアンソロジー『現代万葉集』をお届けできることを嬉しく思います。作品をお寄せいただきました皆様に、心から御礼を申し上げます。

すでに三年目になっても、新型コロナウイルス感染症の流行は、収束していません。しかし、そういう困難な日々の中で、私たちは様々な生活実感を短歌という日本の伝統的な詩形式によって、表現し続けました。これは誇ってよいことだと思います。日本以外の国では庶民のこのような生活の機微の記録はないはずです。短歌という詩歌があってこその効用です。「新型コロナウイルス関連年表」も巻末に収録しましたので、この三年間の記憶を新たにしてください。

今年はさらに二月にロシアによるウクライナ侵攻が勃発して、世界にショックを与えました。戦争、侵略という非道な行為に対しても、私たちは当然のことながら思いを詠わずにはいられません。

ウクライナ市民のありさま見るほどに戦時の記憶甦り来る　東京　中村長哉

侵攻とバラエティとが混在のプライムタイムが始まっており　鳥取　井上政彦

避難するウクライナの子らに父はゐず父らは残りて闘ふといふ　広島　東木の實

人間性を失ふのが怖いとつぶやける若きウクライナ兵士の苦悩　奈良　英保志郎

短歌の力、表現せずにはいられないという強い意志を感じさせてくれる作品の数々です。短歌は喜怒哀楽のグラデーションを表現する詩形です。どのような状況の中でも短歌は生まれます。今、私たちが生きているこの時代に息づく短歌を、ぜひ、読み味わっていただきたいと思います。

令和四年十月

日本歌人クラブ会長　藤原龍一郎

目次

装幀／写真 岡 孝治＋森 繭
DTP 津村朋子

凡　例

＊本書は、①春②夏③秋④冬⑤自然⑥動物⑦植物⑧生活⑨仕事⑩愛・恋・心⑪生老病死⑫家族⑬教育・スポーツ⑭旅⑮戦争⑯社会・時事⑰都市・風土⑱災害・環境・科学⑲芸術・文化・宗教⑳続・新型コロナウイルス関連、の順で構成した。

＊項目は、原則として作者の指定に従った。

＊作品の配列は各項目別で、作者名は読みの五十音順にし、氏名には読み仮名と都道府県名を付した。

＊作品の言葉遣い・漢字・仮名遣いその他は、作者の表記法を尊重し、歴史的仮名遣い・現代仮名遣いの両方を許容した。

＊名簿欄には氏名、都道府県名、結社名・所属、作品の掲載頁を記した。

1

春

暗澹の月日のしだれざくらかな二の丸入り口あたりに揺れて

埼玉　青輝《あおき》　翼《つばさ》

吹く風のまだ冷たくて花の白冴えかへりたり土のおもてに

歳月のなかを散り来るさくらかも　過ぎ来し景は遥かかなたに

*

立春の朝日浴びつつ通勤車天竜川の堤防を行く

静岡　安達《あだち》　芳子《よしこ》

立春に向きて日脚の伸びて来し庭に小草の蕾持ち初む

烏瓜の枯蔓払ひ桜木に莟揃ひて膨らむを待つ

*

カレンダーめくれば三月黄の色のはみ出しそうな菜の花畑

島根　安部《あべ》　歌子《うたこ》

菜の花には菜の花色に桜には桜の色に降る春の雨

桜咲く道はこの世の迷い道逝きし人らも歩みくるなり

春灯にうるむ芽吹きを抱き来て胸いち枚の季節やさしむ

鹿児島　有村《ありむら》ミカ子《こ》

山藤の垂り花ついに見つくして風の黙示をしまう夕ぐれ

漂鳥も還る世にしてわがうちに小さく光る沼がさわだつ

*

こぞりいし氷柱ことごとく落ちいたり今朝は春めく日差し届きて

山形　安藤《あんどう》　チヨ

黒ずめる雪の残れる段畑キバナノアマナはじけつつ咲く

咲き満つる桜の下に息吸いぬ朝は十粒の薬に生きて

*

上ばかり人が見てゐるさみしさは咲き満ちてさくら雪となるから

埼玉　井上《いのうえ》美津子《みつこ》

十年目の三月告ぐるテレビを消して、今は「われら」がどうにも遠し

花筏は名よりも美《は》しくなきものと知りて詩歌は身に近づきぬ

窓を打つしとどの雨に耳すます桜の姿しばしとどめむ

北海道　氏家《うじいえ》　珠実《たまみ》

今朝からの雨に打たるる桜花潤む滴を風に散らして

川縁を春惜しみつつ道ゆかむ枝垂れし桜吹雪にかはる

*

雪解けの野に辛夷咲くふるさとの記憶をとほく隔つコロナ禍

東京　牛山《うしやま》ゆう子《こ》

大き地震揺れたる夜更けしんかんと停電の街を月光照らす

顔洗ふときの脳裏に迫り視ゆ爆撃にビルの燃える残像

*

ウインドーの中に人居てマネキンに花柄明るき服着せており

神奈川　薄井《うすい》　由子《よしこ》

春色のワンピース着てマネキンのすらりと立てり照明の中

マネキンの手に持たせたる春の帽萌黄《もえぎ》の鍔の反りも柔らか

遊歩道花壇の中の木の下に地に這ふごとくよもぎ出で見ゆ

東京　内田《うちだ》　くら

地下鉄を降りて地上に出で立てば空にまぶしく辛夷咲く見ゆ

校庭の隅に筍ひつそりと土盛り上げて今出でんとす

*

右肩をすこし怒らせわたくしの影がわたしの前を歩める

神奈川　大井田《おおいだ》啓子《けいこ》

学校の土手のスイセン子供らの声するたびに背伸びを始む

ひと群れの鵯《ひよ》に紅き実食はれゐるクロガネモチは至福なるべし

*

当り前の朝のニュースにウクライナ被弾映像よ春愁の深し

北海道　大口《おおくち》ひろ美《み》

雲ひとつ無き朝なれど物憂しや片目で白き機影を見やる

春風に車道ころがるプラボトル行く末追へばミラーを外《はづ》る

一歩一歩城址の石段上り来て見下《おろ》す桜は雲海のごと　　岡山　大谷《おおたに》恵美子《えみこ》

山の端に沈む夕陽を見てをりぬ城址の桜の花の蔭より

散り急ぐ城址の桜を惜しむがに桜祭りの幟はためく

*

陽のぬくさ纏ひつつ散るさくらばな手に集むればふんはりふはり　　京都　大野《おおの》友子《ともこ》

暮れなづむ春の夕べを空と海融けあふやうに朧となりぬ

ちろちろと水音やさし裏山の杉の木立の間を流れ来て

*

信州の消印を押す絵手紙の大き浅間に雪は消えおり　　東京　小澤《おざわ》京子《きょうこ》

からまつの細き落葉にくるまれて小さき菫の首もたげおり

熊笹の柔き若芽を踏みしだき沢へと続く道辿りたり

北風の磯辺に向かひ急ぐ人わかめを採りにと笑みて行きたり　　神奈川　落合《おちあい》妙子《たえこ》

磯伝ひ椿の花を数へつつ如月の朝の散歩　修行僧なる

ひらひらと浅瀬にゆれる柔らかきわかめの影が春を知らせり

*

この奥に湖あるごとしいちめんのエゾエンゴサク水の匂いす　　北海道　織本《おりもと》英子《えいこ》

空言も包めそうなり眠たげな水芭蕉の葉の大き広ごり

緑濃き葉の中ひとつ遅れ咲く辛夷に雨は光りつつ降る

*

遠くまた近く聞こゆる知床の岬をあらう春の波音　　愛知　笠井《かさい》忠政《ただまさ》

東山動物園《どうぶつえん》にカバの歯磨《はみが》き見物の息子ら揃って口《くち》を開けたり

ふかふかの土の布団《ふとん》にスイセンの球根埋める風さむき朝

昨日の雪の名残の海風と湘南ゴールド酸っぱく苦い
埼玉　笠巻《かさまき》　睦《むつみ》

春はサヨリで君の帰りを待つような妻になろうか八分の覚悟

海亀が来るのかしらね来んやろなぁ国府津海岸風の冷たき

＊

貰いたるワラビ嬉しく灰汁抜きの重曹買いに薬局に寄る
茨城　片岡《かたおか》　明《あきら》

温暖化防止に一役買いたくて庭の雑草伸びるに任す

別の名をいくつも持てるウグイスの見えずもモチの木叢で鳴けり

＊

満開の桜の下で手をふりて我を待ちくれし若き日の夫
福井　加納《かのう》　暢子《のぶこ》

「春よ来い早く来い」とて園児らと共に歌ひし我が青春の日

散歩道に二本の土筆見つけたる心弾みに鼻唄の出づ

水清き三島の川はきらきらと瞼に浮かぶ帰途の車内に
東京　川岸《かわぎし》　花澄《かすみ》

肌寒き四月の空を仰ぎつつ気持ち切り替えウォーキングへ

桜木は青葉に変わり移りゆく春から夏へしばし寂しき

＊

芽吹きたる楓の羽葉《うよう》やわらかに産湯のような雨を受けおり
千葉　久々湊《くくみなと》　盈子《えいこ》

門先のバラの新芽に緑金のひかりまつわる雨過ぎしのち

正装をととのえポプラが整列す吹奏楽のひびく校庭

＊

コロナ禍に友等と会へぬ　遺影の母と語り合ひつつ二人の茶会
青森　工藤《くどう》　瞭子《りょうこ》

淡紅の牡丹咲きたり艶やかに我も装ひ出掛けてゆかん

道明寺餅の香りにさそはれて薄茶点てをりひとり春の日

ケーキ屋の主《あるじ》も八百屋の大将も代替りして春寒き
かな
花吹雪のなかに佇み眺めをり限りある身のいのち
を思ふ
京都　黒田《くろだ》　雅世《まさよ》
アーアーと啼ける鴉とハッハッハッと嗤へる鴉が
楠《くすのき》にをり

＊

年賀状出すを急ぎて一年の積もる思ひの多くは残
る
大阪　髙田谷《こうだや》智恵《ちえ》
目も老いて書けぬ日来らむあせり書く七面鳥か顔
ひきつらせ
加太の海で釣れたる鯛に聖武帝の即位を偲ぶわた
しの新年

＊

七種をとなへながらに洗ひつつ思はず笑ふ菘《すずな》　蘿《すず》
蔔《しろ》
島根　古志《こし》　節子《せつこ》
牡丹の花の咲きたる量感を両手にかこむわが誕生
日
恵方巻浪花寿司をかぶりつつ生き存へて亡夫にか
たる

節分の御火焚きの木のはぜる音八百《やほ》の林精《すだま》が夜空
に昇る
岡山　小見山《こみやま》　泉《いずみ》
御靈神社節分祭は端折られて柊飾りをさづかり去
ぬる
ウイズコロナをいふ人間を笑ふがにオミクロン株
がはびこる二月

＊

花散るを訪ねて寺を巡りたればうぐいす鳴きて疲
れ癒せり
神奈川　櫻井《さくらい》　真弓《まゆみ》
梅が香をたどれば鼻祖に巡り合う御威光受けて合
格を祈る
ナナカマド雪止んで今鳥達の餌となりしか赤い実
ぞ落つ

＊

春来ぬと睡魔は告げて真昼間のきぬこぬ巡る文法
談義
青森　佐《さ》々《さ》木《き》絵《え》理《り》子《こ》
地底湖のような眼をして立ち止まる桜並木がふい
に途切れて
枝分かれするようにして道は伸び春の奥処につま
先は入る

庭に咲く八重の水仙すがすがし指折りつつ詠みわがものとせむ

福岡　左座《さざ》　路子《みちこ》

蛤のほのあたたかき潮汁そっと口ふふむ今日はお雛さま

橋わたる一歩一歩の進まざり北風は波をあらげつつ吹く

＊

春去れば吾が身の内に蠢きて増殖してゆくかたち無きもの

秋田　篠田和香子《しのだわかこ》

さくら色の入浴剤をぬるき湯に溶かせば滲みゆく今日の鬱

夕暮れて立ち止まりたる橋の上　この世の桜が白く吹雪くよ

＊

大きなる力の動き春の夜半夢覚まさるる東北の揺れ

埼玉　鈴木《すずき》　宏治《こうじ》

コサックがウクライナとはわれ知らずコーカサス地方と記憶の底に

春が来て夏が来るらし囂囂と我を苛む夏の近づく

梅園をゆきつくところに越辺川の水のまぶしき春の音して

埼玉　鈴木《すずき》みどり

「美《うるは》しき五月」になればコロナ禍もフィッシャー＝ディースカウＣＤに聴く

春の空低きところをＩＳＳの輝きて消ゆ小さきその点

＊

春の雲浮く般若院の枝垂桜　桜番付大関とあり

茨城　関《せき》　千代子《ちよこ》

筑波嶺を背にして二羽の鳶翔べり何事もなき昼深き空

裏窓は風の強くて春の嵐何時くるだらうウクライナの春は

＊

菜の花のパスタにしよう土手摘みの息吹ベーコン、粒胡椒

群馬　関根《せきね》　由紀《ゆき》

ことのはに置きかえられぬもの抱くひとの両肩はらはらさくら

「なよやか」と筆を運べばさやさやと風にしたがうチゴユリ浮かぶ

ヴィヴァルディ「四季」の春が好きなのか皆川達夫が苦言を呈す

北海道　田尾《たお》　信弘《のぶひろ》

皆川は嫌ひと言ふが實態は「忠實な羊飼ひ」だった

番組の終はりマタイ受難曲「血潮滴る主の御頭」だ

*

渓川の雪どけ水に目覚めたるクレソンの緑《あお》洗われて緑

富山　髙野《たかの》　佳子《よしこ》

ひいらりと翠の風に大水青蛾《おおみずあお》ちぎれし天女の衣のごと舞う

フラフープ小さな腰でクイックイックイッ緑の風をかきまぜてクイッ

*

渡り来る眩しき風を浴みながら柿の若葉の色に見入るも

埼玉　高橋《たかはし》　良治《りょうじ》

石楠花の花を倒して去りて行く春の嵐の雨の冷たさ

風の行く道をそのまま描き行く散り行く花の淡き色あい

百年を生きる女人のふんはりと被る帽子のうすきくれなゐ

神奈川　髙畠《たかばたけ》　憲子《のりこ》

源平の池を背にして新入の園児らマスクに整列したり

終戦時どこに居たかを語りあふ声ひびきけり春の銭湯

*

屈託のなき尼寺の女人らを修飾してゐるうぐひすの声

千葉　千葉《ちば》さく子《こ》

列なして一年生の来る道辺むかしむかしの我が子を探す

見下ろしの我に降りくる鳥の声　君もひとりか憂きは春の日

*

はなだ色に明けゆく朝あげひばり名告りを上げて春は来にけり

鹿児島　泊《とまり》　勝哉《かつや》

ひばりはひげを生やしてゐると少女言ふ成程ヒゲか確かに髭だ

三角形のうちに子鴨も交じりゐて川の真中を群泝る

風に身を委ねるばかり風花の着地点見えぬ早春の午後　富山　仲井真理子《なかいまりこ》

あきらめることに慣らされ集ひても小声で話す三度目の春

戦ひの火種くすぶる地球にて聖火は燃える騙し絵のなか

＊

万葉の風を慕ひて胸反らせかたかご咲けり黐の木の下　富山　中川《なかがわ》　暁子《あきこ》

先んじて夫が摘み来しつくづくし机上に青き胞子をこぼす

くくくくとよき声すれど庭に会ふ春の蛙はいまだ土色

＊

春一番吹きて気持の荒ぶ日は少し辛目のきんぴらつくる　群馬　中野美代子《なかのみよこ》

中学の入学式とぞ写メールに子によく似たる少年の居り

せんだんの花びら数多屋根に乗せ車は走る紫散らし

ちり取りに寄せる花びら逃げて行く遊び足りない子供のように　東京　能城《のうじょう》　春美《はるみ》

「雨が上がってみどりの風が吹いてるね」見えない母の眼に映るらし

菜の花とチューリップの黄を添えし午後桃のつぼみのぽんぽん開く

＊

春光の到来を待つ其の内に華開き世界起こるべき　神奈川　濱田《はまだ》　美佳《みか》

春至る一輪の花生《あ》れし瞬　春至る時一輪の花生れにけり

華開き華ある世界起こりゐつひとたび存在を享けしものの永遠《とは》

＊

濃みどりの山椒の芽が枝ごとに拳をほどくやうに出揃ふ　福岡　平田《ひらた》　利栄《としえ》

線路越え友の家まで千歩ほど庭の菜の花届けに行かな

漱石が新婚旅行に立ち寄りし香椎の宮に綾杉かをる

雪椿さやかなりしも細道に花房おちて踏みしだかれぬ
新潟　廣井《ひろい》　公明《ひろあき》

百合の木の若葉しげりて枝枝に去年より残る花殻おほふ

里山の草生を覆ふクローバーの甘き香りがマスクを濾し来

*

妻が干す敷布に湯気のほあとたつ立春の陽のやはらかき朝
佐賀　廣澤《ひろさわ》益次郎《ますじろう》

冬の間に備へも見せぬレモンより唐突に出づまろき花芽の

をちこちにムラサキケマンの花盛る造りよろしき売り家の庭

*

ひと粒の小さきゴミを追ひかける白内障の術後の日日よ
宮崎　廣田《ひろた》　昭子《あきこ》

蜘蛛の糸一本揺れつつ花りんごの枝に結ばれ光りゐるなり

五千歩を目標のわれ黄金色のいちやう並木が肩押しくるる

菜の花を湯掻くは何かの罰に似る不急の外出控え目の日日
徳島　藤江《ふじえ》　嘉子《よしこ》

針塚へ行く道にある山椿掃かれし後か落花一輪

今年見る桜を最後と思わねど背伸びして触る花ある枝に

*

春風に背を押されて歩む地に散る雪柳雪より白し
東京　藤沢《ふじさわ》　康子《やすこ》

ひとり見る桜吹雪が川の面に散りて流るる花の帯とも

ありし日は肩を並べて夜桜を見上げし人も遠き日に逝く

*

山裾にソーラーパネル広がりて野を硬質の風渡りゆく
山口　藤本《ふじもと》喜久恵《きくえ》

ふるさとの記憶を消していくやうにソーラーパネルは休耕田に

春の色失ひし野よりひばり上がりまつさかさまに声落としくる

布を巻く幹ほつそりと若木なる桜に開く一輪淡し
愛知　堀井《ほりい》　弥生《やよい》
影いまだ持たぬ嫩葉か梢高く萌ゆる欅を光に見上ぐ
昨日より今日とふくらむ街路樹の銀杏若葉にひと駅歩む

＊

ずんぐりと太りしウドは酢味噌和え皮はキンピラ丸ごとの春
長崎　本田《ほんだ》　民子《たみこ》
ふんわりと葉に包まるる蕗の薹《とう》天ぷら蕗味噌この苦みこそ
造船所の高いクレーンがそれぞれの角度に折れて土日くつろぐ

＊

天鵞絨《びろーど》の三角頭巾を被せられわれわれの笑まふや花の写し絵
栃木　増田《ますだ》　律子《りつこ》
小踊りせし女童われに舞ふさくら想ひ出に咲く花のかぐはし
満開の堤の櫻焉んぞふるき写真に今しときめく

呑川に枝垂れ咲きゐし桜木の若葉となるを車窓にながむ
東京　松岡《まつおか》　静子《しずこ》
庭隅にうすむらさきに咲きそろふ都忘れを今日の仏花に
丹田に力を入れて「東風吹かば」怠けてゐたら声がかすれる

＊

キュルキュルと軋むその音たのしみて雪を踏みゆく駅までの道
岩手　松田《まつだ》　久恵《ひさえ》
纏ひたる雪に紅さす猫柳の趣よろし明日は雨水
裸木に巻かれて点る電飾の色そらぞらし日脚のぶれば

＊

はや抱くあはき紫朝顔の芽は一雨に土を盛り上ぐ
山梨　丸田《まるた》　和子《かずこ》
靄《もや》霽《は》れて雪白白と現るる富士の山巓青空をつく
水ぬるみ流れゆるやか岸に沿ふ砂紋は白く黒く重なる

ジョークは忘れてしまった静かすぎるコロナ禍の
街桜満開　北海道　水間《みずま》　明美《あけみ》
天も地も桜の国へ迷いこみすでに私は桜の一樹
やあ来たね待っててくれた二百年藤樹には心を持
ってる樹がある

＊

かぎろいの春の野山の持つ力堅香子の花咲きそろ
いたり　埼玉　満木《みつき》　好美《よしみ》
働くは時を売ること春陽さす午後の電車に運ばれ
て行く
三月の光たたえる窓辺にて明日につながる話しよ
うよ

＊

梅園の中のぬた場に罠仕掛け監視カメラのレンズ
が見下ろす　島根　宮里《みやざと》　勝子《かつこ》
八幡宮の跡の平らに萵苣《ちしゃ》の古木うつろとなりて幾
年を経ぬ
ふる里の景色を描くパッチワーク檸檬のような三
日月を置く

蘖《ひこばえ》に五輪の梅のほころびて早春の庭かがやき初む
る　東京　山岸《やまぎし》　和子《かずこ》
駅前の若木の桜満開に杖つく夫《つま》を花見に誘ふ
三色のつつじ咲き満つ庭の辺に旅の会話を想ひ出
しをり

＊

桃色の花が咲いてた若葉前の金木犀かと化けし葉
形に　埼玉　山岸《やまぎし》　哲夫《てつお》
うら若き恋人に逢えないままにＣｏｒｏｎａ禍の
街を過ぐ
ＧＷは小樽へ往くも　啄木や伊藤整の息吹求めて

＊

かさなりてソメイヨシノが埋める天　卯月みずい
ろ時間の密度　石川　山崎国枝子《やまざきくにえこ》
遊ぶ子の影なき昼の公園に春陽明るく招かれてい
る
夏の花秋の花へと咲き継がせ何期待する　それで
も期待す

桃一輪ほころび初める部屋内に男雛女雛の麗しきかな

宮城　山本《やまもと》　秀子《ひでこ》

さくら餅指に香れる華やぎや　おみなでいることいついつまでも

椎茸の含め煮・でんぶ・錦糸卵・亡母《はは》の味する弥生の夕べ

＊

桜花吹かれゆくさま目《ま》追ひをり失ひたくなきを見送る思ひに

東京　結城《ゆうき》　文《あや》

思ひ出のかそけき痛み風花のやうに花びらの舞ひ散る水の辺

むくろの上むくろ重ねてたゆたへり千鳥が淵の桜花びら

＊

連休はより早起きか隣り家の幼らふたり庭遊びに来《く》

徳島　吉村喜久子《よしむらきくこ》

庭植ゑのダリアの苗の根付かぬ間ねだる五歳のをみな子美《は》しき

マスクより未だ解放されぬ日日プーチンのゑがほ早く見るべし

辿りしは老いか若きか紅の目じるしリボン続く尾根径

山梨　和田《わだ》　羊子《ようこ》

尾根径は卒寿なる吾の散歩径大樹に依れば風薫り立つ

目じるしの紅きリボンの最終点農鳥抱く富士に真向ふ

2
夏

夕さりてなほ露ふふむ合歓の葉の閉ぢて木末《こぬれ》に淡き花咲く

埼玉　会川《あいかわ》　淳子《じゅんこ》

夏物の中折れ帽の残りたり父亡き部屋に蚊遣り火を焚く

たまゆらの火を灯すごと日照草赤く咲きたり暑き地の上に

＊

生と死を分けし空蝉二つあり生あるものよどこまでも飛べ

岡山　秋山《あきやま》　星華《せいか》

迷ひつつ黄昏れてゆききつぱりと日の暮れる夏吾《あ》の生《あ》れし夏

流星群見ませと吾子のメールあり夜更けに同じ空を見上げる

＊

夏の日に勤労動員に行きたりき航空燃料松根油づくりに

岩手　阿部《あべ》　一《かつ》

暑き日に轡《くつわ》をとりて夕涼み川に入りし馬鼻鳴らしをり

啄木が詠みしふるさとの山ふたつ黄砂に烟り見えずなりたり

蜻蛉の名次つぎ当てる少年は夏を待ちおり翅をたたみて

岐阜　伊藤《いとう》かえこ

羽化をする少年の声低くなり〝ママからお母《か》ん〟に変わる夏の日

少年の頭なぜれば甘藍の固きに似たり夏の匂いす

＊

平鍬の楔のゆるびを締め直し畑耕《うな》ひゐし父を思へり

愛媛　井上由美子《いのうえゆみこ》

おのぼりさんおくだりさんと行き交ひてお山開きの石鎚山にぎはふ

膝折りて蓬摘みゆく指先に日の温もりが伝はりて来る

＊

時進むいとなみの音かくやある噴水のみづ水面打ちつぐ

埼玉　上條《かみじょう》　雅通《まさみち》

盛んなる新緑の木々鎮めむや今朝降る雨の細くをぐらき

「短歌とは、根本的に古典」との論に再会す初夏の夕暮

あくがるる和泉式部のたましひをわれも螢となりて追ひゆく　神奈川　苅谷《かりや》君代《きみよ》
火を点す螢のやうにわたくしも夢ほのぼのと闇に灯せり
その先のことはさておき今を「見る」海だつてまだ茫茫と青

*

舞木寺《まひぎでら》礎石ばかりが風のなか柿梨桃の果樹にかこまれ　愛知　河田《かわだ》育子《いくこ》
萩太郎茶屋の峠にありしころ茶臼の山へ行きて涼みき
飛行機が流してゆける白線に水なき空は青ふかくなる

*

動くものはいとほしきかな新緑のかへでの葉先を風ゆすりゆく　神奈川　木村《きむら》雅子《まさこ》
風はまたやつてくるなり草の精をおしやべりさせはつ夏の匂ひを連れて
砂漠の風さびしくないかさらさらとさらさらと砂は応へはしない

道楽で鮎を追いかけ四十年今日逢いたく釣場に立てり　群馬　小畑《こばたけ》吉克《よしかつ》
威勢良く囮鮎は瀬の中へ糸目見極め竿を操る
鮎を釣る男一途で青き瀬で竿をたくみに夏の日浴びる

*

夏護摩に疫を遣《や》らふこゑ放つマスクの中に汗か流るる　長野　小宮山《こみやま》久子《ひさこ》
墓石の縁《へり》に花咲くげんのしようこ　胃腸弱きは母ゆづりなり
「厳かに孤立しをれ」とこゑきこえ夏を痩せたるおのが身立たす

*

高波に乗りて飽くなき若きらに片野《かたの》の海はサーフイン日和　福井　阪井奈里子《さかいなりこ》
波乗りのサーファー達を目守《まも》るらしドローン廻れりその上空を
涼みつつ今宵も琴座をあおぐなどひとりの屋上わが小天地

頂上に白き鉄塔立つ見えて夏山は大き緑の塊

石川　坂本《さかもと》　朝子《あさこ》

初蝉の声と思えり鳴き出でてすぐ止むことを繰り返しつつ

庭に摘む茗荷が薬味そうめんの昼餉を終えてひと息つきぬ

＊

早朝から鳴き出す蟬のわしわしわしわし今しかないのだわしわし俺《わし》

大阪　佐々木《ささき》佳容子《かよこ》

ナメクヂは無意味なのか植木鉢返してさがす無意味の姿を

花まとひ水に沈めるオフェーリアの幻影　柿田川の梅花藻

＊

海水にむき海胆洗うザルめがけうぐい寄りくる指くすぐりて

北海道　杉本《すぎもと》稚勢子《ちせこ》

神輿かつぎ八十段を駆け上がる若衆の熱気に雨も止みたり

ジーパンの穴から膝を覗かせてストリートダンス夏に弾ける

蟬しぐれ魂の底へとひびきくる十日の命をひたすらに鳴く

香川　角《すみ》　広子《ひろこ》

数年をかけて生れこし命あり庭に十二の穴あけし蟬

ベランダにひとつ転がるむくろあり命の限りを生きぬきし蟬

＊

蒔き時のひと月遅れの朝顔の芽生え始めて梅雨入りとなる

埼玉　高橋《たかはし》　康子《やすこ》

軒下の蜘蛛の巣払い空を見る梅雨入り十日目洗濯日和

電線に止まる順位があるらしい朝から揉めてる四羽の鴉

＊

夏虫を追ひかけながら闇を行く　心明かさず友の去りたり

埼玉　竹内《たけうち》　由枝《よしえ》

羽化といふ静謐な時間《とき》くぐり抜け蟬にしたたる夏虫の色

しがらみをすつぽり脱いだやうな空近くの森で郭公が啼く

朝な夕な水をまいても追いつかず庭のハーブはまるで枯草
神奈川　照井《てるい》　夕草《ゆぐさ》

葉月夕水を打たんと出し庭に目に涼しきやオハグロトンボ

水ください鳴く声も出ずや野良《のら》猫のハチ現在気温三十六度

＊

蝉の穴どこまで深きわが内に見ることのない産道を思《も》う
神奈川　富沢《とみざわ》　恵《めぐみ》

あの人も雲となりたるこの夏の記念切手を買いに出かけよう

夏の音ひと雨ごとに遠のきて街に流れるショパンの〈革命〉

＊

あつけなく友は逝きたりコロナ禍を酷暑の夏のからつぽの空
沖縄　富永美由紀《とみながみゆき》

うつすらと岩のくぼみの白き塩風と炎暑にほのかに甘く

具志頭《ぐしかみ》の海岸に生ふる青雁皮《あをがんぴ》貴き紙の木潮風に耐へ

胸そらせ青き若蝉殻を出て俺の出番とジジッと飛び立つ
沖縄　仲間《なかま》　節子《せつこ》

脱皮する力が足りず蝉の子の鳴けないひと世殻を背負いて

孵化をする途中で事故に遭いたるや鳴けない蝉の数多いる大地

＊

わが胸に吹き荒れしもの鎮まりていま青嵐《あおあらし》そらを掃きゆく
東京　夏埜《なつの》けやき

果てしなき青を仰げば陽光にわが目たそがれて遠雷をきく

真夏日はからりとまわる氷塊の梅酒グラスを手にして暮れる

＊

藤波の小暗き翳にこぼれ落ち初夏の光が隠れて遊ぶ
京都　野﨑恵美子《のざきえみこ》

カサカサと網戸に体を打ちつけて灯明かり恋し虫の一匹

夏ゆくと短きひと生をおしむがに一すじ透るひぐらしの声

新緑のゆふべの森の静寂に呼びさますもの　啼く
不如帰《ほととぎす》
埼玉　浜口《はまぐち》美知子《みちこ》

そそくさと散歩半ばを引き返すきのふシマヘビけ
ふクマンバチ

いま一度われに恋あれ界たがふ夫とくぐりぬ夏越
の茅の輪

＊

街路樹のさみどり満つる皐月かないのちあるもの
みな柔らかくあれ
神奈川　濱田《はまだ》美枝子《みえこ》

山桜の葉はつややかに茂りけり赤実に託すいのち
のめぐり

青空に江戸花菖蒲の凜と伸ぶいのちのきほひ高ま
らせつつ

＊

朝涼の小園に捥ぐ胡瓜トマト明日のたのしみ残し
置くべし
神奈川　藤田《ふじた》絹子《きぬこ》

初生りの一つを記すカレンダーいくつ実が生る三
本のトマト

皮を剝き胡瓜揉みがよし採り忘れし特大胡瓜葉か
げにぶらり

盆近く準備計画壁に貼り今日は墓そうじ満ち足り
ながら
富山　松浦《まつうら》曙美《あけみ》

夫と共に一仕事終え生ビール冷えたグラスに心満
ちおり

金色に咲く向日葵はウイルスに負けてならぬと吾
を励ます

＊

透明に夏のかはもが美しく指輪のぢきんそこには
あらうか
三重　水越《みずこし》晴子《はるこ》

小判草わらしべちやうじやの一つ生り増やせばは
づむ小判の音色

帰省まへ托鉢者に会ふおくれ毛に白檀の香を乗せ
てゐるらし

＊

親鴨の後を六羽の子がも達寄り添い泳ぐ池の真中
を
静岡　三田《みた》純子《じゅんこ》

隣家の木香ばらが黄に満ちて屋根を被いて咲きほ
こりいる

池の面に広がる葉の間ゆぬけ出でてうす紅色の蓮
の花咲く

空中に細き針金こんぐらかりしゃりしゃりしゃりと朝の蟬啼く
あさかげの白き館がたちあがる目くるめき入る七月の窓
うめぼしの核われの核あおじろく凝りて木の間に夕星うかぶ
和歌山　源《みなもと》　陽子《ようこ》

*

薔薇の花うつろふ園に散水器めぐりて日中の吾をうるほす
資料館レストルームに喉うるほし離れて小ごゑ仲間のみなれど
軟石の古りたる壁を伝ひ来て陰濃き園に朴の木あふぐ
北海道　宮川《みやかわ》　桂子《けいこ》

*

ひとつ鳴き又ひとつなき冴する梅雨の晴れ間を待つ蟬の声
つかの間の晴れ間を待ちて鳴く蟬にコロナ疲れの身を励まさる
ときをりに枝移りゆく蟬のゐて見上ぐる空に半月白し
三重　村松《むらまつ》とし子《こ》

里芋の葉の繁りたる畠あゆむこの沈黙に抗うものなき
向日葵の茎太ぶとと聳え立つ盛夏に向かう証しとも見つ
かくまでも生き急ぐのも痛痛し蟬の骸をひとつ見つけて
埼玉　本木《もとき》　巧《たくみ》

*

夫とはペースもコースも違ふから地蔵の前にて別るる散歩
モーツァルトの「五月の歌」を口ずさむ赤詰草に野は膨らみて
木の枝に吊るさるる傘　落とし主拾ひぬしとに捨てられし傘
埼玉　森《もり》　暁香《さとか》

*

夏菊の咲きはなやぐを手折りつつ亡き父母を今日はしのばむ
死に欲と言ふ言葉あり日光の三猿に習へと母は言ひにき
教へ子の美容院に夫行きたれば笑ひじわ見ゆ久々のこと
埼玉　森川《もりかわ》　和代《かずよ》

緑葉の朝露おいて雨おちてノウゼンカズラ花を咲かせる

東京　安富《やすとみ》　康男《やすお》

梅雨の間の雲の切れ目の陽を浴びてオランダカイウ真白く染まる

目を奪う白鳥濠の石垣に這いて伸びゆく松が枝の黒

*

ゑんどうの熟れた莢見ゆ葉の陰の採り余りしは風にゆれつつ

大分　山崎《やまざき》美智子《みちこ》

狭き田に早苗植ゑゆく一人《いちにん》よ樋《と》をし伝ふ水の音しづか

絵簾を吊るす向かうの奥座敷客らにビール運ばるる見ゆ

*

形代に託さんことはただひとつ　くぐる茅の輪がかすか匂えり

大阪　山元《やまもと》りゆ子《こ》

頭上ゆく風を聴きおり夏の雷すぎて余白のようなひととき

しずむ陽が海を染めゆく巨いなる息をふーっと吐きいるように

卵産む白いめんどりの頑張りを伝へくる風半夏生なる

秋田　渡部《わたなべ》　崇子《たかこ》

水田信仰の霊山なればこの年も作柄豊凶占はれけり

まことしやかに伝はる言葉よ山鳩は知るや知らずや昼下がり鳴く

3
秋

秋風が鱗のような文様を中島川の水面に描く
長崎　秋田《あきた》　光子《みつこ》

名月にほろ酔いながら「綺麗です君の瞳にふたぁつキャッチ」

幼子が風呂で遊んでシャンプーはいつも満たん泡立ちません

＊

幼子は掬ひては撒く繰返す一面積りし金の銀杏を
茨城　安蔵《あんぞう》みつよ

竿作り柿取り呉るる我が背子の少年の顔樹は知りをらむ

流れ行く十六夜の月の群雲は空の魔術師月を泳がす

＊

ゆく夏をさみしみにけりひとりおくれ月下美人は白き顔あぐ
群馬　石原《いしはら》　秀樹《ひでき》

彼岸過ぎ野分ののちの墓原のささげてありし花を納むる

野分ゆき名残りの風の吹く夜更けうつくしき子は息をひそめぬ

花入れの瓢《ふくべ》に活けし松虫草　茶室静もり黙飲つづく
鳥取　市場《いちば》　和子《かずこ》

少しでも心和めばと願いつつ待合室に下野草《しもつけそう》を

遠山を鎮めて燃ゆる夕茜ふるさとの友の青春残像

＊

自粛明け久々に見る八ヶ岳《やつ》の秀《ほ》に迫る白雲《はくうん》　秋は来にけり
山梨　井出《いで》　和枝《かずえ》

黄ばみたる半夏生の茎末枯れを切りしわが背に日暮れの早し

次は無しと思えば寒に耐えながら見上ぐる皆既月食　今宵

＊

外出を厭へる夫が足弱きわれに付き添ふ郵便局まで
福島　伊藤《いとう》　雅水《まさみ》

杖二本つきてノルディック・ウォーキング彼岸花咲く林の道を

黒蝶が曼殊沙華に寄る林道を吹き抜けてゆく秋の風音

野仏の頭に肩にこぼれ落つ零余子ホロホロ秋を謳へる
大分　井上《いのうえ》登志子《としこ》

句碑一基残して更地となりゐたる片方の柿の実熟れて食べごろ

蔦からみ苦しからむに口つぐみ耐へてゐるらし柘榴の実はも

＊

ゴーヤーの熟れてしまつた朱き実は息をひそめて地に還りゆく
島根　岩田《いわた》明美《あけみ》

かの朝《あした》二節鳴きし蜩をそののち聴かず秋は圧《お》しくる

前を行く福留ハムのトラックは大きく右折し稔り田に消ゆ

＊

コスモスの連れてくる秋蜩の連れてゆく夏出あう長月
神奈川　エ　リ

薔薇ならば芳しき初夏に咲きたいか透きとおる秋に咲きたいのかと

ちりばめる行為はいつも美しく真珠・花びら・ビーズ・ときめき

ひと色の暗き緑におほはれて日の暮れ刻をさやぐ竹群れ
大分　大久保《おおくぼ》冨美子《ふみこ》

電線に今日も来て鳴く山鳩かくぐもれる声を独り聞きつつ

磯の岩打ちては返す白波は夕べを幽《かす》かわれに届かず

＊

吹く風に水たまり揺れうごきたり形くずれてこの月の月
兵庫　尾花《おばな》栄子《えいこ》

あるようで無い暇みつけ墓参すも生家には寄らず古里の辻

風かよい見知らぬ人と立ち話彼岸花ようこそ白雲ながる

＊

柿落葉を掃けば透かさずまた落ちる少しは残して欲しと言うがに
佐賀　梶山《かじやま》久美《くみ》

愚痴こぼすことも偶にはいいよねと娘《こ》の笑む秋の山の公園

晩秋の夕べ霞みて連なれり天山、脊振ふるさとの山

国生みの島の灯りが夕靄に滲みまたたく各駅停車《どんかう》の窓
霜月の海峡またぐ夕の虹片脚は国生みの島にかしげり
その上《かみ》の神がまぐはひ生みし島を焦がしし落暉が海面も焦がす

兵庫　楠田《くすだ》　立身《たつみ》

＊

地下茎はどのあたりまで伸びいるや荒地一面に咲く野紺菊
地平線も水平線も望めざる播州平野にこおろぎが鳴く
処暑、白露、秋分すぎて気づきたり今年の蝉がもういないこと

兵庫　楠田《くすだ》智佐美《ちさみ》

＊

羽毛ともひとひら薄き雲の浮くひとりバス待つ目に秋の沁む
花終はる曼珠沙華の根にはや挙る緑葉の萌ゆ確かなる生き
枯れ色の蟷螂ひとつベランダに這ふに静けく降る夕闇

山梨　久保田《くぼた》壽子《としこ》

ゆふどきにつくつくぼふし鳴きだしてそらはあかねに染まりゆきたり
ゆふばえに稲穂がひかる長月に徐々に実るかゆたかな糧は
ぎぎぎぎとこほろぎが鳴く長月に秋の気配がしのび寄りたり

愛知　桑田《くわた》　忠《ただし》

＊

いまここにあることに善悪なくて陽にあたたまるどんぐり一個
埃茸踏んづけられて嬉しそう偽りのなき胞子を飛ばす
一頭のボルゾイが橋を、いや川を、あふれる秋のひかりを渡る

福島　齋藤《さいとう》　芳生《よしき》

＊

撫子《なでしこ》に触れば愛《いと》しさ増さりけり遠つをさなの吾子《あこ》おもはせて
吾《あ》にぞ笑む花野に佇む女郎花《をみなへし》うつつが花は今たれに咲く
年長《た》けば枯れし尾花《をばな》に譬へらる然《さ》れどなじかは汝《な》とえ枯るまじ

北海道　酒井《さかい》　敏明《としあき》

秋風に菓子舗のよしずも畳まれて暑気を吐きをり縁台の上
揚羽には揚羽にもあるスケジュール野原の道をひらりと左折
荒草を束ねて鍬の土おとし腰をのばせば亡母憶はれて

青森　佐藤《さとう》　嘉子《よしこ》

＊

木屋川の桜並木の裾を染め川面を染めて咲く彼岸花
花吹雪浮かべし春の木屋川のほとりに列なり彼岸花咲く
彼岸花映す流れを遡りこの世の母を今日しも見舞はむ

静岡　柴田《しばた》　典昭《のりあき》

＊

笛を吹く薬缶とぢぢとばばの家稀に童女のうたふ声すも
夕風にホバリングする翳ゆらし交尾す蜻蛉絵の如く美し
汝はインクわれは吸取り紙なるか真青な涙ときに滴る

茨城　下田尾《しもだお》　三乃《みつの》

真白なる朝顔庭に咲きそめて金柑の実は緑に太る
お互ひに両手を伸ばし距離をとり秋の校庭に子ら体操す
地球上に戦ひいくつ続発す満月大海を引き上げむとす

埼玉　髙橋《たかはし》　京子《きょうこ》

＊

つやつやと開き輝く秋のばら明日も私は私でいるか
「この家の犬に会わずば行かない」と犬語が聞こゆ座り込む犬の
何事も胸の底いに沈めおり自ら守るのみの日暮し

山口　溪山《たにやま》　嬉恵《よしえ》

＊

さらさらと月の清けき秋空の煌めく星に暫しを仰ぐ
残業を終えて帰宅の道すがら月光が招きし二十歳の頃よ
とめどなく来し方偲び見上げれば語らう様に望月ひかる

宮城　千葉《ちば》　む津《つ》

真二つに割れたら食べ頃むらさきのあけびは甘し種を吐きつつ

東京 坪《つぼ》 裕《ゆう》

通学路に拾いし栗をポケットに突っ込み国語の授業を受けた

落葉舞うころは最も太りいて自然薯深く深く掘りゆく

*

夕陽浴び息づくごとく炎《ほむら》立つアメリカ楓の終焉の紅

石川 栂《とが》 満智子《まちこ》

月の宵藤袴の花揺れ揺れてほほけた絮《わた》毛を風にのせゆく

秋の蝶過去世のたれとは思はねど纏はりつけば愛ほしと思《も》ふ

*

あめつちの息の一つに金星の光またたく十月二十日

神奈川 長﨑《ながさき》 厚子《あつこ》

ふつふつと白粥の煮え繭ごもる蚕のごとし我ら二人の

生き死にをふと思ふ夜を霊鳥のガルダ羽搏くジャワのクロスに

空は澄み萩咲き虫が鳴き始めわが散歩道まつさらな秋

北海道 中田《なかた》 慧子《けいこ》

雲ひとつなき秋空にぽつかりと笑くぼのやうな昼の半月

冷ゆる日を訪ひきたる娘のコートにはふんはり白き綿虫ふたつ

*

金色の蝶々のようなイチョウの葉手のひらに乗りすぐ舞い上がる

東京 中村《なかむら》 陽子《ようこ》

早秋のやさしき雨に包まれて優しき人を演じるわれは

晩秋の土手ゆく私を追い越して私の影は河原を歩く

*

くっきりと夜空に浮かぶ満月をそっと掬いし中秋の名月

京都 蓮川《はすかわ》 康子《やすこ》

黄金の稲穂の満ちる畦道にならびて燃ゆる曼珠沙華の群れ

東天に二パーセントの明かり冴ゆこの世一夜《いちや》の月は満ちゆく

風のなき本明川辺の昼下がり小雨はもみじの枝をしたたる

長崎　花岡《はなおか》　壽子《ひさこ》

亡き友の住みなれし家はこのあたり紅葉ちりゆく川辺に偲ぶ

おち葉敷く夕べ歩けば風立ちて音にも秋の深まり覚ゆ

＊

老いてきて亡母に似て来しわがこゑに自ら己が名を呼んでみぬ

京都　早田《はやた》　洋子《ようこ》

気づきたり吾が寝姿の胎児なる無明の秋の其処なる闇に

抱きかかふる猫の命のわれよりも後《おく》ると思へばちから込めにし

＊

夕日の中を真っ赤な風が吹きぬけるこの一時《いっとき》の大地麗し

埼玉　飛髙《ひだか》　敬《たかし》

雁《かりがね》の骨格みせて過ぎてゆくL字の形くずすことなく

日の落ちてまだ暮れはてぬうす明り川流れゆく鴨を浮かべて

肩先をひやり押しくる風ありて高き青空いつの日の秋

三重　人見《ひとみ》　邦子《くにこ》

目の前をあかく揺らせてヤマハギは午後の歩みを引き止めにけり

風やみて去らむとしつつ日の照りのなだるるさまの花の辺にゐる

＊

秋立つ日高値の秋刀魚痩せぎすを横目で見やり秋刀魚缶買う

東京　平田《ひらた》　明子《あきこ》

「これ、いいね」モンブランをば選びおり栗の苦手な我は苦笑す

薄緑二十世紀の皮をむき瑞瑞しさに思わずガブリ

＊

偶然も偶然ならずおのづから始まるものあり秋に向ひて

東京　間瀬《ませ》　敬《たかし》

足もとに欅の落葉吹かれ来て朝は無限の時あるごとし

台風の去りたるのちの風の夜をアンタレス赤き光冴えゆく

中秋の名月と十五夜重なる日　八年後は今日黄金の月

新潟　松永《まつなが》　精子《せいこ》

働き盛りに逝きたる弟　父母兄《ちちははあに》も他のみなさんも名月《つき》に集ふや

人間のさまざまな感情呑み込みて澄みたる名月《つき》に心洗はる

*

日本海の落暉に黒く帆柱の小さきが傾ぎ君の風吹く

石川　三須《みす》　啓子《けいこ》

あかくまたくろく吾を呼ぶ道つくる落暉は大きく両の手広げ

次次と波は寄せ来て還りゆく独り置き去りにされてわたしは

*

晩秋《おそあき》に畑一面のひまわりを見過ぎていまだ光がかよう

三重　三原《みはら》　香代《かよ》

ほっかりと物憂きひかりをつつみこみ音なく浮かぶ　あれが飛行船

胸底のみえぬきずよりしみ出《い》ずる、秋の楽曲耳にやさしも

里山の木々の間《あわい》を登りゆく空気が旨しと夫の言いたり

静岡　耳塚《みみつか》　信代《のぶよ》

神無月我が誕生日近き日に吉祥とう名の花と出会いぬ

紅に春は染まらん花桃を心に描き裸木を見あぐ

*

山峡を盆地の街を煌々と秋の満月あまねく照らす

東京　森《もり》　利恵子《りえこ》

山の端より大き満月昇り来るおのず湧き来る祈りの心

月がきれいとメール届きし夜もあり　今宵病室の友を思うも

*

新聞の第一面にパンパス・グラス秋の知らせは薄にあらず

福岡　柳原《やなぎはら》　泰子《やすこ》

日中のクーラー漬けなる夕つ方電源切れば虫の音かすか

運良くも十五夜、十六夜《いざよひ》晴天に亡き夫偲ぶ　独り言ちつつ

夕映えに「写真とりてぇ」と声のこし野球少年ペ
ダル漕ぎゆく

路地ゆけばこさめにけぶる萩の寺こてふのやうな
しろきがゆるる

「きましたよ」揃ひて吾子の墓参り地蔵のほほを
小雨があらふ

神奈川　山下《やました》　成代《しげよ》

*

萬徳寺の四季咲きつつじ満開なり黄蝶飛ぶを暫し
佇む

秋雨にぬれて倒るる彼岸花支柱を添へて長く咲か
せり

友の庭真白く咲けり彼岸花「待ち人来る」の花言
葉あり

福井　山本《やまもと》　保子《やすこ》

4
冬

緋縅蝶《ひおどしちょう》美しきまま越冬す触角上げて羽を広げて

福井　縣《あがた》　洋子《ようこ》

雪掘れば青きひかりの透けて見ゆ地にオーロラの潜むがごとく

久方の陽ざし嬉しく二拍子の氷柱《つらら》のしずくに耳を澄ませる

＊

大事なこと忘れてるかも夕闇のバス停に仰ぐ冬の三日月

島根　安部《あべ》　洋子《ようこ》

踵返す一瞬に見る波の秀の人の視線のようなさびしさ

泥水の三角波は湖心より広ごりゆきぬ冬過ぎんとす

＊

柚子の木の影に隠れし南天は霜を受けつつ赤く微笑む

東京　阿部《あべ》　洋子《ようこ》

真っ赤なる山茶花冬を咲きつぎて庭の垣根はわたし励ます

玄関の侘助冬をひっそりと雪の日も咲く赤色小花

病院の検査・面談無事済みて外に出づれば大き浮雲

千葉　荒木《あらき》　祥子《さちこ》

綿飴のような雲なり手を伸ばし取りて食みたし甘き菓子なら

寒いのに「冬はつとめて」といいし女《ひと》清少納言褞袍《どてら》を着てたと

＊

天気よし枝ぶりもよし人けなし福良雀の集まる一樹

愛知　荒木《あらき》　則子《のりこ》

身の深く病は育ちいたりけり母の眼の冬雲を追う

石鉢の底に沈むかヒメダカの生死不明を冬日に覗く

＊

音のなきみぞれ日照雨《そばえ》に襟《えり》たてて菊池知勇の歌碑を前にす

岩手　伊藤《いとう》　英伸《ひでのぶ》

かじかめる朝の光と霜の声踏みし一歩に希望がやどる

月光と満地の白き雪あかり穏しからずや鄙《ひな》の可惜《あたら》夜《よ》

太陽の光まぶしく縁側に射して冬至の真つ青な空
大分　稲葉《いなば》　信弘《のぶひろ》
新年の床の間飾る南天が師走の庭に赤き実結ぶ
冬ざれの凍て付く寒さに枯れもせず玉葱生き生き育ちゆくなり

＊

疫病の退散願ひ一杯の寒九の水を飲み干しにけり
福井　上田《うえだ》　善朗《よしあき》
海鳴りの聞こえ来たりて天気図のつまる曲線　燗熱くせよ
あかときの空抱くがにふるさとの冬の欅は湖の辺に立つ

＊

名を呼べばチワワふりむく畦の道寒空の下心温《ぬく》ぬく
埼玉　宇田川《うだがわ》ツネ
悩む日は遠廻りしてスーパーへ北風寒くシチューを作る
朝日さすブナの林の静けさにいどむがごとく小雀の声

三輪さんの初穂乞はれし庭先の日溜りに咲く石榴の花
奈良　浦《うら》　萠春《ほうしゅん》
比曽口《ひそぐち》の吉野川原の見る限りすすきの原の白くなびかふ
猪《しし》垣《がき》を繕ふ人の影見えて冬田のみちに風の凪ぎたる

＊

落葉踏む音はいのちの再生を教えてくれぬ冬の暮色も
東京　大和《おおわ》久《く》浪子《なみこ》
強かに生きる術など知らぬまま過ぎきし方に冬の月あり
長き冬を耐えて学びてそを胸に温めながら春を待つなり

＊

冬の雨曇りガラスの向こう側見えない方がいい時もある
大阪　小笠原《おがさわら》朝子《あさこ》
草も木も枯れて黙する公園のがらんどうの空始まりの空
澄みわたる青深々と冬の空ただひたすらに生きればいいと

冬の闇広がる夜半を耿耿と今年最後の満月のぼる

宮城　岡本《おかもと》　弘子《ひろこ》

蓋をあけ人さし指に掬い取るハンドクリームの白き泥濘《ぬかるみ》

生き物の気配なき家に帰り来てコートを脱げば雪の匂いす

＊

雪のとぶ早朝いそぎ除雪する手指じわじわかじかみてくる

福島　加藤《かとう》　廣輝《こうき》

老い我の運動と決め除雪するもこの冬厳し毎朝なれば

雪除けしあと追いかけて積もる雪まだ頑張れとの励ましのごと

＊

小雪舞う水門近き渚よりキンクロハジロ不意に飛び立つ

長野　神池《かみいけ》　あずさ

若衆より電話かかり来清水屋の「今ワカサギが入荷しました」

透きとおる袋の中にひっしりとワカサギ千の銀の手触り

雪よ降れどんどん積もれアルプスに眠る夫は永遠にくさらず

千葉　川島《かわしま》　道子《みちこ》

独り寝の冬の寒さを暖める一冊の本夫のエッセイ集

初雪が降ると思い出すのか100歳の母は問いくる「息子は元気か」と

＊

日中も凍てつく寒さに車輪跡タイヤの模様残す一日

新潟　黒川《くろかわ》　千尋《ちひろ》

豪雪の郷よりすればこれしきの雪と思へど止む無き除雪

霜おりて木の枝白き冬の朝花の咲くかと母は呟く

＊

平野にもとうとう雪が降ってきて根雪になれば心整う

青森　今《こん》　貴子《たかこ》

しんしんと雪は降ったか玄関は二十センチの雪に塞がれ

雪の朝声を聞きたきひとりありスマートフォンは黒き静寂

積む雪の融けて又積む如月のひぐせの雪の朝日に
光る
宮城　今野《こんの》恵美子《えみこ》
杉山をまたぎて太し冬の虹湯宿の窓にひととき清
けし
黄昏の空を映せる水溜りひと日の鬱をひょいと飛
び越す

＊

荒畑の処々方々が穿ちあり夜な夜な猪は蚯蚓を欲
るや
福島　紺野《こんの》　節《みさお》
へばりつくよに黄色い花が咲いてゐる冬至の朝の
土手の傾りに
真つ白に霜を被きて南瓜が一つ枯草叢に潜みてゐ
たり

＊

オチのない噺のような年の暮れ不安と不満をなだ
めすかして
栃木　齋藤《さいとう》　嘉子《よしこ》
栄養不足の幸福感もふっくらともち米が蒸しあが
る香りに
書初めの手本のような生き方は出来っこないさし
たくもないさ

一月に雪降り積り暫し眺む幻想的な中身を包む
東京　坂井《さかい》恵美子《えみこ》
初老犬《しょろうけん》降り積る雪庭の中震えながら飛びはね喜ぶ
コロナ続きマスク生活身につきて若見えするもは
ずすの恐い

＊

ストーブに林檎《リンゴ》煮る香をたたせ居り静かに雪の降
りつぐ夜は
秋田　佐藤《さとう》ヨリ子《こ》
如月のわが誕生日花店の中の春に来てフリージア
買ふ
明日もまた雪とふ天気予報図の雪達磨にも降りし
きる雪

＊

滾《たぎ》ちふる雪を見てをり人と人会へぬ時間は白く重
なり
新潟　佐山《さやま》加寿子《かずこ》
大雪の土間にちひさなトガリネズミ温みもとめて
家に入りしや
青葱のてつぺんまでも埋もれて雪国鬱となりゆく
われは

みづからの落葉の上に影をひく裸木をつつむ冬の天つ日　栃木　島内《しまうち》美代《みよ》
裸木のふところに遊ぶ山雀も落葉の上の影となりたる
冬の日に落葉は白くまどろみぬかけすの声を風に流して

*

きさらぎは哀しい月ぞ亡き母の植えにし梅の咲き揃う月　東京　新藤《しんどう》雅章《まさあき》
マスク下げ鼻を突き出し深呼吸冷気と吸い込む紅梅の香
紅色《べにいろ》の玉を連ねた枝々が垂《しだ》れてそよぐ二月となりぬ

*

金沢に住みて幾年妹は雪の量にも馴れたるらしも　神奈川　関口満津子《せきぐちまつこ》
うつすらと雪の覆へる庭隅に葉鶏頭の赤き穂先鮮らか
双つ蝶もつれ合ひつつ庭を飛ぶ白き地上に戸惑ふごとく

久しぶりに積もり渡れる雪景色　椀の温もり七草香る　福岡　雪春郷音翠《せつしゅんごうおんすい》
夫《つま》干す手　われ病床《やまいどこ》　枕巻き　タオル地凍《い》てつく　七草の風
冨有柿の冬風《ふゆかぜ》吹かれ吹くほどに　蜜の熟れしや生命嬉しや

*

家籠もり運動不足を鍛へよと天よりどつさり雪を賜はる　石川　高橋《たかはし》協子《きょうこ》
継続は力なりとぞやうやくに雪掻き終ふればまた雪が降る
道の端に積み上げられたる雪の山汚れて凝りて強《したた》かにあり

*

夜語りは狐に負かさるる祖父の段、雪しんしんと御霊降るらし　福岡　田嶋《たじま》光代《みつよ》
そぼちつつ黐《もち》の木の実も荒籬も廃れし鍛治屋をかたりませうか
鞴《ふいご》の音絶えて久しき鄙の里きつね嫁入る灯のつらつらと

いつの間の後期高齢と発語せむいろ無き庭のいま
は冬麗　　熊本　塚本《つかもと》　諄《じゅん》
とどまらぬ風にただよふ一身を立て直したる夕の
交差路
きりきりと真冬の空の澄みにけり身の老い知れど
春は来向ふ

*

貨物車におくれて風の巻くところさらに遅れて茅
がもつるる　　鹿児島　寺地《てらち》　悟《さとる》
球形のタンクがふたつ層なして積む川霧のかなた
に泛ぶ
冬空は平たく低し吐く息の交はらぬやうキスをし
てみる

*

ロープウェイに観る地蔵岳　幾千の樹氷は蒼き翳
を曳きゐて　　山形　冨樫《とがし》榮太郎《えいたろう》
ゲレンデの両脇に高き樹氷群《ぐん》御辞儀を交はすモン
スターのごと
ひとたびも樹氷の素顔は思はざりき大白檜曽《おほしらびそ》の名
も知らずして

玄関の椿の花芽かたくなに耐ふるほかなし零下の
いのち　　北海道　富岡《とみおか》　恵子《けいこ》
芹なづな懐かしきひびき七草の粥さへとほし睦月
母の忌
冱《い》て道を踏まねばならぬ歌詠みの一人かわれの定
め肯ふ

*

朝刊を配る轍と靴跡を読点のごと描けり雪は
　　三重　冨田《とみた》　博一《ひろかず》
新雪に化粧されたる山茶花がぼんぼりのごと明る
む月下
籠り居に検査キットは不要なり知れば狼狽う感染
の有無

*

走りゆく車に煽られスピンなす銀杏おち葉の共演
つづく　　奈良　中西《なかにし》　照子《てるこ》
まだ温み保つ師走に花つけるピーマン、青き実育
むトマト
日月のわからぬ姉に今日の日を言へば「討ち入
り」と応ふる速さ

マスクして登校をする児等の道白木蓮咲く祈りのごとし
静岡　野沢《のざわ》　久子《ひさこ》

地下道を迷いて辿る出口には町の明かりが青く瞬く
寒空に去年より咲き次ぐ山茶花の散る一ひらの静かなる昼

*

あかき川流るるごとく食卓にりんごを剝きぬしづけき朝《あした》
茨城　長谷川《はせがわ》と茂古《もこ》

唇の端のあたりにきらきらと〈冬ポテト粉雪ソルト〉はひかる
凍りたる電柱つらなるその先の夕日をめざして車は走る

*

樺太はわれがふるさとじんじんと風しまきはや雪のくるころ
東京　林田《はやしだ》　恒浩《つねひろ》

母の胸に抱かれかつて目指したる韃靼海峡にまた冬がくる
サハリンに生《あ》れてその地を知らずいつしらにデラシネひとり老いそめてゆく

疲弊して重きこころを宥めつつ夜道の雪を踏みしめて行く
京都　早田《はやた》　千畝《ちうね》

冬空に大三角の輝ける滅ぶともなくベテルギウスよ
コンビニに三円で買ふレジ袋冬のにほひを提げて帰らう

*

半世紀たてばあらざるわれに見ゆ北に白馬岳《はくば》の光る雪の嶺
長野　平林《ひらばやし》加代子《かよこ》

みせ前にシクラメンの鉢わになりてひしめき咲けりコンコース来れば
雪のなか薔薇は咲きをりくれなゐにビルの壁へと傾きにつつ

*

桟橋の数多ウミネコ冬風に羽逆立てて皆北を向く
神奈川　松﨑《まつざき》　英司《えいじ》

降り頻る雪は列車の走り出せば真横に流れ過去へ導く
二時間に太りゆきたる十日月師走の空に孤光を放つ

ほろほろと柊の花散りこぼるる庭に冬の日柔らかに射す

岐阜　宮地《みやぢ》　嘉恵《よしえ》

歳晩の菩提寺の庭あはあはと庄川桜の咲きて誘ふ

新しき年の始めの十五夜の光を浴びぬ寒の庭にて

＊

寒風を背に千曲のせせらぎを聞く年明けの初歩き五千八百歩

長野　宮原志津子《みやばらしづこ》

七十代フィナーレの年明け牛歩のあゆみ　ゆっくりゆったり前を見る

子や孫や年始客もない淋しい年明け夫とふたりコロナ禍の日々

＊

雪は降る音もなく深々と何もなく降る古里の雪

東京　山本《やまもと》　安里《あんり》

ごう雪は桜の枝は真白にもずをとばして茜空

美しく傘をたたみて雪はやみしとやかにやみながらやむ朝

雪道をひたすら歩く靴底の模様は雪の結晶なのだ

北海道　吉田《よしだ》　理恵《りえ》

店々の注連縄見つつ氷点下10度の仕事始めの朝よ

店先に客を待ちいる雪だるま小樽の町は寒に入りゆく

＊

鳴き砂のやうな残雪踏む白昼《まひる》声をもたざる蝶もつれ翔ぶ

茨城　渡辺南央子《わたなべなおこ》

一夜限りの雪ぐも去りてすこしづつことば表はす点字ブロック

冬の百合開花なかばに力尽きふたたび想ふ友の若き死

5

自然

中之島　剣先ありて大川を土佐堀川と堂島に分かつ

大阪　赤井《あかい》　千代《ちよ》

中之島　堂島川は男っぽく土佐堀川はやわやわ流る

やわやわと流るる波は地の神の長き髪かも土佐堀川は

＊

崇徳院とう御名も知らず幼日は上皇さんと言いて親しむ

香川　赤松美和子《あかまつみわこ》

花のあと御陵の砂礫にぬかずけば何処からともなく残花舞い散る

山茶花の莟ふくらむ夕暮れに遠く聞こゆる山鳩の声

＊

春のには白帆が舟に手のくはを右にひだりに日月を下る

神奈川　伊勢田英雄《いせだひでお》

マサカリが渕の水音を上りゆき天にむかしの草花を穿く

百《もも》の傘蕗ふり分けて沢の辺の長し空の端《は》にあづまやの詩《うた》

大空を泳げる雲の腹を見る我は名もなき藻草となりて

千葉　伊藤久美子《いとうくみこ》

梅雨空やぽつりぽつりと詠みながら三十一字まだ繋がらぬ

果てしなく青の向こうに青があるただそれだけの空を眺める

＊

逞しき花の生命《いのち》を知らしめし凌霄花の蔓は空へと

福島　伊藤《いとう》　早苗《さなえ》

地の温み天辺までも伝うるや花はひときわ色濃く咲けり

だんだんと心の解けていくような苺「さちの香」五月に入りぬ

＊

生命の蠢き聞こゆる麦ばたけ春光あまた降り注ぎたり

長崎　稲富《いなとみ》　啓子《けいこ》

千切れ雲散り散り離る惜春の明と暗とを携えてゆく

五月晴れ写す水面を飲み込んで海上空港の機は高度上ぐ

ずつとずつと小糠雨ふりゐながらに沈みゆくやう
芯の芯まで　大阪　乾《いぬい》　醇子《あつこ》

たぷたぷと夏の日をうけ育ちゆく青田の波が秋津
よびこむ

灯心蜻蛉《いととんぼ》むれて青田のうへを飛び夕影の中に消え
てゆきたり

*

山一面呼吸をしつつさみどりの若葉に満ちて迫り
くるなり　神奈川　井上《いのうえ》　早苗《さなえ》

藍色の紫陽花いまも咲きいるや遠きふるさと水車
小屋の辺に

留守の間に藪枯らしの蔓ののびのびて梅の古木と手
をつなぎおり

*

やんばるの山の深くに銃弾の後始末せず世界遺産
に　沖縄　運天《うんてん》　政徳《まさのり》

山深き平《へ》南《なん》川上りター滝へ残暑の中の川風は秋

山陰《やまかげ》の傾《なだ》れる岩場の険しさも曲がれる先に滝のざ
わめき

庭の椿うす紅色で枯草中はかなげ美し大正美人似
大分　太田美弥子《おおたみやこ》

金木犀香り誘われ星花が可愛らし庭の主役をつと
む

新年に庭の万両赤き実が光り輝き今年の運みる

*

カマキリの卵が枝に春を待つ氷雨降りつぐ師走の
庭に　愛知　岡本《おかもと》　育与《いくよ》

真っ青な空を見つけただけなのに何か嬉しく輝く
わたし

老いてなお夢の顕ち来ぬ　夜の空見上ぐれば深き
宇宙の神秘

*

たましひの青い満ち潮背《せな》割れて盛りあがりくるか
たちウマレル　岐阜　小川《おがわ》　恵子《けいこ》

地湿りにからむひかりのひとところ登校の児の虹
を踏む足

億年の記憶を撫ぜてゆく風に石の面《おもて》のひかりの微
笑

偕楽園の梅の実おとす放映に子育ての頃のコース懐かし

茨城　小河原《おがわら》晶子《まさこ》

千波湖をはるか見下ろし背なの吾子ねせるを日課の常磐公園

散りぎわのばらを両手に受け止めて花弁《はなびら》かぞう三十六弁の命愛おしむ

＊

伊吹山親指程に見えており茜の色に染まることなく

岐阜　加藤《かとう》冨美恵《ふみえ》

見上げれば空一杯の鰯雲大漁節が聞こえてきそうな

谷川にわれ専用のコップ置き暑さ飲み干す山を見ながら

＊

空と海見ゆる港の店頭にたちまちにして黒雲迫る

岩手　鎌田《かまだ》　昌子《まさこ》

吹きとほる雪に形の変りゆくわが前山の松の林は

山霧の濃く寄る場所に佇ちしかば人声のごと颪の音する

校門の傍へにつつじの咲き初めて日々の移ろひ語りてをりぬ

宮城　川田《かわだ》　永子《えいこ》

児童等の歌声園《その》にひびく昼永久《とは》の平和を祈りつつ聞く

いつの間にか今年も葉櫻散りそめぬ命の果ての色合ひ見せて

＊

きさらぎの空を閉ざしてしまき降る雪をみてゐる部屋あたたかし

岩手　菅野《かんの》　幸子《さちこ》

冬の日のひかりとなりてゆく川のほとりに寄ればみどりなす水

鳴子百合塀の際にて点るごと淡く咲きをり日すがらの雨

＊

ああ海がどーんどどーんと生きている防潮堤の長い向こうに

宮城　菊地《きくち》かほる

やまんばと気易く名乗っていたけれど山の霊気に腰砕けたる

揺《ゆす》り蚊は人を刺さぬ蚊火口湖の水に生まれてさびさびと群れ

残月のごとく目立たぬ女生徒の消え去りさうな影を見てゐる

岩手　菊池《きくち》　哲也《てつや》

三日月はその細き身を充分に使ひて何かを指さしてゐる

雪未だ降り続きをり残月を限りなく白く空に置きつつ

＊

天つ日の照りとほりたる湾の面に湧き跳《をど》る金と銀の光箔

鹿児島　菊永《きくなが》　國弘《くにひろ》

いつの間に重ねし齢うかうかと生ききしごとく妻がつぶやく

南に消《け》ぬかに見えし銀翼は茜の雲を出でて煌めく

＊

蜜盗りの虻に聞かれてしまふから薔薇とは薔薇のことばで話す

神奈川　北島《きたじま》　邦夫《くにお》

ペリカンのとなりもペリカンそのとなりもまたペリカンとペリカンの雛

ああまつたく猫の国つたら猫だらけ私も猫になるほかないよ

この秋の乏しき柿の実色付けば鵯《ひよどり》が来る　ときに鳴くこゑ

東京　木下《きのした》　孝一《こういち》

枯れ芝に枯れ葉散りぼふこの庭に冬木となりし二つ梅の木

ひよどりは何処《いづく》行きしか柿の木の木の瘤《こぶ》濡らし沫《あわ》雪《ゆき》降り来

＊

「伊豆山」の港の海の色濁り土石流が変ふ泥土のいろに

神奈川　久保《くぼ》　知子《ともこ》

遠白く海のはたてを照らす月悲しみ深く海底《うなぞこ》に積む

裏表みせてゆつくり谷に消ゆひと葉が鎮む季《とき》の静寂

＊

ひき寄せて放つちからの風が立ちガサッと木の葉奪って去りぬ

北海道　熊谷《くまがい》　淑子《よしこ》

朝露も秋明菊に結び咲く晩秋の庭にこぼれるひかり

道沿いの八つ手の白き花はじけ分厚い葉など退けながら

果てしなき空は心の故郷か昼間も夜も見上げたくなる

茨城　黒澤《くろさわ》　初江《はつえ》

見えずとも確かにあるということの不思議の一つ昼の星々

老母《はは》の言う「帰りたい」家はたぶんもう今はない家　蝉が鳴いてる

*

癌を病む友の最後の刺繍《ぬいとり》は塩瀬の帯に雲という文字

千葉　黒沼《くろぬま》　春代《はるよ》

ロゼワイン開けてさやかに吹く風あり息子《こ》の充足が溢れてきたり

たっぷりと墨を含ませ筆に書く雲という文字風の音する

*

耳たぶに風がふれゆく梅雨明けの土手に浜木綿すがすがと咲く

愛媛　古角《こかど》　明子《あきこ》

桔梗花を墨絵に少し彩りて残暑見舞のはがきに描きぬ

子規と律の名を付けられし子規博の椿二輪の清《さや》かに息づく

春の気にぼんやり長き月影は海に浸りて波に洗わる

千葉　小城《こじょう》　勝相《しょうすけ》

クリスマスの電飾きらめく池の木をカエルはついに見ることもなし

人の世をまばたきもせず見続けた埴輪の夢は叶えられたか

*

よこながの雲の図鑑のいちまいの頁をめくる空を抓んで

京都　近藤《こんどう》かすみ

すきまなく覆はれてゐるこれは空それとも八雲鳥のこゑする

ささぶねの雲のかたちを告げたきに人はいづこの旅のなかほど

*

道の辺に枝さす桜の花びらが散歩したいと肩に乗りくる

神奈川　斎藤《さいとう》　俊子《としこ》

雨脚は野辺をたちまち走りきて大き音たて蓮の葉を打つ

みかん売り場の端に在りてもプライドを高く売らるるシャインマスカット

葉を落とし群れて留《とど》まる梅もどきひとつぶごとの
貌の明かるさ　　広島　西楽《さいらく》　紀恵《のりえ》
かなしみの色きれぎれに浄きくに思わせ積もる雪
のま白さ
うらうらと冬陽に抱かれのどやかに落ちくる雪の
あたたかさなり

＊

どうだどうだと迫り来る連峰　八ヶ岳ブルーの空
を背負って　　長野　三枝《さえぐさ》　弓子《ゆみこ》
今夜も夜空を見上げる　星のしずくと落ちてくる
言葉を待ちながら
体に透き間があくと心が尖る高原の風うけて空洞
をうめていく

＊

敷き詰めし防草シートのすき間から萌え出す草が
リズムを刻む　　神奈川　佐藤《さとう》エツ子《こ》
草生《む》した空地がいつしか整地され童話の国とまご
う家建つ
群れの仲間と相容れないか終日を小庭に遊ぶ鶺鴒
一羽

眠れぬ夜障子を少し開けてみる庭の木々らもねむ
らずに立つ　　宮城　佐藤《さとう》　靖子《やすこ》
花を愛《め》で香り楽しむ同じ手に難敵の虫をつぶす魔
女われ
わが趣味は庭仕事です　ひつぎには小枝と枯葉か
けて下さい

＊

九十九里コバルトの空キャンバスに雲のえがくは
素晴らしき自然　　東京　島澤《しまざわ》　淑子《としこ》
荒れ草のまばらに生える休田は十日を経ずに青田
に変われり
圏央道濃霧突然晴れたるに広がる景色は房総の海

＊

木守柿と言へども多《さは》に残しおくこの平《たひら》へとキレン
ジャク来も　　岩手　清水《しみず》　亞彦《つぐひこ》
枝えだにほそく雪つむ紫陽花の枯れがれにして思
念のごとく
白花は寂しかるゆゑ使はずと風の中なるおほはは
のこゑ

船が来て波は騒ぐが水中の川鵜は知らずに急に首だす

東京　清水《しみず》　素子《もとこ》

支流から出てきた船はエンジンをかけて海へと鵜に見送られ

河の面に風の波紋の移りゆく一枚の布引っ張るように

＊

のほほんと生きて来たからのほほんと老いてゆくのさ死ぬものほほん

神奈川　庄司《しょうじ》　健造《けんぞう》

滑翔に野を渡り来て黒揚羽イヌタデの上に翅をふるわす

ゆうぐれのもえぎ野池の片辺《かたほとり》ほのぼのと見ゆかたしろ草は

＊

下川の鉱山跡地はひた荒れてあわれしらじらデージーの咲く

北海道　白岩《しらいわ》　常子《つねこ》

青鷺のコロニー残りいる上枝初冬の冷えし空が澄みいる

身の軽さ楽しむように散りていく落ち葉いく度も宙返りして

白詰草赤詰草が背伸びして青田の苗に話しかけてる

山梨　白倉《しらくら》　一民《かずたみ》

朝がくる三千歩の朝愛犬と苜蓿揺れるいつもの小径

クローバーの四つ葉二本を摘みし妻怪我癒えて五月の空に掲げる

＊

炎暑にもめげず伸びゆく庭の芝この根性のわれにも欲しや

沖縄　楚南《そなん》　弘子《ひろこ》

忍び音に降る雨音を聴きにつつ秋思のひとつ抱き眠らな

柿の葉のもみづるままに葉を落とし幹さびさびと年改まる

＊

夕さりて梅雨の群雲くだり集り今宵《よ》のスーパームーンを掻き消す

茨城　園部《そのべ》みつ江《え》

赤暗く地球の影を纏ふべしその妖艶を十二年後か次

十二年を今日より待てるスーパームーンせめて頼まむ百《ひゃく》歳には間あり

高架下ぬければ朝の空たかく白い大きな月のとどまる

福井　高倉《たかくら》くに子《こ》

燃えるごと木々の紅葉の水鏡「刈込池《かりこみいけ》」に息をのみたり

東に連なる山は霧まといかたち変えつつ朝日射し来る

＊

けふの雪やうやく土へとどきたり漂ひながら陽にきらめきて

長野　谷頭《たにがしら》しのぶ

綿虫の群れ舞ふ庭の暮れゆけば山影おぼろ薄雲の色

巻き上ぐる気流に鷹の発つといふ白樺峠を今も忘れず

＊

珍しく雪の降りたる大晦日　朝の樹林の白き輝き

兵庫　谷原《たにはら》芙《ふ》美《み》子《こ》

冷え著き朝には雲海見ゆるとぞ期待抱きて今朝を踏み出す

裸木に紅紫のけぶらひて三葉躑躅の春は来たりぬ

待合に小さき海をたくわえて患者を癒やす熱帯魚たち

東京　田村《たむら》智《ち》恵《え》子《こ》

むらさきは重おもたれて長く伸ぶ卯月半ばに藤はもう咲く

ふる里は望洋として海のごと虹色にも染む時に愛《いと》しも

＊

渋柿の熟れしを食めばいつしらに青空のなか鳥の目となる

千葉　塚越《つかごし》房子《ふさこ》

没りつ日を惜しむがごとく光輪は時のま炎《ほむら》となりて耀ふ

生きてきた時間の重さ抱へつつ明日へむかふ夕焼けのある

＊

点々と紅をこぼせる如くにて彼岸花咲くふるさとの道

栃木　塚田《つかだ》美子《よしこ》

緑なす山々眺め思い入る生きいることの素晴らしきかな

豊作を祝うが如く曼殊沙華の緋の絨毯に里は華やぐ

白萩は枝を撓めてさやりゆく風の力を推し量るらし

秋田　塚本《つかもと》　瑠子《りゅうこ》

静寂に怺へきれずにしだり枝をそよろと揺らす白き萩はも

吹き通ふ風のふるまひ地に白く雪さながらに萩の花散る

＊

秋めける雲湧きにけり嘗て我が名を彫りし木も今は切り株

兵庫　手島《てしま》　隼人《はやと》

雲の影我置き去りし草原に淡き春愁抱きて佇む

雪原の川曲るたび光りおり月下茫々野尻へ続く

＊

六月の風はたと凪ぐ夕つ方早苗田は写す逆さ山里

岡山　寺坂《てらさか》　芳子《よしこ》

万物のすべて鏡と思うかな心写るとき言葉現わる

藍をいで藍より青しという言葉仰げば心紺青の空

「蒸し暑いね」言ひたるのちをすーと風　あなたが風を起こしてくれた

長野　伝田《でんだ》　幸子《さちこ》

病み深きのち生きつつも手にしたる活字の森を抜け出で難し

寂寥を食べて生きゐるフラミンゴ片脚のまま夕日に染まる

＊

蕎麦の花のきよき白さよ六合村《くにむら》の斜面を統《す》べてけふをひろごる

群馬　東條《とうじょう》　貞子《さだこ》

枯れて立つ梅檀草の棘の毬おいでおいでとわれを待つてる

身の運びゆるやかにしてわが夫と遠目にそれと見分けよりゆく

＊

滔滔《たうたう》たる利根川越しの筑波山遥か遠望に夕暮れて立つ

千葉　土岐《どき》　邦成《くにしげ》

皇后さま御用地の梅にこと寄せて変はらぬ自然の営みを詠む

翡翠《かはせみ》の恋の成就をしかと見つＮＨＫ朝の「自然百景」

水色の布袋葵の咲き初めて紋白蝶がめぐりを飛べり
沖縄　利根《とね》　直子《なおこ》

花ぶさを赤紫に咲かせつつ庭辺にそよぐアメジストセージ
夕空の電線に居る白頭《しろがしら》「クッキリコー」と鳴く声さみし

＊

うつくしく骨柴《こつしば》と見し山肌の雪の連峰日本海に落つ
富山　中川《なかがわ》　親子《ちかこ》

高くたかく寄せらるる雪道を狭《せ》む致るみ冬の水のかたちを
冬の身の寄るべきものみな萎萎と見つむるごとき釦の強《こは》し

＊

陽の射して紺碧藍色エメラルド海は夏色沖縄の色
沖縄　中下登《なかしたと》　喜子《きこ》

月桃の朱実狭庭に鈴生りに暑き沖縄《シマ》にも小さき秋来る
この沖縄《シマ》に小さき冬来る手袋もつけず吐く息白くも見えず

ふたたびを訪ふことありや蚕糸の森師走の紅葉のくれなゐ忘れず
大分　中霜《なかしも》　宮子《みやこ》

ゆつくりと時間が流れ菫咲く記憶の中の母とゐるとき
さまよひの日々重ねきて庭隈の秋明菊の白き沈黙

＊

三角の隅に棲みつく距離遥か天の体見し古代エジプト
香川　中村《なかむら》　セミ

朝顔に空気の水が降りてくる幾つの結露いつかの思い
磨《すり》ガラス極まる凸の街にきて睡蓮の側にいる少年

＊

紅葉通りのもみじに紛れゆくわれか映えて真赤な鬼となれるを
福島　波汐《なみしお》　國芳《くによし》

ぶなの樹を攀ずる水音奏づるはドレミファソラシシ水起つこころ
つくづくに求むるは何つくづくに我の内より汲むを歌こそ

池の端に豆娘《いととんぼ》ゐて息ひそめ紅娘《てんたうむし》のほしを数ふる

北海道　西井《にしい》　健治《けんじ》

年毎に名をかへ脂を溜めてゆく赤目魚《めなだ》の洗ひ古里に食ぶ

黄道眉《ほほじろ》は札幌ラーメン食べたしと囀りながら渡り来るかは

＊

わが部屋の灯り恋ふがにひとひらの雪ふうはりと開くる窓より

愛知　野田恵美子《のだえみこ》

如月の風に揺れゐるみの虫の一夜思へり孤独な夜を

夜空映す地球の窓とも一面のソーラーパネル静かに呼吸《いき》す

＊

桜咲き木々の芽吹きの烟る道再生のなき吾が歩みゆく

大分　橋爪《はしづめ》あやこ

冬の陽に動き止まりし山里の川の流れのただに煌めく

湿原の流れの溜りに今日もまたここを世界と泳ぐ小魚

石蕗の黄色の花が庭飾り老いのわが身をやさしく包む

石川　橋本《はしもと》　忠《ただし》

道の辺にひつそりと咲く小さき花われにも小さく咲く言葉あれ

畑仕事終へて日暮れの道をゆく落ち葉敷く道風の鳴る道

＊

日本列島糸静線上を走るフォッサマグナの中央部に住む私達

長野　花岡《はなおか》カヲル

〝諏訪湖は昔海だった〟世にも不思議な物語の世界へ引きこまれる

八ヶ岳峡谷を流れ下った水流は最初釜無川方面へ流れていた

＊

鯉のぼり大空いっぱい泳いでる地球が平和に成る様にとぞ

岡山　原《はら》　里美《さとみ》

恒例の春の大祭数年ぶり五月《さつき》も美事に咲いてる平和

デパートの北海道展始まりて海産物も平和に並ぶ

稲荷橋わたらんとして西空は切羽詰まったような夕やけ
おそれつつ雁木をおりてまぼろしの水中都市をのぞく日の暮れ
ゆうぐれの川面になにか産みつける行為のごとく雨は降りこむ

広島　檜《ひ》垣《がき》美《み》保《ほ》子《こ》

＊

雨晴れて月余の黄砂払はれぬ　際やかに高き低き群山
年余の病床払ひて久々をベランダに対す豊後山並
ベランダに対すは由布岳・鶴見岳早春を靄もなき朝の陽の光《かげ》

大分　日《ひ》野《の》　正《まさ》美《み》

＊

紙コップ倒して置けば扇状に風の気配を感じて動く
麦畑の風の模様にひとときを心遊ばせバスを見送る
見えねども確かに有るといふことを波動関数語る黒板

岐阜　日《ひ》比《び》野《の》和《かず》美《み》

前山の杉を伐りゐる機械音黄砂にけぶる空よりひびく
伐採後山の神社を囲む杭たちまち草におほはれてゆく
大雨の気配と思ふ橋の上ゆけばめぐりの風音はやし

岩手　藤《ふじ》井《い》　永《のり》子《こ》

＊

コウモリが夜のとばりを携えて赤い木蓮に眠りを渡す
雨が降ることさえ待っていたように薔薇は赤々と庭に咲きいる
踏切をすんなり越えて青鷺がたじろぎもせず目の前を過ぐ

秋田　藤《ふじ》田《た》　直《なお》樹《き》

＊

蒼穹に雲の描ける夏模様の千変万化の流れに遊ぶ
昨夜までの寒気はいづこを旅するや三寒四温の春の使者らは
楚々と咲き香りほどける白椿に虻ら遊ばせ春を窺ふ

沖縄　普《ふ》天《てん》間《ま》喜《き》代《よ》子《こ》

春雪となりてしつとり濡れてゆく八丁堀にふれあ
ふ肩が
東京　古谷《ふるや》　智子《ともこ》
神の絵筆こまやかにしてカルガモの背に置く黒白《こくびやく》
水に紛れず
水面下にせはしく動く鴨の足みえねど絶えざる水
紋は見ゆ

＊

西空の雲薄墨にオレンジいろ幾重も流るわが散歩
道
神奈川　穂坂《ほさか》キミエ
凄まじく白梅の園荒ぶれて花びら痛まし野道を帰
る
曽我山の芽吹き日に日《け》に盛り上がり青空のもと赤
き芽の映ゆ

＊

雪晴れて北アルプスは白銀にここ安曇野に冬の到
来
長野　穂科《ほしな》　凜《りん》
遥かなる常念岳の銀の嶺冬晴れたる今日は間近に
迫る
花曇りの白馬岳の銀嶺を背にして競う桜と菜花

山峡の春まだ浅し湧き水に杉の花粉はやさしく降
れり
神奈川　前田《まえだ》　明《あきら》
釜揚げのひじきの匂ひたちこめて相模の海に春は
来にけり
暮れてゆく海をながめて語るとき僕らはみんな詩
人になつた

＊

耳たてて鹿は聴きをらむ桧の山の樹々の風音峡の
みづおと
鹿児島　前原《まえはら》　タキ
わが山のぬた場に浸る猪は世のコロナ禍を超えて
遊べる
秋彼岸うつつの月はかすめどもひかり妙なり西行
の月

＊

空をつく精霊やどる竹林のさわさわとわれを
むかふる
徳島　槙野《まきの》早智子《さちこ》
首伸ばしおすまし顔の青すいれん気品あふれて我
を吸ひこむ
生きること命あることありがたし季の移りて実を
結ぶ樹々

朝焼けの富士山　諏訪の湖にくっきりと新年をことほぐ

長野　光本《みつもと》　恵子《けいこ》

富士の山あたまのぞかせ諏訪人《びと》を励ます小さくてもどしり

気分がいいとか悪いとか湖に浮く小さな富士はデンと構え笑ってる

＊

つつましく咲きてゐるよ姫女苑水元公園雑草の中

埼玉　宮田《みやた》ゑつ子《こ》

蜘蛛の巣に搦められたる紋白蝶修羅こえしもの翅うすく照る

杳き日に君と詣でし伊豆山神社凄まじき土石流見詰むる他なし

＊

窓を開け春の息吹を吸い込まん五臓六腑の透きとおるまで

宮城　森《もり》　美恵子《みえこ》

鰯雲に放射状に朝日さし空いっぱいの茜の赫き

三日月からこぼれしごとき金星が澄みたる空に輝きており

夏立ちて風を孕みし柳葉は髪振り乱して汀《みぎは》揺らがす

佐賀　森《もり》　安子《やすこ》

月の面《おも》まろらに洩れくる天窓に偲ふをはせるかがふ歌垣

細流は水《み》音のメロディ奏づるなり杵島の峰《ね》ねは籠り身癒やす

＊

金いろの光射し込みまぶしかり秋の朝の玻璃戸くもれど

兵庫　保田《やすだ》　ひで

秋越えて冬の到来あたふたと重ね着をする木枯しの朝

冬空をうす紅に染め上げてヒマラヤざくら駅前に映ゆ

＊

松の上《へ》につもる深雪を掻きおろし払へば垂《しづ》る雪の花弁《はなびら》

鳥取　山田《やまだ》　昌士《しょうじ》

菜の花の黄金《こがね》眩しき畠《はた》ひとつ地上の春を独り占めをり

五月雨のあがりし空は細波をたてて匂へり水縹《みはなだ》色に

下ろされてしまった車窓の日除けにはうっすら海の景が流れる
川の面を風の渡ればさざ波の影がさざめく浅き水底
積もりたる泥の吐息か泡ひとつ浮ききて池のおもてを乱す
兵庫　山田《やまだ》　文《ふみ》

＊

あまたなる星のひかりよその中にまっすぐわれに至れるひとつ
小夜《さよ》深く月の小径《こみち》はベルベットわが足音のみ聞きつつ歩む
戦場の夜空にも届く宇宙より千年前に生《あ》れしひかりが
大阪　山元《やまもと》　富貴《ふき》

＊

日のあたる明かるき野辺に歩めれば一木一草われ詠みゆかな
線香の一束墓に点り終え灰しろしろと形納める
揚羽蝶の産卵したる枝の葉の地面に落ちれば風は送葬
埼玉　吉田《よしだ》　和代《まさよ》

音もなく輝く金星西の空東の明き木星と対す
地上にて時折我のふためくを星は摂理のままに見てゐむ
今年また児等目を見張る鬼野芥子おどろを指して驚きの声
石川　吉田《よしだ》　倫子《みちこ》

6
動物

愛犬を看取りしひとのつぶやくはテレビの裏に死
にてをりしと　北海道　阿部《あべ》　久美《くみ》
群れを去り死をみせぬとふ習性の残りてゐしか愛
玩犬にも
飼ひ主の悲しまぬやう消えむとすテレビの裏のく
らがりの果て

＊

深窓にただ聴くばかり郭公はわれの見知らぬ空ゆ
くごとし　石川　荒木《あらき》　る美《み》
夕さりのガーデンライトの灯の上の蛙の呼吸《いき》にわ
れは屈みつ
ざらついた壁に肌身を擦りながらとかげが生きる
この世の隙間

＊

ゐなければゐなくて虚ろ天井を走る鼠と喧嘩の猫
と　兵庫　安藤《あんどう》　直彦《なおひこ》
侵攻はいや増しつつに掘る土に蟻の巣穴を晒して
しまふ
見するごと野の若猫は咥へゐていまだ動ける鶫の
くちばし

花に降る雨のひそけきさ庭べをはとの鳴く声静か
さを増す　栃木　石川《いしかわ》　光子《みつこ》
朝の日に山川草木《さんせんそうもく》命あり小鳥さへづる声きこえつ
つ
まひおりし小とりの姿やはらかき福運びくる晩秋
の庭に

＊

今宵また玻璃戸の外に守宮来ぬ五弁の花のごとひ
らく指　神奈川　石渡《いしわたり》美根《みね》子《こ》
入り来て行方知らずの守宮いま天井にをり地震に
驚くや
戸袋に挟まる屍を葬りぬ守宮は姿を見せずその日
より

＊

寒波きて凍てつく窓に朝日射しゆるりと滴す窓越
しに野鳥《とり》　滋賀　今西《いまにし》早代子《さよこ》
猫死にて二か月過ぎし寒き朝庭の置き餌《え》に野鳥来
ており
愛らしき小鳥来ぬかと置くリンゴ鵯《ひよどり》二羽きてくん
づほぐれつ

その胸に何を抱きて生き居るか野良猫クロは今日も巡れり

東京　藺牟田淑子《いむたとしこ》

夕暮れが来れば一斉に神鶏《とり》達はほど良き樹々を塒となして

雪被《かず》く若桜《さくら》の中に小鳥また雪に塗《まみ》れて逃げ惑い居り

*

伏し目してアミメキリンはゆらゆらと同じ軌道を歩き続ける

千葉　栄藤《えとう》　公子《きみこ》

全力でサバンナ駆けたことのないチーター健気に小走り見せる

遠い空に向かいて平和を祈るらしミーアキャットは厳かに立ち

*

冬川のきらめく川面ながめつつ枯葦わたる鳥のこゑ聞く

東京　大野《おおの》　秀子《ひでこ》

春陽さす軒に並みたる雀らのそれぞれのこゑ明るくひびく

柚子の木のあはひ翔びたつ揚羽蝶ふはりと空に紛れゆきたり

前脚をかたみにふるわせ蟷螂はわれに指図す「道切り拓け」

東京　岡《おか》　貴子《たかこ》

翡翠《かわせみ》は風切り羽根を押しひろげ一直線に夏空を恋う

白子川に蛍あかりのさまよえりわれのゆくえを今宵もさがす

*

恋鳴きは山羊に似ていてパンダ舎の飼育係の春は忙し

神奈川　小原《おばら》　裕光《ひろみつ》

蟋蟀の鳴きはじめたり草叢の小暗き中に家族あるらし

鳥の声鳥の姿を求めゆく人と出会わぬ道選びつつ

*

野に生くる猿よ人間まして女《め》にならむとするな死ぬるまで家事

山梨　小俣《おまた》はる江《え》

肉となるまでの自由か土被る豚の産毛は薄き紅色

げじげじはごきぶり食ふと知りたれど店に入るなど生かしておけぬ

福島　木下《きのした》　信《まこと》

栴檀《せんだん》の小枝にとまる鵯《ひよどり》の何を啄む実は散りたるに
ひと日来て啄むものも無きたるに姿をみせる鵯六羽
友の言ふ鵯一羽畑に死しコロナのせえか畦に埋めをり

＊

東京　倉沢《くらさわ》　寿子《ひさこ》

あかときに孵《かへ》りたるらし羽とざしあをすぢ揚羽息づきてをり
空めざすあをすぢ揚羽たちまちに一羽追ひつきつるみつつ飛ぶ
羽かさね梅の青葉にすがりたるふたつの蝶の番ふしづけさ

＊

神奈川　斎藤《さいとう》　知子《ともこ》

潜りゆき水面に川鵜は現れずわが目眩ましいづこへ行くや
ゆつくりとひらきてとぢてまたひらく白き海月に透きゆく心
くすみたるペットボトルの散る干潟小さき蟹のすばやく動く

神奈川　三枝《さえぐさ》むつみ

鳥インフル凌ぐウイルスに人を避け羽白の騒ぐ沼にたたずむ
春のひぢ光る葦原に青鷺の趾は差し入る入れ替はりつつ
シベリヤは異土か故郷か水鳥の記憶絡むる水面のまぶし

＊

東京　桜井《さくらい》　京子《きょうこ》

面倒なことはやらないさう言つて蓑虫にでもなりたいわたし
流されてゐるのではないアメンボウすういとゆきて戻つて来るよ
蟬はまだ夏の終はりを鳴き続けわれに終はらぬ宿題がある

＊

北海道　佐藤《さとう》　智洞《ちどう》

十六年飼ひ来し犬が寝込みたり気付きてやれぬ悔いがまさりて
出血を止むるは付け根の切断と平然と述ぶる獣医に抗す
畜生と言へども家族の一員ぞ腫瘍なんぞで逝かせてなるか

朝まだきてつぺんかけたか啼きやまず誰かがよこした使ひのやうに
宮城　佐野《さの》　督郎《とくろう》

蝙蝠も武漢研究所も妖しかり中国は父なる国ではあつた

雁行のときをり乱るることもよし人生ここで終はるでもなし

＊

山中にての熊の気配は恐怖なりしが街中に出でたる熊のあはれを
北海道　佐野《さの》　琇子《ゆうこ》

猫毛雨《ねこんけ》とふを聴きたり息子《こ》の猫は土を知らず眺めるだけの雨

雨上がりの東京競馬場パドックに鹿毛の三歳エフフォーリアの美し

＊

腹太の身をくねらせて串刺しの鮎売られおりカッと目を開け
茨城　関口《せきぐち》　洋子《ようこ》

醜いと嫌われている大きな蛾蝶に嫉妬す昔は似てた

鉢の下に膝をたたんで眠りいる殿様蛙を起こしてしまう

エゾシカが雪をかぶつて立つてゐる降りくる雪を楽しむやうに
秋田　高貝《たかがい》　次郎《じろう》

北狐、蝦夷《えぞ》雪兎《ゆきうさぎ》かけてゆく果てしもあらぬ雪の原つぱ

置物のやうに並んだエゾフクロフのんびり動く目を細めつつ

＊

雨あがり小さなプリズムちりばめた柔らかい罠蜘蛛の沈黙
埼玉　鷹志《たかし》かれん

何事もなかったように蝶が飛ぶ危険な羽化を切り抜けた午後

思い出がたくさん詰まった脳を持つ忘れたいことだらけの不死鳥

＊

言わなくとも風の動きをわかる人あの猫もそんな合図を送りて
東京　高松《たかまつ》　恵子《けいこ》

冷たい水を暖かく泳ぐマンボウに一日かけて話したいこと

幼き子の画用紙いっぱいの絵のようにゆらゆら大きなマンボウは泳ぐ

蛇《へび》の皮はぎて解剖をせし少女《おとめ》ことし喜寿なる歌人となりぬ

埼玉　田中《たなか》恵美子《えみこ》

音たてて木から落ちたる蛇《くちなわ》はしばし動かざり夏のまひるま

鼬鼠《いたち》の子ちょっと逃げては立ち止まりわれを見詰めくる愛らしきやつ

*

キャンドルの花のはつ咲きつかの間に小鴉二羽の玩具となりぬ

北海道　内藤《ないとう》和子《かずこ》

頑強なゴミボックスは人のため鴉は子のため日すがら飛べる

赤き実をこつそり愛でる吾のほか摘まずに過ぎる狐の親子

*

小さき者かはゆき者はいとをかし赤ん坊の〈鈴〉わが犬の〈桃〉

神奈川　内藤《ないとう》美也子《みやこ》

わが犬のきはめつけの贅沢はおやつのチュールとおなか撫でなで

嫌なこと考へるよりわが犬のお腹を撫でてゐる方がいい

人よりも鳥に目がゆくわたしです人間界を淡く生きゐて

長崎　中川《なかがわ》玉代《たまよ》

突風にあふられながら鳶が飛ぶ足に小枝をしつかり摑み

梅雨晴れの庭に眩しきいのち見ゆ飛び交ふ蝶にさわぐ雀に

*

シマウマの子を追ひつむるチーターのそのスピードにわれは乗りゆく

茨城　中根《なかね》誠《まこと》

盛りあがる筋肉剛毛の中の目の肉を食はぬゴリラのこころ

稲食らふ虫ゆゑ味のよき稲子佃煮にしてぐしやぐしやと噛む

*

墨染の衣纏ひて子鴉は冷たい雨に首竦めをり

神奈川　西田《にしだ》陽子《ようこ》

冬の庭和毛に包まれ枇杷の花銀に光りて　雉子猫通る

左巻き淡紅色の捩花は雲間に咲きて蝶を惑はす

旧正の空にはためく大漁旗鳩も翔《かけ》りて〈海人《ウミンチュ》の町〉
沖縄　野田《のだ》　勝栄《かつえ》

平安《やすらぎ》は祈りのごとき蟋蟀は生きのちからを庭畑に跳ぬ

飛び石に瞑想するごとひつたりと蛙も「三密」さくるかと見つ

＊

かくれんぼする児の背《せな》に赤とんぼ次つぎ止まる鬼より先に
福井　橋本《はしもと》まゆみ

コスモスの花びら一枚粛々と蟻が曳きゆく褥か柩か

ルリ・ルリとラ行で鳴く鳥たしかめに小春日和に背中ぬくめて

＊

われの乗る車の音を聞き分けて餌求む豚らいつせいに鳴く
山形　蜂谷《はちや》　弘《ひろし》

母豚の受乳うながす声聞きて仔豚らは保温室よりわれ先に出る

仔豚らを足持ち下げて鉄分の薬液を打ちて印す

ロキソニン静かに溶けよあかときの小鳥の声の澄みくる前に
埼玉　服部《はっとり》えい子《こ》

ホバリングする春雲雀いましばし吾の迷いの消えるまで鳴け

「田中一村」描くエラブチ深海を泳ぐ浅黄の色を滲ます

＊

くちなははまこと朽ちたる縄に似る動かずここにくちてもよきか
富山　平岡《ひらおか》　和代《かずよ》

ゆるゆると逃るるへびの重たさは秋の苔すこし沈ませてゐる

熊は柿を、へびはわたしの驚きを食べて眠りにつくらし土に

＊

芝草を食む鹿立つ鹿坐る鹿降る雨のなかおもひおもひに
奈良　藤川《ふじかわ》　弘子《ひろこ》

赤信号立ち止まる鹿四頭の車途切るるとき渡り初む

濡れながら草食む鹿の群れが見ゆ雨を避《よ》くるといふこともなく

またたびに酔いざま見せし猫なれど素知らぬふりして立ち去りゆけり

宮城　堀江《ほりえ》　正夫《まさお》

川辺より飛び立つ雉の鋭き羽音春の訪れ告げるごとくに

子狸のめんこい姿を夜の床の瞑りし眼にしばし遊ばす

＊

小雨降る岡畑に草を刈る音す誰だろうねとジョウビタキと話す

岡山　松山《まつやま》　久恵《ひさえ》

ピラカンサの朱実食べんとわが去るを隣りの塀でヒヨドリが待つ

インゲンを蒔く畑近き薮のなか恋告げ合いてうぐいすの鳴く

＊

なげくこと知るや知らずや鶺鴒は春のひかりを浴びつつ走る

石川　三井《みつい》　ゆき

四月一日ツバメ飛び交ふ厩舎よりわれは一頭の馬を曳き出す

藁しべを嘴に咥へてゆく一羽アカシア林の道に見送る

蜘蛛の巣はプラチナ色に獲物らは金色《こんじき》に光る秋の夕陽に

長野　湊《みなと》　明子《あきこ》

獲物らの生の形は不明にてただ蜘蛛の巣に揺るる金色

唐突に霜ふる朝となりたれば蜘蛛死にてをり獲物とともに

＊

朝まだき巣立ち促す親鳥の高き鳴き声しじまに響く

ぎこちなく羽を広げて巣立ちゆく子鳥見守るヒヨドリ愛し

東京　横手《よこて》　直美《なおみ》

なにがなし見上げる先のハナミズキ色づく葉かげに空の巣しずか

＊

駆けゆかむと構へし姿勢を保ちたるままに柴犬旅立ちゆけり

愛知　若尾《わかお》　幸子《ゆきこ》

おまへあらぬと知るも冬野を駆けてゐる其はまぼろしか其は幻か

空白をまだ自覚せぬ両腕にしばし膝小僧を抱かせてやらむ

7

植物

挿し木して十年の薔薇コロナ禍の気流に負けしか棘より枯れぬ

茨城　秋葉《あきば》　静枝《しずえ》

蒲公英の絮毛密かに旅立ちぬ穏しく吹ける風に順《したが》い

鉢植の花々年々絶えており老いの繋がりの脆さを見せて

*

北海道　吾子《あこ》　一治《かずはる》

水仙のわづかに薫る部屋の中虚空のわれの気力をみたす

群れて咲く水仙の黄に誘はれぬ学童の通る小道を選ぶ

廃屋に群れて花咲く黄水仙忘れ霜にぬれ俯いてをり

*

秋田　石川《いしかわ》　良一《りょういち》

庭畑に咲き残りたる菊の花香を失いて初雪かぶる

水引は小さき赤い花咲かせ刈田の畦を飾りはじめる

人住まぬ家の畑の草むらに南瓜の花はふたつ咲きおり

長野　岩浅《いわあさ》　章《あきら》

女王の位に咲いた君子蘭退位するがにポトリと散りぬ

三日前苅ったタンポポもう綿毛かかる命のたくましさ知る

数《かず》にして二十は優にあるだろうダリアの花は向き向きに咲く

*

埼玉　梅澤《うめさわ》　鳳舞《ほうぶ》

音《おと》のない白い滝のよう雪柳「うわあ揺《ゆ》れている」花《はな》びらが飛《と》ぶ

天女ふたりが蓮の花をもってこちらをながめてわらっている

芍薬のふんいきはふわふわとしてやわらかくおっとりしていて品《ひん》がある

*

福岡　梅埜《うめの》　國夫《くにお》

ハルジオン恥ぢらふ如くうなだれて手折らばポンとうつろの響き

ヒメジョオン若きころから頭上げ体《たい》に芯もつ気丈なをみな

小人らの三味線の撥はなづなの実ペンペンペンペンと春を呼び寄す

吹く風に万の木の葉がきらきらと返す光に放心し
てゐる

岡山 大森《おおもり》 智子《ともこ》

ポケットより出できし黒く小さき実が招魂の実と
わかるまでの間

うす紅の小花を咲かす桜蓼泥よりのびて泥に戻り
ゆく

*

裏山の土手に今年も梔子の花の香りて咲きたるを
知る

埼玉 岡部《おかべ》 とみ

コスモスの咲きて明るき峡の道稀に白きが清しく
見ゆる

軒先の黄菊今年も咲き誇りわが生日の近づきてき
ぬ

*

色と香に満ちた連歌の控えめな発句のように立つ
ふきのとう

福岡 岡村《おかむら》 恵《めぐみ》

話したき事あまた秘め紫陽花の無数のつぼみ梅雨
を待ちたり

みずからに流れる毒を知らぬまま夾竹桃は伐られ
焚かれる

榊の枝で鳥居を作り小社《ほこら》を飾る四手を佩かずに緑
美わし

埼玉 奥田《おくだ》 巖《いわを》

金柑や蜜柑レモンの実黄熟をして秋の美わし

車前草生命の強き草なれや踏まれても尚花を開き
ぬ

*

藪覆ふ樟の大樹を伐りくれし老いの二人屋春の陽
の射す

和歌山 小田《おだ》 実《みのる》

小鳥来て種落としししか南天よ雑草の中真つ直ぐに
立つ

蔓草に巻き付かれ居る南天よ苦しさうなりほどい
てやらう

*

君子蘭の花芽見え来て伸び上がるその緩慢の羨し
きあした

埼玉 柏木《かしわぎ》 節子《せつこ》

やさしさはぬくもりならむ固き芽の桜ひとえだ居
間にほころぶ

木瓜の実のどれもいびつな十ばかり何をせんとや
生まれ出でたり

椿とは木に春着けし和の造語漢の椿は香水といふ

愛知　加藤《かとう》志津子《しづこ》

春寒に全集中で開きたる紅椿径八糎なる大輪

咲ききりし八重の椿は茶に変はり落花す花は汚れと言はず

*

豊作のさたうきび畑波のごとき強風に耐へすくすくと立つ

沖縄　亀谷《かめや》善一《ぜんいち》

直線となりたる砂糖黍の株春雨を受け生き生きと立つ

さたうきび収穫時期は騒然と活気漲る農民の声

*

クンシランと背比べする写真出で来遠く学べる孫に送らん

福島　北郷《きたごう》光子《てるこ》

五歳頃か花の香りをかぐ仕草に遠かりし日の髣髴とする

小春日の中に残んの花咲かす紅バラに来る秋茜《あかね》が紋黄が

牡丹花季の来たれると今年また狭庭彩る五色の豪華

大分　草本《くさもと》貴美子《きみこ》

薄桃が一番好きよと牡丹愛づ孫は中学二年となりぬ

子の如く慈しみたる白牡丹雨に耐えかね早や散り初めぬ

*

アイリスの花の紫両の手に包んでみたくなりてつつみぬ

東京　久保田《くぼた》登《のぼる》

饅頭屋の前の街路の端《はし》に咲く紫陽花の紺　令和も三年《みとせ》

姫沙羅の幹のあかがね夕の陽に照りて一振りのわが金剛杵《こんがうしよ》

*

主なき隣の庭の蝋梅の香りたたせて風花の舞う

佐賀　小島《こじま》令子《れいこ》

コロナ禍のあじさいロードは生い茂り草に隠れて花はも見せず

葉月には病葉となり散る老桜《さくら》食い込む蔓に耐えて立ちおり

今年また友の形見の夕顔の其の初花と語らふわれ
か
一日なる命の花の夕顔よ今宵の月と恋を語れよ
福島　紺野《こんの》　敬《けい》
咲き継ぎし夕顔の花天辺のそれの一つを見てね朝
子さん

*

緑こき山のなだりの朴の花遅れてひとつ花の咲き
たり
晴れる日の少なく山の紫陽花はたっぷり水だき生
きいきとせり
宮城　齋藤美和子《さいとうみわこ》
裏山の緑ましくる傾《なだ》りには躑躅《つつじ》花さき初夏をひき
よす

*

清楚なる「アマドコロ」とふ花知りぬ心惹かるる
その花言葉
半夏《はんげ》の日一つ咲くとふ紅《べに》の花なにやらゆかし俤《おもかげ》の
花
宮城　佐々木絹子《ささききぬこ》
山深く自生すといふ「大山れんげ」神秘の花の清《しやう》
浄《じやう》の白《しろ》

ふうわりと朝の大気にひらきたる薄紅やどれる蓮
の花なり
風と雪にまといつかれて頬凍てて辿る雪路に山茶
花紅《あか》し
神奈川　塩田《しおだ》　文子《ふみこ》
苞破り白木蓮は一筋の狼煙を上げて地の鼓動告ぐ

*

紫月とふ紫の濃き馬鈴薯ぞ小玉・中玉ざくざくと
出づ
手ショベルで掘りゆく二日目定番の北海道男爵ゴ
ロゴロと出づ
青森　鹿内《しかない》　伸也《のぶや》
最終に掘りしは人気の北あかり粒は揃へど量の少
なし

*

降り続く雪に埋もれるさ庭辺に梅の古木は花芽を
挑ぐ
島根　嶋田《しまだ》　友江《ともえ》
赤き菊秋日をうけて裏庭の木戸のそばへにひそと
咲きをり
となり屋のなだりに群れる彼岸花媼なきあと今年
も咲きて

紫陽花の広葉をのぼるでむしに八十路の吾の歩み重なる
紫陽花の葉の上小さき蝸牛「おはやうさん」と声かけてやる
吾の住む関東地方も梅雨入りとなりてさ庭の紫陽花やさし

神奈川　杉本《すぎもと》　照世《てるよ》

*

菊の花咲きみだれる秋の日は赤とんぼたちが飛んでくる日
ミニバラの雨の中でのたたずまいりんとしている女性のようで
大切なべゴニアの花一輪で咲いて咲いてと手をたたいて

東京　杉山《すぎやま》　敦子《あつこ》

*

串刺しのウインナーの並びゐるやうなガマの穂池に群生す
空蟬に意志あるごとく前足の爪がインゲンの葉を強く掴みぬ
柿の木と皇帝ダリアの狭間より見ゆる小さな菱形の空

神奈川　関口《せきぐち》　静子《しずこ》

椿ひろい笑う羅漢の膝に置くつかの間心の通いたるなり
トンネルをいくつか抜けて初めての街は桜の風わたる中
ありあまる思いを編みてからすうり花咲く頃は日暮れとなりぬ

千葉　田中《たなか》　聖子《せいこ》

*

白枯《しろがれ》の葛の葉崩れ万両の朱実《あけみ》はいたくわが眼を射りぬ
面《おも》濡らす女人の髪を想いつつ枝垂れ柳を掻い潜《くぐ》りけり
蔦紅葉うねり伸びつつ血に染めし大蛇《おろち》のごとく電柱を喰む

埼玉　千葉《ちば》　勝征《かつゆき》

*

窓外の紫式部に花が咲き青葉茂りて初夏来たり
秋の陽に紫式部の黄葉と紫の実が光り輝く
曇る日は紫式部の葉と実とはもうすぐ冬と寂しく揺らぐ

東京　筒井由紀子《つついゆきこ》

三月の畑にたちまち育ちたる蚕豆の花つつましく咲く

千葉　戸田《とだ》　佳子《よしこ》

そのめぐりに花を散らして娑羅の木が梅雨に先がけ次々とさく

一週間へぬ間に辛夷ことごとく落葉のしたり花芽輝く

＊

見えぬもの隣同士を遠くせりひよいと首出す皇帝ダリア

兵庫　中畔《なかぐろ》きよ子《こ》

花白く孤愁ただよふ夜来香　真夜の静寂を月に放つ香

枝を蹴りて飛び立つつぐみの満身の気概の嵩に散る桜花

＊

降るといふ雨も降らずに里芋の広葉が首を垂れはじめたり

静岡　長澤《ながさわ》　重代《しげよ》

日を追ひて色を増しゆく紫陽花をかたはらにして畑を耕す

朝咲かむためにむらさき露草が真夜よりその苞緩《ゆる》めつつあり

メイフラワー霞のような花が咲きポアーンと眠たい春が来ている

沖縄　中村《なかむら》ヨリ子《こ》

そこここに自生しているグラジオラス有刺鉄線《フェンス》の向こうも同じ朱の色

ほんのりと乳白色に紅を点《さ》す月桃の花揺るる梅雨入り

＊

くれなゐを閃かせつつ吹きやまぬ風に順ふあまたさくら葉

神奈川　温井《ぬくい》　松代《まつよ》

なにに飢ゑ何に駆けりし人生《ひとよ》なる　桜落葉の紅《こう》はきはまる

立葵のはな咲きのぼる雨の坂われはものぼる傘を傾げて

＊

オレンジの花弁ひろげて極楽鳥は二階のベランダに今朝舞い降りる

千葉　萩原《はぎわら》　弘子《ひろこ》

二階より手すりに添いて延びるつる昭和生まれのポトスは健げ

咲きほこりし浪花のいばらは散りはじめ庭の主役はクレマチスに

黄金に輝く星の形して金木犀は舗道にこぼれる
金色の小さな花が風に揺れ金木犀は香り振りまく
埼玉　藤森《ふじもり》　巳行《みゆき》
本家より小さな墓石父は建て彼岸花咲く丘に眠りぬ

＊

形骸となりたる花をかかげつつ初夏の日差しに遊ぶハカラメ
神奈川　古川《ふるかわ》アヤ子《こ》
横に伸びよとみちびく蔓が上を向く自由でゐたい胡瓜のおもひ
さきがけて咲く一本の水仙にふれて過ぎゆく色のなき風

＊

地に低きタンポポの黄が風呼びて誰も通らぬ空地を飾る
山吹の濃ゆき八重なり卓上にしんと無言の黄を開きいる
富山　宮崎《みやざき》　滋子《しげこ》
入所せしおうなの無言食堂に一人座しおり紅薔薇《べにばら》みつむ

ひとふりの鎌の刃音にあら草の途絶えし命吾に香りくる
ツンとくる辛み育てる湧水の流れ優しく山葵をゆする
神奈川　宮原《みやはら》喜美子《きみこ》
木々の葉を小鳥に仕立てる秋風に金色の葉は光り飛び立つ

＊

立春を去りて九十九夜の泣き霜に咲き誇るチシマザクラぞ
コスモスは規則正しき優しさをカオスの世にもなほ地の塩に
北海道　村山《むらやま》　幹治《みきはる》
ゆく夏を恋慕の黄色をかきたてて野幌森林公園にキツリフネ芽生ゆ

＊

時経ても忘れられぬが裡にあり寒のさなかをひらく白梅《しらうめ》
アフリカの地に二枚《ふたひら》の葉のみにて齢《よわい》二千の〈奇想天外〉
千葉　森野《もりの》　樟子《しょうこ》
鉋にて引きし薄片引っ張れど粘りしなやかパウブラジルは

夏の間を四方八方に蔓伸ばす恐るべき生命体は棚の藤なり
東京　森山《もりやま》　晴美《はるみ》

高枝用鋏は蔓の敵ならず剪ればいや伸ぶ藤蔓ゲリラ

藤蔓の渦をし断《た》つ光ケーブルともに断ちたる八月のミス

*

言はざるも言ひ過ぎたるも悔ありぬ菜の花の海飽かず眺むる
長崎　山口《やまぐち》　輝美《てるみ》

寒風の吹き荒ぶ朝店棚に今朝とりたてのアオサ並びぬ

まろまろと茶の花白きが朝の庭秋深みいく神無月なり

*

散歩道さくらの莟まだ固し冷たき風に追われて帰る
埼玉　山口《やまぐち》みさ子《こ》

雪柳乙女椿の咲く庭に幼子とママ春と戯る

車窓より不意に見えたる満開の木香ばらに歓声をあぐ

であること忘れたやうに八月をすんとたたずむ向日葵の花
鹿児島　山《やま》之《の》内《うち》恵《けい》子《こ》

あぢさゐよ心の凝りはあの時の心残りか　雨蕭々と

つゆくさの花広ごりて海となる朝明《あさけ》の空もほら縹色

*

ほの白くなりたるカサブランカの莟眠らむきはに浮かびてきたり
神奈川　山本《やまもと》登《と》志《し》枝《え》

カサブランカひとつ開くを見たるよりかをりまとへるごとき一日

固き百合の莟が開きゆくまでの日々にすぎたるいろいろなこと

*

身を縛る何なき老いの日日に灯のごとく夜顔ひらく
石川　山本《やまもと》美《み》保《ほ》子《こ》

花の季《とき》過ぎて一輪しをらしき桔梗の瑠璃色雨に滴す

畦道に這ふ荒草に小花咲き踏まるるままに秋を装ふ

若松に南天の実を添へ活ける花鋏の音切れあぢよろし
北海道　湯浅《ゆあさ》　純子《じゅんこ》
ことひとつ区切りをつけし弥生尽レンギョウの芽に黄みさしてゐる
咲き初める白侘助のふたつみつ幽かに匂ふ立冬の朝

＊

コオニユリ今年も咲くか信濃追分《おいわけ》の風が風追うあの砂利道に
埼玉　吉岡《よしおか》もりえ
行儀よくバケツの中に納まりて花屋の向日葵みんなイケメン
身ぎれいに生きて死にたし夏つばき咲き尽くさんと白かがやかす

＊

ゴーヤーは苦きが宜しと口癖の夫は平らぐゴーヤーチャンプルー
沖縄　与那覇《よなは》綾子《あやこ》
花好きの隣家で良かった今朝もまた花談義に沸く小一時間を
コロナ禍の狭庭にマンゴー色付くを見つつ過ごせり自粛の日々を

＊

コロナ禍の〝密〟怖《おそ》ろしや街行けば我が家に朝顔〝濃密〟に咲く
東京　渡邊《わたなべ》　喬子《きょうこ》
朝顔の今朝も七十と咲き満つる朝の楽しみ老いの楽しみ
朝な朝な咲きつぐ青き朝顔に清気ただよふ生気たまはる

8
生活

提出の三首に心して向かう唯一我の世に晒す歌

群馬　相川《あいかわ》　和子《かずこ》

すっきりと雪に輝く赤城山蟠り無しこころの如く

五円にて求めしひよこの鶏になるまで育てし往時を偲ぶ

＊

行灯の祭りの文字は「幸」と決め過疎の町にも賑わい戻る

茨城　会沢《あいざわ》ミツイ

亡き母の「種を播かねば花咲かぬ」心の奥の火種を保つ

「あーちゃんね指無いんだ」とじっと見る五本指有る吾の靴下

＊

ジェンダーフリーは厨からとぞ背押せる夫の一品大根おろし

山梨　相原《あいはら》　明美《あけみ》

戯れて帰る夕べの子等の声暗き小道に明かりのごとし

穴開きて足の指先とび出るを今日の万歩の証と笑ふ

大根を雪の畑に引き抜けば零るる土は雪に鮮やぐ

鳥取　青山《あおやま》　侑市《ゆういち》

蜂は飛び苺の熟す五月なり畑に在れば唯我独尊

土均《なら》し寒肥を撒き年を経て鍬を洗ひぬ陽の落つるころ

＊

蛍《ほうたる》をファイア・フライと言ひしひと今どのあたり十月に入る

北海道　明石《あかし》　雅子《まさこ》

塩づけの桜花ふんはり湯にひらきしみじみわれも日本のをみな

来る人と逝きたるひととすれちがふ発寒河畔の風わたる橋

＊

ひさびさに玉《ぎょく》のごときを相いだき街より帰る妻とわれとは

千葉　秋葉《あきば》　四郎《しろう》

街路樹の欅の若葉身に沁みて連れなくゆふべひとり帰り来

ながき縁しみじみ想ひ美味粒々《りふりふ》上ノ山産の桜桃いただく

震災の本借りて読めば「ガンバロー」と栞の裏に書かれし字あり
山形　朝倉《あさくら》　正敏《まさとし》

見ず聞かず言わぬことなど出来ぬなり日向も日陰もわが通る道

生死論二つに分かれ同級の喜寿の宴は深みゆくなり

*

蔵元の萬歳楽とはゆゆしけれ寒の朝に初しぼり届く
石川　飛鳥《あすか》　游美《ゆみ》

もらひ乳に育ちし益荒男わが姉の葬り終はるまで恩義果たせり

平たきパンバジルとチーズのフォカッチャ食みつつ若きはころころ笑ふ

*

冬生まれのせゐとも思ふ鉄棒もかけつこも苦手な少女なりしは
東京　安部真理子《あべまりこ》

保健室のガラス戸棚に見えてゐしいちばん下の段の赤チン

転びましたと喚きちらせるやうな膝なりしよ赤チンたつぷり塗られて

暖かな色を好みし少女期に還りてふくふく高齢を生く
神奈川　阿部《あべ》　容子《ようこ》

ラジオより昭和歌謡の流れいて演歌ポップスどれも歌える

八十代と思しき夫婦が各停に「急ぐことなどないもの」と座す

*

朝に雨午後乾天気《からてんき》夕に雨四季もなくなる盆中見舞
山梨　荒木《あらき》　清子《きよこ》

ガラケーやスマホ持つ世に慣れつつも進む社会に脳《なつき》萎えゆく

今の世を誰が想像したらうか菌広まれる先の世如何に

*

夫と来し足利伊勢宮気の澄みて鈴の音さらさら傘寿の祝詞
栃木　安藤《あんどう》　勝江《かつえ》

朝露に草生い茂る畑に行く種を蒔かんと鍬をかつぎて

露晴れて雲一つなく朝の日に竹の雫は光りつつ降る

耳で追う郵便バイクわが門に止まらず角を曲がりゆきたり
フェイス・シールド百円也をふたつ買う夫にひとつ私にひとつ
プラスチックのお供え餅の中にある胎内仏のような切餅

神奈川　飯島《いいじま》智恵子《ちえこ》

*

あめ玉のようにころがす梅干しの種を奥歯でカッキと噛み割る
何もかも忘れたき日は遠くまで買い物に行こう草藤の咲く
バーコード急いでさがし翳しゆくセルフレジとう新たな挑戦

奈良　伊狩《いかり》順子《じゅんこ》

*

ありつたけの鉛筆の芯尖らせた素直に「はい」の言へなかつた日
まろまろと呑気に寝ころぶその姿わが遠つ祖冬瓜なりや
生しらす大葉卵黄葱生姜はなうたまじりに昼のどんぶり

千葉　石井《いしい》喜久江《きくえ》

スーパーに冷凍食品の期限読む隣りの老いもわれと似たりき
鯛まぐろの刺身と澄ましと御強《おこは》の膳これぞ老いわが生日の祝ひ
八十六回目の生日妻と祝ふ明日の先にはまだ夢がある

東京　石尾《いしお》曠師朗《こうしろう》

*

母を恋う母の日来たり父を恋う父の忌の来て老鶯の鳴く
見つめいる線香花火の散りぎわに重ねて見たり我の終の日
しめ縄に綯いて届けて呉れし伯父はるか昭和を思う年の瀬

和歌山　石尾《いしお》典子《のりこ》

*

難民の世紀といふいま生きてゐる我またこころの難民ならずや
向かふべき駅を失くした定年のわれ口笛のやうに漂ふ
うら若き教へ子とゐてやすらげば良寛の如く老いてゆきたし

神奈川　石川《いしかわ》洋一《よういち》

小春日の母が手仕事渋柿の揺るる五階をだぁーれも知らない
東京　石橋《いしばし》　陽子《ようこ》

ドアを開け診療室に呼びくれし主治医の笑顔に元気のチャージ

壬寅二度目のスタート初売りにパジャマ買いたるひとり寝のため

＊

田植え済む棚田に月が映り出て蛙の声は谷に木霊す
長野　市川《いちかわ》　光男《みつお》

さわさわと稲穂は揺れて波となる深まる空の伊那の棚田よ

地響きをあげて倒れるモミの木よ来年春の御柱待つ

＊

雪晴の朝の眩しさ丑年の父の寡黙よ饒舌の母よ
岩手　伊藤《いとう》　幸子《さちこ》

紙の本しか読めぬわれ寅年の南部絵暦に年を占ふ

毛水嚢《けすいなう》のマスクも通すウイルスと聞きて自粛の日日を慎む

わたしでない誰かが置いていったよう　庭の木椅子の麦わら帽子
神奈川　伊藤美恵子《いとうみえこ》

お土産の銘菓ひよこの残る一つを真っぷたつにして二人で食べる

仏壇の上の遺影の置き場所はあと一つなり早い者勝ち

＊

ルパンかと思えばルンバ　夏の夜の誤読の淵をただよう花眼
東京　今井《いまい》　千草《ちぐさ》

言葉は魔物　触れるな喋るな花柄の布のマスクのうちらに隠せ

解きあぐね深夜一時の数独は8と6とが行く手をはばむ

＊

雨の日は雨のあかりに目をさます遠くにあるのは夏の楡の木
兵庫　岩尾《いわお》　淳子《じゅんこ》

思ったよりも青が深くてセロファンを剥がしてゆけり花の鉢より

夕暮れはときに願いのしずけさの楽であること夏ひらくころ

陽に映ゆる紅葉ながめつつ朝餉とる老二人居の今
日の始まり
栃木　岩下《いわした》つや子《こ》
運転免許返納決めし心根は如何なりやと夫思う日
日
嫁ぐ時母の持たせし半てんよ八十路を過ぎし背な
を温める

＊

初夏《はつなつ》の冷たき風に揺れやまぬ薄紫の馬鈴薯の花
鳥取　上田《うえた》正枝《まさえ》
「ビリーブ」の流れる車内に君といて来し方のこ
としみじみ思う
二人して白きわまれる辛夷咲く名もなき峠今日も
越えゆく

＊

ぼちぼちに終る人生　呑みたいな清少納言か荻野
目洋子と
大阪　上田《うえだ》明《あきら》
「ウィスキーがお好きでしよ」と言はれれば熱燗
とは言へないよさゆり
娘、婿、孫らが集まり飲む酒を幸せ酒と爺だけが
言ふ

ぷーちんといふとき口を窄《すぼ》めをり野の酸葉《すかんぽ》を齧り
し味する
京都　植田《うえだ》珠實《たまみ》
鯖鮨の青みの下の紫蘇をかむ恋する息子は朝を帰
らず
食べたくないのといふ母を素麺ゆでる湯気がなぐ
さむ

＊

七時にて酒の提供終はりとふ居酒屋出れば秋の落
日
富山　上田《うえだ》洋一《よういち》
我が錆びたる思考回路にまだ青き柚子の一滴垂ら
してみたし
「資本論」放り投げしは何時のことといま人新世の
「資本論」を買ふ

＊

パンパンのクローゼットをかき分けて思い出から
の脱出はかる
奈良　上中《うえなか》幾代《いくよ》
店中が春が来たかとダウン脱ぎパステルカラーの
マネキン踊る
墨をすり願いを込めて浸す筆「有言実行」筆太く
書く

もうすつかり会話も無くなり過ごす日日一人暮しの段取り固まり
神奈川　上野《うえの》　貴子《たかこ》

なかなかに開かぬ踏切渡り終へ軋む車輪の音を背に聞く

ポリバケツに大根一本育てゐる角の居酒屋明かり灯らず

*

青空に小旅行気分でひとときをハンドル握り桜咲く道
栃木　宇佐美《うさみ》ヒロ

誕生日に友がくれたる花のグラス冷水注げば桜鮮か

夫の退院より一年経ちいただきし友の新米に無事祝いたり

*

くれないの月から夜明けの白い月　飛行遊具の定員ひとり
香川　氏家《うじけ》　長子《ひさこ》

シーソーが機織る音に聞こえくる誰かが誰かと生きている音

抱き上げん竹久夢二の黒猫のようにこの世のぬくときものを

肉体にある森深くチェンソーの音誰が鳴らす耳朶《じだ》に洩れくる
宮城　歌川《うたがわ》　功《いさお》

少女期は酸っぱい李《すもも》　百歳の乳房をみたり着がえる隙《ひま》に

踏鞴《たたら》ふむ空しい音だ冬厭う鳥は南へ遁《に》げるのだろう

*

ベランダに見るとなく見る寒空に家を建てゆく人らの動き
埼玉　内田《うちだ》喜美枝《きみえ》

精算を促す機械にはいはいと答えて入れるお札とコイン

とり出だす牛乳石鹸匂いたち未だ固形の石けんが好き

*

走ることもはやかなはぬ足を引き人に遅れて改札を出づ
群馬　内田《うちだ》　民之《たみゆき》

渡良瀬川を越えるのみなる利用者あり雨の激しき上毛電鉄

開業以来脱線事故なく「辷らぬお守り」売り出すといふ

畦道に手ぬぐい取りて飲むお茶のそのおいしさにつかれを忘る
鹿児島　内屋《うちや》　順子《よりこ》

里芋をどばどばと桶に投げ入れて水ぬるむ午後井戸に洗いぬ

山手より牛の合唱聞こえくる　子にせがまれて散歩に出向く

＊

魔法瓶魔法がとけぬその中はオホーツク海、氷水呑む
東京　海野《うみの》　隆光《たかみつ》

この秋は空気感染淀みなし外に徘徊す秋刀魚のけむり

不器用に蝶の上とぶ油蝉こたびは家の壁にはりつく

＊

さ緑の間引き菜ちらす五分粥に話しかけては朝が始まる
愛媛　梅原《うめはら》　秀敏《ひでとし》

裏山の生い茂りたる石蕗の若き茎煮て一菜となす

昼食を終えた冬日の縁側は会いたい人への入口となる

本棚を背にする人らとまっ白な壁を背にしてWEB会議する
富山　浦上《うらかみ》　紀子《のりこ》

楽しくはないんだろうなその仕事紙読み上げる伏し目の首相

未来見る目線に笑顔の選挙用ポスターが父の遺影となりぬ

＊

厄介な告げ口に効く薬無く止まらぬ女の舌を見てをり
山梨　江本《えもと》たつ子《こ》

杉花粉散るボンネットへ指に書くへのへのもへじあの人に似る

出鱈目にでたらめ返すことも覚えもうこれ切りとコーヒーを飲む

＊

身めぐりに鳴く熊蟬に力借り吾の一日ここより始む
静岡　大久保《おおくぼ》正子《まさこ》

快気祝いの赤飯ふかすと早起きしふとも仰げば有明の月

五年用日記終りに近づきて街に買いたり五年は生きん

立ち漕ぎのウーバーイーツの青年がパンを片手にとおり過ぎたり

いくつかの疑念は疑念のまま触れず深くながれる川を見ている

くきやかに橋を映せる川の面に渡り行く人つぎつぎ消える

岡山　大谷《おおたに》真紀子《まきこ》

＊

幼き日兄と登りし思い出の浅間山《せんげんやま》に初日の出見ゆ

初雀三羽降りきて啄ばむを朝の光は優しく包む

菩提寺の和尚さんの笑顔よき先代父によく似て優し

群馬　大塚《おおつか》榮子《えいこ》

＊

ひとり居のおそき朝食豪華なり菊の酢の物ひかりかがよふ

夕光《ゆふかげ》は路地の奥まで差し込みて猫一匹の影が横切る

駅にゆけば一面に蒲団並べられ人ら寝てをりあかときの夢

茨城　大塚《おおつか》洋子《ようこ》

したたかに梅雨の雨ふる朝路に通勤のなき日々思ひゐつ

花桃のうす青き実の地に落ちてわが退職の九月ちかづく

退職しむなしきままに花あふぐ百日紅ぬらし寒く降る雨

東京　大貫《おおぬき》孝子《たかこ》

＊

恐るるはもうなにもなし八十歳《はちじふ》を超せば篠突く雨に楯突く

無駄なことお止めなさいと水たまり風に揉まれてほどけゆく雲

親は子の翳もたぬこと踏まぬこと透明な傘ゆつくり開く

愛媛　大野《おおの》景子《けいこ》

＊

花ごとに風の当たりに差はありて積み重なれる偶然の数

ノンアルのビールに酔ひてこの世には騙し上手とだまされ上手

確実に照らされてゐる夜の頬月の光は温度を持たず

神奈川　大野《おおの》奈美江《なみえ》

今朝もまたコトリと新聞届けらる配達人に日々感謝する

爪を切る途中新聞紙に目が留まりいつの間にやら読み耽りおり

結論を出すも出さずもあれこれと悔いの残りし今の世生きる

大阪　大野《おおの》　雅子《まさこ》

*

自殺せし女生徒は北海道内のこと三行記事にしがみつきゐる

書簡体小説ゲーテの若き日に「日々草」あり炎暑の道に

明日よりは臨時閉館となる庭にツツジ咲きたり紅鮮やかに

北海道　大原《おおはら》　一《はじめ》

*

藍ふかき寒鯖ゆびを弾みきてわが体重に出刃ふりおろす

夕さればいよよさびしい馨しさ雲のなかから嘴太が鳴く

コーヒーはちよつと毒もつ温かさ分からないことばかりだ今宵

静岡　小笠原《おがさわら》小夜子《さよこ》

「卒業」のダスティンホフマン懐しき取り戻したる愛の絆を

すすけたる卒業写真取りあげてシュレッダーかける永訣の夜

卒園の感興見せず子供らは「バイバイまたね」と門駆け抜ける

東京　岡田《おかだ》　謙司《けんじ》

*

取り入れの終りをつげる稲滓火《いなしび》の煙たなびく里の夕ぐれ

冬ごもり変らぬ日びを寂しみて地球儀まはし過去を旅する

安否問ふメールに返す長電話フレイル予防自分を守る

奈良　岡野《おかの》　淳子《じゅんこ》

*

遠雷を聞きつつ眠る春の夜を君は何処に宿りているか

あかときを目覚めて冷たき水浴びて着替えて散歩す心地良きこと

障がいを得て青空を忘れいてもみじの向こうの空に癒やさる

鳥取　奥平《おくひら》　沙風《さふう》

軋み引く雨戸のいたみ案じつつ目は朝焼けの空の彼方へ　長野　小澤《おざわ》婦貴子《ふきこ》

湯気の立つ抹茶ゆ昇る螺旋あり朧な影をしばらく追ひぬ

日おもてに歌集を繰れば陽《ひ》と蔭のだんだら模様うまれてゐたり

＊

ホールインワン四つもとりて松茸の熱燗に酔い徳利追加す　秋田　小田嶋昭一《おだしましょういち》

羽黒山まいりを終えて妻と向き昼餉する肩に鬼やんま止まる

コロナ禍に職失せし娘職見つけ明るき顔に出るを見送る

＊

行ってみるか故郷の家に粗朶を焼べ湯を沸かしてた囲炉裏見たくて　茨城　小野瀬《おのせ》壽《ひさし》

ビニールのハウスの見えてこれよりの一里を行けば故郷のあり

病弱の夫を託して「老健」を去る姉の背に粉雪が降る

ゆうやみに平行線が白く浮くきょう出来立ての舗装道路に　茨城　小原《おはら》文子《あやこ》

真新しきタイヤ痕曳き車ゆくカーナビ表示なき舗装道を

納戸より「あさきゆめみし」全巻の漫画見つかりまた引き籠もる

＊

いつしかに栗も李も大木となりて優しく影なす草生　広島　香川《かがわ》哲三《てつぞう》

灯ともせる家おほよそに静まりて行く道ながき夕映のとき

鳴く蟬もいつしか絶えて村道に十月夏日の容赦なく差す

＊

眠れない夜はラジオの深夜便歌って笑っていつの間に寝《い》ぬ　東京　笠井《かさい》恭子《きょうこ》

春よ来い　冬日の中をママチャリで風切りながら緑道を行く

水上の藤原の郷は大雪らし友の安否を気遣う日々なり

アラームと通話の機能があればよいインターネットも要らぬと外す　香川　加島《かしま》あき子《こ》

だんだんとこの世の居場所を狭めつつ「簡単機能」の機種につながる

籠もりいる窓より見ゆる底紅の木槿のわかき枝よくしなう

＊

外国語の読み聞かせ今日は韓国語　絵本の並ぶお話室にて　秋田　柏谷《かしわや》市子《いちこ》

李《イ》さんの韓国語の絵本にて「大丈夫《ケンチャナ》」という言葉覚えぬ

私は日本語担当　李さんのお話の流れ乱さぬように

＊

残生か余生か知らず書き溜めし三年日記一つづつ捨つ　長野　春日《かすが》ゐよ

身の力衰へゆくも管理機の動力に頼りて野菜作りす

出張の子が遠回りして求め来し蘇民将来の護符を戴く

それなりに吾にもバブルの時ありき抽斗に潜むシャネルの五番　岐阜　片岡《かたおか》和代《かずよ》

「今あたし清少納言の気分かも」女子高生らの会話楽しも

「私たち新米主婦みたい」と笑ひ合ふ天ぷら油の処理を巡りて

＊

生き生きて小さな幸にあやからん台風一過の澄める秋空　埼玉　金子《かねこ》正男《まさお》

刈り跡の乾く田の畦均衡を保ち歩めり今日の遊《すさ》びに

縦揺れの地震《ない》の激しく過ぎしのち余震来るかと身を構えいつ

＊

都合よき予防のマスクすつぴんに出づる買物てばやく済す　山梨　金子《かねこ》三枝子《みえこ》

炒飯の決め手はこれさとフライパンかへす男の孫手付の早し

孫にぎりわれは餡こと手際よく仕上ぐるおはぎ妣も待たむや

久方の日ざしの及ぶ部屋のなかぽつんと座る独りの時間

青森　鎌田《かまだ》　保《たもつ》

妻ともにくらした時は過ぎ去りて日ざしのなかにぽつんと過ごす

妻も息子《こ》も去りたるあとの日差しうけ独りのくらし続けてゆかん

＊

屈まれる視線の先にタンポポの綿毛が風にさらわれて飛ぶ

長崎　上川原紀人《かみかわはらのりと》

若き日の母の出でくる夢さめて過去と現にようようといる

うつしみに滾るものあり前山の稜線染めて日の落つるとき

＊

右巻きの蚊取線香じわじわと燻らせながら向かう終末

長崎　上川原《かみかわはら》　緑《みどり》

「また来るね」撫でてふり向き手を振りぬ夏陽戻れる母の奥つ城

面会の父の十指の爪を切るテーブルの上の細き二日月

十月の光をあつめ校庭にエイサー太鼓の児らの声爆ず

沖縄　神村《かみむら》　洋子《ようこ》

旋律はかくも柔らに響きおり嫗の発するクワッチーサビタン

終の地をここにと決めて十年目垣根を越えて弾む花談義

＊

大安にガーデンテーブル使ひ初め白寿の嫗と春風の中

栃木　神谷《かみや》　由里《ゆり》

孫が来てパラソル立ててばばの蕎麦おいもも植ゑて楽し土曜日

朝の五時少し雲浮く空の下畑に立ちて日を拝みたり

＊

歳のわりにがんばっていると自画自賛サワーで乾杯秋の夜長を

栃木　神谷《かみや》ユリ子《こ》

お家時間おひとりさまにも慣れてきていろいろ挑戦毎日楽し

やれることとやりたいことに次々とときめき継《つな》ぎ星になるまで

戦隊のロボット次次出して見せ孫三歳は客をもて
なす　　山梨　亀田美千子《かめだみちこ》
手を振りてデイサービスに行く義母よ今日から新《さら》
の車椅子に乗り
「七百円」値札直されコロナ禍の観光農園に苺が
並ぶ

＊

些末なる事に追われてカップ麺ただ待つだけの五
分は長い　　埼玉　川久保百子《かわくぼももこ》
ピアス穴あけるを自立と言う人よそんな事かよ猛
暑はつづく
夏空を灰色にして雨が降る戻ってみたいひと日が
あった

＊

眼閉ずるも川の流れの音止まずひかりは音無く人
を射抜けり　　滋賀　河分《かわけ》　武士《たけし》
密となるエレベーターの足マーク親しき友に背を
向けて立つ
あたふたと世情を揺るがす風吹くもそ知らぬ振り
に豊穣の里

あらたまの年のはじめの白飯を雪積む今朝のすず
めにも分く　　滋賀　川﨑《かわさき》　綾子《あやこ》
わがテンポ流行りの曲に追いつけず今宵しみじみ
九ちゃんの歌
塩梅《あんばい》の塩のさらさら梅仕事ははそはの母の手許く
るわず

＊

「かつのぶちゃん」翁のわれを今も呼ぶ幼馴染よ
元気であれよ　　山梨　川﨑《かわさき》　勝信《かつのぶ》
百万《ひゃくまん》円の時計も千円のわがものも正午めでたく針
を重ねむ
いつの間に消えし指紋か擦りあふ指すべすべと夜
を頼りなし

＊

八ヶ岳隈なく晴れて峰々が主張するがに輝き増せ
る　　東京　川住《かわずみ》　素子《もとこ》
久々に会う友ら髪の白さを気にしつつ残生悟るか
言葉の端に
人類のおろかさ示す終末時計核をつくりて核に慄
く

部屋のドア開け閉てをしてテレワーク「いってらっしゃい」「お帰りなさい」

神奈川　川添《かわぞえ》　良子《りょうこ》

チャイムの音夕空はれて少年と子犬のしろのお帰りスキップ

ピノッキオ飛び出てきそうな丘の上の白き家並のペンシルハウス

＊

みづからは生涯見られぬ己が顔おのおの持ちておのおの歩く

神奈川　川田《かわた》　茂《しげる》

両眼の視力を越えてあたるべし未だ開けぬ次元をもとめ

新しき運動靴の紐を編み警報とかれし広き路上へ

＊

決行をためらふ雨の木障《こさ》払ひ草刈る音に合羽を探しぬ

茨城　川田《かわた》　泰子《たいこ》

今朝釣りしとカサゴ三尾にレシピ添へ潮の香まとふ青年来たりぬ

捨てきれぬものばかりなり諦めて断捨離とふ言葉を捨てむか

しとしとと降る雨音に親しまん今宵白檀の香の際立てり

神奈川　川田《かわだ》　禎子《ていこ》

香木の残り少なきひと塊を師より貰ひし日のうす曇り

香を聴けるいとまは無音　黒土に吸はるる小雨の細き銀線

＊

独りいてサイレンを聞く冬の居間タマミジンコが水面に寄る

東京　川田《かわだ》由布子《ゆうこ》

場所前になると空気がうごきだす相撲部屋多き清澄三丁目

そのかみの歩行者天国歳末に力士つどいて餅つきをせり

＊

夕焼けにほとほとまみれ帰るとき少しの空腹に救はれてゐる

埼玉　河竹《かわたけ》　由利《ゆり》

そば殻の枕に寝ねむ野の風を聞きたき耳がしんと冷えゐて

汁椀のおぼろ昆布のどんよりに紛れ込みさう夜の独り居

辛うじて残る二本のキュウリにもゆっくり曲がる似合いの実がなる

山口　河野《かわの》美津子《みつこ》

コロナ禍が収束したらと夫言えば叔父待つ信州の山並み浮かぶ

合格の知らせを持ちて駆けくる子両の手ひろげ吾の背も越え

＊

目的地周辺ですとカーナビに放り出されて周辺に来つ

埼玉　川原《かわはら》優子《ゆうこ》

捨てたとて困りはしない服ばかり未練たらたら吊るしておりぬ

電話してお忙しいのに悪いわね　いえいえ今日はとても暇です

＊

「難聴は認知症の危険因子」太き見出しがわが目を捉ふ

東京　河村《かわむら》郁子《いくこ》

耳朶に揃ひぶみせる補聴器に眼鏡にマスク　よろしう頼む

老いゆくを補ひくるる眼鏡義歯と増えゆきいづれＡＩ装着

春雷に母の逝きし日思い出すあの日の私は生きていたのか

福島　菅野《かんの》石乃《いしの》

何もかもやりたく無い日の続きいる鏡に映るコロナ禍の顔

父母を知りたる人の逝きたりて寂しくなりぬ如月の朝

＊

わたくしのすがたかたちをのみこみて傘の影のみゆく夏真昼

長崎　菅野《かんの》多美子《たみこ》

寝て一人起きても一人の暮らしにてこれそれあれもみんな適当

クリスマスケーキが花束のごと華やかなチラシの上にて足の爪切る

＊

口々に囀るものか平屋なるひとり居まれに聴福のあり

宮城　菊地《きくち》栄子《えいこ》

筒状の花びらの列乱すなきダリアに対す一日置きて

降りくればモミの木立に隠れたる番《つがい》の鳥も雨宿りする

自転車も通行止めのガス工事迂回の道に菜の花に会ふ
東京　木沢《きざわ》　文夫《ふみお》
晩春の自販機見るも缶コーヒー「あたたかい」といふ文字のあらざり
六色のインクセットのプリンター印刷止まる五色はあるを

＊

勢ひよくよくもわるくも一息に賀状に描く虎の顔
東京　岸田《きしだ》　幸子《ゆきこ》
久しくも留守なる家の白木蓮百花かかげて留守居をなせる
秘めもちし手紙を庭に燃やしけりいつしかそこに螢草咲く

＊

もう一人の自分を友に冬ごもる日々を越えたり今日は立春
愛知　木下《きのした》　容子《ようこ》
有限を抱きて無限なる処わが庭の小宇宙空間に立つ
掌にのせたきほどに間近なり冬の星座に時を忘るる

戸を繰れば麦藁とんぼが物干しに清しき朝の光を受けて
栃木　木俣《きまた》　道子《みちこ》
ポチ袋に「ほんの気持」と叔母上が八十半ばの吾にお年玉
古民家の障子を開けて歌会なり名草の里の柚はたわわに

＊

たまさかに夫の買ひきし水饅頭新茶を汲みてしばしかたらふ
千葉　久保田《くぼた》清萌《せいほう》
ちちははの知らぬひいまご見せばやと明るくともす盆灯籠を
夕あかねの出窓に招き猫と並み障りなきけふを見送る儀式

＊

ことごとく葉桜天に輝けるわが誕生日　齢は云はない
愛知　倉地《くらち》　亮子《りょうこ》
生《あ》れしより永き一生《ひとよ》に佳き事のみ思ひ出ださむ今日誕生日
耀きしわが半生よ「ありがたう」地に籠るコロナ禍すでに三年

未だ住まぬ新居へ向かうはいく度目かデートに赴く心地にも似て

東京　黒岩《くろいわ》　剛仁《たけよし》

妹の調達しくれしカーテンが多摩川の風に揺れているなり

新居での用事終われば帰宅せん自宅というはいずれなるらん

＊

梅咲けば水仙咲けばその花に掌を合はせたる祖母《おほはは》恋ほし

栃木　黒澤《くろさわ》　富江《とみえ》

さらば夏さらばコロナ禍と掌を合はす心ほのかに明るみてきて

厚切りのトーストにバター溶けてゆくあかねさす陽をからませながら

＊

色あせし麦藁帽子は軒先に風に揺られて野良を待つなり

東京　小岩《こいわ》　充親《みつちか》

ひょっとこと狐踊りの行列の山車の後方《しりえ》に親子従《つ》きゆく

夕刻の北風に乗り聞こえ来る日米国歌横田基地より

母さんが『ソロモンの偽証』に熱中しなぜか寂しくイオンへ向かう

埼玉　高野《こうの》　和紀《かずのり》

ネットやら歌だ本だとかえりみず母に寂しい思いをさせた

大切な人を忘れて熱中するあなたにもいる寂しがる人

＊

我が沖に錨下ろさる　なにゆゑにあなたの声を欲しがってゐる

宮城　越田《こしだ》　勇俊《ゆうしゅん》

この寺の負ひたる罪をこそ思へしづかの春の捕虜収容所

キャンパスにくぐもる声の溢れゆくニューノーマルに立つ草いきれ

＊

チェロの音にひとつの景が点滅すいづこにありしか雪のなかの橋

神奈川　小島《こじま》　熱子《あつこ》

シードパールのやうな雨粒つたふ窓　剝落してゆくもののあるべし

夏椿ぽとりと落ちてああふいに逝きたるひとのあしおときこゆ

遠く住む息子に歌集を送りしに新辞典二冊送りてくるる

山形　小林《こばやし》　あき

小学生のさつまいも掘りはたのしそう「農村動員」を思い出す秋

女性のみ家事一切を学びいるに男も学べと親はおしえき

＊

滑るごと待合室に入るもみぢ開け放しある自動ドアより

千葉　小林《こばやし》　博子《ひろこ》

咳ひとつするも憚る時世なりレジに並びてマスクを抑ふ

お地蔵に毛糸の帽子ぬくぬくし北風とほる里の三叉路

＊

八十歳の先に何が待ちおるや偶然のごと乳癌見つけぬ

新潟　近藤《こんどう》　栄子《えいこ》

おばあちゃんワイン一本空けちゃったと孫の正月屈託あらず

コロナ禍の下で二人の正月は孫との想い出八十歳の

直向きにただ香蘭に依りて来むわが生きざまの一部を印す

栃木　近藤《こんどう》　光子《みつこ》

一人暮し三年ばかり過ぎゆきて気持の底に吹く空つ風

ＡＩをドローンに積みて戦ふとニュースの切れ端さむざむしけれ

＊

スマホ手に画面を凝視リビングは皆下向いて沈黙と化す

埼玉　齋藤《さいとう》　秀雄《ひでお》

今ズーム互いの顔の確認後画面の個室自由空間

ＡＩに操られゆく日常に我が感覚の衰え加速

＊

「わしらはよ、地獄へ行くと決まっとるで」かしは屋の主ぽつりと言へり

愛知　坂倉《さかくら》　公子《きみこ》

入退院くり返す人つぶやきぬポイントカードあつたらいいな

麻痺を負ひ握りしままの夫の手にまろき手袋編んで被せり

きうり茄子取り込む妻の籠もてばずしりと重いズッキーニあり
新潟　佐々木《ささき》伸彦《のぶひこ》

ともかくも八十一の誕生日おめでたう言ふ妻と朝食

若き日の造林の夢そのままに杉の木立が冬日遮る

*

とぼとぼといずれ彼岸の細き道それでも迷い脇見もしたり
埼玉　佐藤《さとう》　靖子《やすこ》

一日を誰にも会わぬ夕餉時声高くして犬を呼び寄す

穏やかに凪ぎゆくような日日かさね貴方の元へ辿り着きたい

*

茅葺《かやぶき》の小屋と銀杏が池に映え丈山苑《じょうざんえん》は鹿威《ししおど》し打つ
愛知　澤村《さわむら》八千代《やちよ》

新米の出荷を待ちて豆ごはん僅か二合に倖せこもる

金髪のジェニー流るる枕もと眠れぬ夜半のフォスター優し

鳴りいだす五分前には止めに立つカウントダウン・タイマー待てよ
富山　椎木《しいき》　英輔《えいすけ》

ミュートにしテレビ見おれば人間は終わることなき動き生むもの

飲み残しの牛乳飲みぬ　めぐりては睫毛の養分ぐらいにはなる

*

石道を三角乗りして通ひたる街に一つのそろばん塾へ
千葉　塩入《しおいり》　照代《てるよ》

母の着物ほどきてわれと妹の洋服つくりくれにき母よ

手編みなる炬燵カバーを編みくれし叔母の形見の遠き思ひ出

*

ピシャピシャと園の噴水音だけが児らの声なき昼下がりなり
岐阜　塩見《しおみ》　澤子《さわこ》

ペダル漕ぐ児童《こ》は元気よく「こんにちは」あたたかき風残し過ぎゆく

黙々と斜めに座して摂る夕餉これ迄と違うふたりの位置で

あららららいつ子のやうに溜めたのかいつ子好みのマフラー数十

ルージュの赤スカーフの赤うつし身に入魂一色

熊本　鹿井《しかい》いつ子《こ》

ステイホーム「マンバウ」とテレビが叫べば魚《うを》かとも〈蔓延防止〉を約めし語とぞ

*

為すべきをやり尽くしたる妻は今わが手の平の上に安らぐ

ささやかに金婚式を祝いたり妻の好みのケーキ買い来て

長崎　志久《しく》　達成《たつなり》

支えられ守られ励まし受けながらたどり着きたり喜寿の新春

*

栗の木に囲まれ静もる峡の村匂いのしるき雨の水無月

雪の降るけはいを含《ふふ》む夕あかね夫の雪吊り綱ゆるみなし

富山　渋谷代志枝《しぶやよしえ》

三十年時つげ鳴ききし鳩時計　心労重ね今朝より休む

流行のおたふく風邪が差別語と都の条例にあるとは知らず

いそのかみふるの朝雨木の葉打ち屋根の瓦を打つ音きこゆ

埼玉　島崎《しまざき》　榮一《えいいち》

主婦たちが亀の子束子と呼べるとき浜辺の亀は何と思ふか

*

種蒔きて苗を育てて畑仕事老い健やかな日々は嬉しも

ひょっこりと畑にかもしか現れて澄みし瞳にわれを見つめる

岐阜　島田《しまだ》　聖子《せいこ》

手を通す傘寿祝いの腕カバー赤き模様に厨はなやぐ

*

苗木より育てし梅の初生りのまろやかなりし青き玉みる

枕辺に息子の電話の番号をメモして眠るひとりの暮し

埼玉　清水美知子《しみずみちこ》

手をとれば力こもれる友の指生への執着持ち継ぎ給へ

安物の時計の針は音もなく単三電池で宇宙を回す

東京　白道《しらどう》　剛志《たけし》

肌身ごと遡及されゆく感覚の雨の休日アロエの棘よ

空高く鐘の音響き最終のコーナー曲がる三月うさぎ

＊

おさまらぬ車おもいの見てとれる夫窺いつつ季めぐり過ぐ

隔月を神経内科にかよう日よ残生は共に欲落としながら

福岡　末光《すえみつ》　敏子《としこ》

明け過ぐる未だコロナは収まらず　なごりの梅が白花《はな》ちらしいる

＊

オミクロン急速に増ゆ終息を月も見えない　夜空に願う

和歌山　杉谷《すぎたに》　睦生《むつお》

蝋梅の丸い蕾がふくらめりあざやかな黄に　深呼吸する

孫恵麻はママが帰れば飛び行きてべったり側でわがまま通す

シートにパンダもキリンもおほはれて春の夕べの児童公園

千葉　杉本《すぎもと》　明子《あきこ》

猫の時間人間の時間ともどもにいなづま近づく雨のこの夜を

空想も狭くせまく日々あるかまなこひとつの達磨はここに

＊

残すのは、残さないのは、何によるか残世の生き方決めかねている

京都　杉本《すぎもと》　明美《あけみ》

ドレッサーを大型ゴミに出した朝幾万《あまた》の微笑《えみ》と訣別したる

我が下着のリメイクで作る布マスク子は怪しみて一度もつけず

＊

そら豆を塩加減よく茹でてあげて夏のはしりをまず亡き父へ

東京　鈴木《すずき》　和子《かずこ》

語り部も少なくなりし終戦日広告紙の鳴かぬ鶴折る

みどり児をあやとりの如く抱き交わす若きパパママ顔満ち足りて

今生に出逢いしことも朧なりなべて記憶は断片ばかり
北海道　鈴木《すずき》千恵子《ちえこ》

あこがれて辿りつきたる北の街どこに生きても一《ひと》生《よ》は一生

腕組みし寛ぐ人が夜もまた腕組みをして寝ているなんて

*

結界のなき空を行く疫病なり穏やかならぬ日日の明け暮れ
北海道　鈴木《すずき》容子《ひろこ》

高圧線ゆ雪下り来てたるむ朝ゆらす鴉が早や餌をねらふ

追憶の波は静かに寄せ返す追へばなつかし人偲び来る

*

家族皆けふの軌道に乗せられてマスク姿で出かけて行けり
愛知　鈴木《すずき》昌宏《まさひろ》

病院は夕食早し外を見れば農夫は畑で鍬を振りあぐ

フライパンの汚れを布で拭ひつつ感染者数の速報を聴く

夕づきしころ雨のやむしづけさに隣の庭も人出で来たり
千葉　鈴木《すずき》眞澄《ますみ》

鳥の声こもる冬木の楠あふぐ日暮の早し村のやしろは

病みながら待つ寂しさを思へれど用あればわが家出でて来つ

*

どこでもマスクマスクマスクマスクスマホ片手に目だけ出してる
東京　鈴木《すずき》由香子《ゆかこ》

彼岸明け出しっぱなしのセーターが暑っくるしく感じる不思議

一年中洗濯物を部屋に干すあれから十年慣れてはきたが

*

たっぷりの夏陽を畳むごとくして厚手のタオル積み上げてゆく
東京　関谷《せきや》啓子《けいこ》

原稿用紙に清書することなくなりてパソコンを打つ音のかそけし

エゴの花咲くところにて引き返すわれの歩みはわれが知るのみ

霜柱とけて乾ける墓地の道妹の法事に親族《うから》集へり

東京　多賀《たが》　洋子《ようこ》

段差ある寺の建物杖をつく夫は皆に助けられ歩む

中庭の山茱萸の木未だ芽吹かず今年の寒さ厳しきを思ふ

＊

デパチカに買いたる大東羅臼昆布かさり音する温き仕合わせ

京都　高田《たかだ》　好《よしみ》

青空を磨きあげいる窓拭に人工透析《とうせき》をする友の顔うかぶ

妥協する接点さがしうまくなる十指の節も高くなりいて

＊

お花見だ！マスクの下はベロ出して踊れ踊れよ真面目な国民

東京　高橋美香子《たかはしみかこ》

雨の日は静かな空気部屋に満つ夫と我との程よい距離感

思いきり道草をして帰りましょうたまには時計を捨ててはみたい

さかなクンは働く車が好きと言ふ　おさかなクンのここが大好き

東京　高原《たかはら》　桐《とう》

いつしかに一年《ひととせ》つづくウォーキング立夏の朝は白きシャツ着て

不快なる気だるさは気象病「雨《あま》だるさん」呼べばその名に少し安らぐ

＊

医療にて働く人への感謝籠めこの路地照らす青き電飾

埼玉　田口《たぐち》　敏子《としこ》

路地裏にサッカーボールを一人蹴る男児は部活の中止のゆえか

散歩する犬の首輪の反射板地面近くを揺るる夏の夜《よ》

＊

断捨離とはいかぬ亡夫の生涯の大方ありて持ち重る社史

石川　竹内貴美代《たけうちきみよ》

この夜更けもの煮る匂ただよいてマンションの窓一つ灯れる

いつよりか順うことも楽しかり女三従言挙げはせず

わが庭に十本の梅の木のありて義母がのこせる負の遺産なり

茨城　竹内《たけうち》　彩子《さいこ》

しわしわの実を瓶詰に寝かせおく時が仕上げむふくらかな味に

一年を寝かしし梅干しひとつうかべオートミールの粥をいただく

＊

亡き姑《はは》の「何とか成るさ」の言の葉をはんなり包み御萩まるめる

秋田　竹村《たけむら》　厚子《あつこ》

豪雪に往来叶わぬお隣へ「元気ダンスべエ」とメールを送る

さみどりの春の香のする蕗の薹《ばっきや》味噌おとなりさんはお料理上手

＊

春やらん遥かに満ちて瀬戸内のあさりの海となまこの海の

山口　建部《たてべ》　智美《ともみ》

削りたる氷の浮かぶスコッチの琥珀の海へ遥か浸りぬ

蕎麦すする妹の背を蝶跳ねて故郷の春のおとずれ来たる

失せ物を諦めつつも求むればマジシャンの如出てくる不思議

福島　田中《たなか》　寿子《としこ》

毎日の消毒液に疲れたる爪にやさしくクリームを塗る

友の死の知らせを受けしこの朝昨夜の夢に友は居ました

＊

赴任地が「故郷」のごと「帰る」とう言葉をのこし孫発ちて行く

秋田　田中《たなか》　春代《はるよ》

常《とこし》えにある命とは思わねど明日に繋ぐ計画を書く

蒼天に浮き立ちていしビル街の夕迫るとき孤独を纏う

＊

朝明けて昼過ぎ夜来るとふ不思議思へば不思議の中に生きゐる

富山　田中《たなか》　譲《ゆずる》

吾の影濃く顕つ時は吾の意志確かなる時と思ひ見詰むる

靴履かぬ武士の走りは如何程か想像をするのみなり楽し

邪魔邪魔と炬燵の中の足と足ぶつかることの幸せを知る
石川　棚野《たなの》　智栄《ちえ》

ネコヤナギ盛りあがる芽のそれぞれが自由自由と叫びくるなり

電線の影さえ涼し信号待ち白く光りしアスファルトの道

＊

手を染めは言い過ぎかな筆にぎり今日もへた描くへたな絵手紙
神奈川　谷《たに》　満千子《まちこ》

見渡せばいたずら風・晴れ雨を繰り返しつつ今日桜しべ降る

足傷める妹へ届けむ絵手紙の紙風船に幼日乗せて

＊

焦らずに今の自分にできること熟して夜の眠りぐっすり
埼玉　谷口《たにぐち》　ヨシ

老いゆく身労りながらゆっくりと歩む道筋すがすがとして

一日を無事に過せた喜びを老いて知りたる今の幸せ

「まことや」の煮ぶつ定食売り切れと聞きてカツぶつ定食たのむ
神奈川　田村《たむら》　元《はじめ》

をりふしに思ひ浮かべて目を細む「群馬のシャブばばあ」といふ名を

スズムシの声が聞こえて網戸にはカメムシ二匹張り付いてをり

＊

爪を切る間《ま》さえ惜しみて何せしや何もせぬ間《ま》に爪のまた伸ぶ
神奈川　千々和《ちぢわ》　久幸《ひさゆき》

負けてやることが肝要などと言いきみにカリフォルニアワインを注ぐ

「妻不要の夫」とわれを評せしとう妻の無念は人《ひと》伝《づて》に聞く

＊

携帯の便利なメールの時代でも賀状待ちつつ喜気と元旦
岩手　千葉《ちば》　喜恵《きえ》

コロナ禍の終熄信じ手を洗う「ハッピーバースデー」を二度歌いつつ

押入れの父の筆箱なつかしく小筆の墨をゆっくり溶かす

八十余の媼がこの春蒔く胡瓜芽を出し葉を出しもう少し生きよと
岐阜　塚田《つかだ》いせ子《こ》

留守の間に太りし長茄子網に乗せ炭火に焼けば夫の喜ぶ

木の箱に林檎を被う籾殻のほっこり温とし廊下の片隅

＊

朝の庭見えない線に沿ひて掃きゆるりと心が平らかになる
栃木　塚田《つかだ》　哲夫《てつお》

飯と汁なすの漬け物つくだ煮の並べば今日が満たされてゆく

会へぬ今食卓の脇に貼り付けし孫の笑顔に元気もらひぬ

＊

ジャム作り中火で煮ること一時間こげてはならぬとよくかきまぜる
岡山　辻岡《つじおか》　幸子《さちこ》

とりたての無花果をジャムに作り終へ喜寿の私はさすがに疲る

無花果のお礼にジャムと茄子持ちて行けば無花果あまたいただく

名も知らぬ小虫あらわる真夜中のキッチンという裏社会あり
東京　釣《つり》　美根子《みねこ》

殺《や》られたり逃げおおせたり脅したり人ちかく生きる小《ち》さきものたち

北に向く夜の網戸にしがみつく頭、胸、腹、六本の脚

＊

やうやくに帝王切開に産みし子に世話され九十歳とわれはなりたり
千葉　豊島《とよしま》フミ子《こ》

少年の日に大き地球儀与へたり世界を羽搏く仕事をと願ひ

戦さ日にモンペ穿かねば歩けぬと似たりコロナ禍にはづせぬマスク

＊

豚も飼い牛の飼育も諦めてサラリーマンの兼業農家
宮城　中川《なかがわ》　嘉一《かいち》

減反もエサ米作り続けても米が余ると米価の値下げ

遊水地に買われて残りし米作り今年は平年作で良かった

真っ白き小皿重ねる棚の中遠き水辺に影を映して
青森　中里茉利子《なかさとまりこ》
朴の葉にくるみて焼きし一片の肉は遠き森の味せり
さみどりのまぶたを閉じて眠りたし空豆の莢のふくらめる夜

＊

何ほどの過去のありしか未知と遇ふ喜びのみに日日を暮らしぬ
東京　永田《ながた》　吉文《よしふみ》
虚無といふ無は知らねども無心といふ無に親しみてひたに生き居り
早春の光のごとき若き日の母の写真は亡き父の物

＊

山茶花の垣根の終るところ日だまりにひとときは青き紫陽花の花
長野　中野《なかの》　寛人《ひろと》
逝きし父の齢を超えて生くる日々庭木切り詰む日を重ねゆく
去年今年と灌漑用水の仕事来て足を引きつつ栓締めてゆく

夕暮れの鐘の鳴る坂やまいだれ行きつ戻りつ雪洞かかげる
東京　仲原《なかはら》　一葉《いちよう》
XもYもZも額寄せ白紙の書物読み合う喫茶
こがらしの車輪の下敷きコック帽フランス土産今日も茶の間に

＊

半袖のセーラー服が乗ってきて昼の電車は動き始める
千葉　中村《なかむら》ひろ子《こ》
東京での五輪知りつつ北朝鮮にミサイル造る若者や居ん
あたたかき壁に動かぬ冬のハエああおんなじだ余生というは

＊

日に四回点眼薬の説明書読みゆくほどにストレスとなる
東京　奈良《なら》みどり
点眼薬の効うすれたる目に追へる値札の8が3とも見えて
眼科医《せんせい》の横顔とてもすてきですされど　話すときにはこちらを向いて

少しだけ雲から顔だし太陽が洗濯物にやさしく微笑む
東京　成田《なりた》すみ子《こ》

首筋を緑の風が吹き抜ける小さき橋の木々のささやき

寝つかれず楽しい若き日想いだしふっと笑みつつ乙女に返る

＊

自転車の前後に二人乗せ帰宅話聞く耳ペダル漕ぐ足
福島　新井田美佐子《にいだみさこ》

空き家増え一戸一戸が遠くなり除雪しながら声掛ける夫《つま》

君の背に荷物を預け山歩くこれまでもそしてこれから先も

＊

白桃の食べごろ待ちて眺めおりゆたかなるかな故郷の香は
神奈川　西《にし》　文枝《ふみえ》

いかなごのくぎ煮のにおいが家に満ち姉より届く故郷の春

故郷に向かいて一人線香をあげて感謝す　ああ、高原さん

歌を詠む八十五歳のわれは今はたちの春にひたりておりぬ
福井　西尾《にしお》　正《ただし》

確かここだミズナを求め雪を掘るよっしゃ当りだ緑見え来る

味くらべしようと孫も加わってじゃがいも五種の植えつけ進む

＊

台所兼食堂はわたしの居間にして三人子《みたりご》育ち発ちゆきし場所
兵庫　西川《にしかわ》　洋子《ようこ》

六十余年わが親しめるガス台の向かひの窓に春光差せる

身めぐりを簡素に整へ日々の暮し初心に戻さむ八十六歳

＊

ステイホームやさしき言葉に強ひられて老のくらしに風鈴が鳴る
石川　西出《にしで》　可俶《かしゅく》

大胆にのこぎりを当てなめらかに削りあげしは氷の炎

朝漁れの豆鯵盛りて売られあり孵化《かへ》りて生きて幾日を経む

父と母に声に詫びつつ痛む足くづして座り香を焚きたり
山形　布宮《ぬのみや》　雅昭《まさあき》

暑きまま昇り来る日が雲照らし桜桃ハウスのパイプを照らす

水を遣る媼見ぬ畑に昨夜の雨浸みて秋菜の双葉いきほふ

*

いつの間にか平たき靴底選びゐる大地しつかり踏みしめたくて
奈良　野中《のなか》　智子《ともこ》

気に入りて日々履く靴はいつよりかわが足型に寄り添ふ形

夫履きしビジネスシューズ靴箱に二足残りて位置の動かず

*

ひとり居の部屋に寂しく充ちてゆくクライスラーの「愛の悲しみ」
石川　萩原《はぎわら》　薫《かおる》

ワーグナーゆたかに流れ妻へ贈る即興曲と聞きて聴きゐつ

ことばには表せないといふやうに夕べふくよかにセロは鳴り出づ

みどり児は亡き弟の初《うい》の孫恐れつつ抱《いだ》き面影さがす
宮崎　間《はざま》　瑞枝《みずえ》

豊かなる水ある星に住みながら裸足の子らがにごり水汲む

いななきて青野を駆くる岬馬《みさきうま》牧水も見し海風の中

*

焔《ほむら》立つ桑の太根《ふとね》の類を呼び焜炉の中に燃え燃えてをり
山梨　花田規矩男《はなだきくお》

思春期の風呂焚き当番見詰めゐる炎に念ひ託せるあの夜

寝酒呑むを楽しみとして夜なべする眠気は昼寝と差し引きにして

*

満開の桜の元に寛げばふつと湧き来る西行の念
兵庫　埴渕《はにぶち》　貴隆《よしたか》

法師蟬鳴き尽き閑か県立の園の茶房に逝く夏惜しむ

小春日の青空を背にあかあかと桜紅葉はいま盛りなり

しあはせの国に続いていくやうに通学路を学童ら吸はるる　大分　濱本《はまもと》紀代子《きよこ》

おはなしの種を蒔きたきこの子らの登下校路にあいさつ受けき

玄関を開くれば新玉葱三つ置きありし笠子地童は隣畑の谷さん

＊

シチューの日は皆が言ふなり亡き義母《はは》の作りし味に勝るものなしと　石川　林《はやし》和代《かずよ》

「宗玄」を「草原」だよと直しつつ幼と読むは『スーホの白い馬』

帰京する吾娘《あこ》を送りし帰り道歌はぬ夫が歌ふ「五番街のマリーへ」

＊

住み慣れし我が家は何時しか五十年家族の思い出刻み込まれて　愛知　伴《ばん》芙美子《ふみこ》

携帯の呼びくれし音に急ぎ取る今日は大学の合格発表

遠方に転勤をする子と家族寂しさ不安は胸に納める

食べたきはハーゲンダッツのナッツ入りお一人様の若夏に臥す　沖縄　比嘉《ひが》道子《みちこ》

心にくき「かんたとダンス」の三枚肉《ポーク》カレー松の実踊りアーモンド踊る

黒南風の中に座りてスーパームーンあかがね色に喰われるを見る

＊

己れとふ厄介なれどもいとほしきものに死ぬまで付き合ふ定め　京都　久富《ひさとみ》利行《としゆき》

楽観と悲観のはざまに揺れ動く心を制御するすべあらず

人生にゲームのごとくリセットする装置のあらば気は安らぐや

＊

我が娘我の体を気づかいて糖質低き米を持ちくる　富山　平井《ひらい》信一《しんいち》

炒めたる〈空心菜《くうしんさい》〉にて酒飲めば我が歌心いずれかへ去る

アボカドにナイフを刺せばメキシコの光と風が厨に通う

佐貫駅龍ヶ崎市駅と名が変わるコロナ自粛のはじまりしころ

茨城　平澤《ひらさわ》　良子《よしこ》

おさな児に「たぬき」と聞えし佐貫駅特急ひたちの通過待ちたり

開業より百年超える駅名が消えて何かが変わったろうか

＊

眼《まなこ》失うように眠りし怪我の熱今朝は雀も鳴かぬ雨なり

神奈川　平野久美子《ひらのくみこ》

総ルビの三拾銭の『赤い鳥』見舞いに届く雪催い

それぞれに国訛りある慎ましさ童話のなかの夕やけの町

＊

独りいの心の支えと歌と書をいつしか年ふる二十余年に

大阪　平野《ひらの》　隆子《たかこ》

「石山切伊勢集」にのめりこみ知事賞を受く夢かと紛う

七十五の石段のぼり受賞告ぐ亡夫《つま》の墓石に初雪のまう

現職の頃より通ふ歯科医院　予約はいまも退勤時間後

茨城　深井《ふかい》　雅子《まさこ》

お互ひに年取りましたとそつと思ふ学校歯科医でありし先生

子の乳歯抜けたるを放りあげるごと明るく投げむ過ぎたる事は

＊

若き日の酸いも苦いも過去のこと今日ほのぼのと曽孫と笑う

愛知　深谷《ふかや》ハネ子《こ》

つと出会う昔話の通う友掛けて語れば思いでばかり

永らえて思いたどれば人生の尊い時間の流れの早さ

＊

立春を過ぐれば六時陽が射して新しき今日に栞をはさむ

秋田　福岡《ふくおか》　勢子《せいこ》

病院は悲しみだけの坩堝ではないんだ妊婦さんが通れり

免許取りはじめて所有せし「レガシー」思えば人生半ばの輝き

ループタイに中折れ帽子の似合ふきみ妻籠の旅の写真出できぬ

東京　藤井《ふじい》　徳子《のりこ》

老い人が帽子をとりてゆつくりと鳥居をくぐり本殿に向く

バーゲンの帽子売場に試着する赤のベレー帽全く似合はぬ

＊

山椒の芽伸びているかと見にゆけば未だ小さし山の麓に

栃木　藤倉《ふじくら》　節《せつ》

山からの流れる水の冷たさに夏の暑さもしばし忘れて

畦道の草刈るわれに声かくるあったかいお茶入ったよと友が

＊

葱さげて白い三日月見ていたら追いかけてくる冬の夕暮れ

神奈川　藤田《ふじた》　祐恵《さちえ》

クローゼットに一度も着ていない服がある深海魚を飼っているんだ

連合いと初夏の日差しの部屋で観るホラー映画はコメディとなる

辛うじて遣り繰り算段年金が頼みの日暮らし為政者知るや

三重　藤田《ふじた》　悟《さとる》

止むを得ず貯え削る不時ありき年金生活意のままならぬ

交通費シルバー割引望まれる年金暮らしも遠出がしたい

＊

広縁に机を二つそれぞれに夫の平城《ひらじろ》わたしの陣地

大分　藤野《ふじの》　和子《かずこ》

いつの間にか疎遠となりて逝きし友わたしの胸に時々生きる

元気かと問えば誰も否と言う互いに老いて一病ならず

＊

この冬の真青な青空願はくは新型コロナ吸ひ込みくだされ

千葉　藤原《ふじはら》　澄子《すみこ》

気に入りしドラマをビデオに見てゐればテレビみる夫ときをり覗く

送りくれし手打ちうどんはふるさとの味にてやはらか茗荷の汁に

味噌汁を「ばーちゃんスープ」と孫達は呼びて次
つぎおかわりをする　山口　藤本《ふじもと》　征子《せいこ》
さもあらん功労賞の祝宴に短歌もそえし岩国市長
水牛にゆられつつ巡る竹富島琉球瓦の低き家並み

＊

三枝先生《せんせい》の指南を受けて出版す夫婦歌集の名は
『一輪草』　山口　藤本《ふじもと》　寛《ひろし》
手作りの祝賀会受く妻と吾川面に映える五橋の反
橋
肺を病み病床で迎えるお正月瀬戸より昇る初日を
拝む

＊

屑籠に令和三年の本暦わがすぎさりも共に捨てむ
か　鳥取　藤原《ふじわら》みちゑ
五時になりやたらと静か鉄骨の芯空を刺す解体の
家
新米を一合釜に入れ炊きぬ自が育ていし稲の重さ
よ

掛けちがふボタン一つが手に余りわがすぎゆきの
九十路は険し　青森　古舘《ふるだて》千代志《ちよし》
労りのひと言胸にひびき来て押し花となる心のう
ちに
老いの身に短歌《うた》あることを愉しみて光さやけき明
日あれと希ふ

＊

園児らを両手に身体に囲いたる保育士のかたわら
徐行して過ぐ　千葉　逸見《へんみ》　悦子《えつこ》
つわ蕗は今年も咲きぬ姉二人それぞれの施設に冬
迎えんとして
仕事はじめ時雨れる今朝を棟梁は肩すぼめゆく足
場つたいて

＊

念を入れ静かに掃きたる家の前　迎え火の朝送り
火の夕　東京　堀内《ほりうち》　善丸《よしまる》
猛暑さなか「遮陽権」など有るらんか日照権をし
ばし忘るる
「ハンガリー舞曲第五番」大掃除のスピードアッ
プの助太刀とせり

新藁の匂い清《すが》しき注連縄を張りて新年の準備整う

ことことと土鍋に炊ける七草の粥は祖母より教わりしもの

東京　堀河《ほりかわ》　和代《かずよ》

香にたてる野芹の粥をなつかしむパックの七草香り乏しく

＊

砂の上の素足に海は這ひのぼるまつたり抱かれてみるのもいいか

広島　本宮小夜子《ほんぐうさよこ》

瓶の塩は梅雨湿りたり素足にて少女さはさは沙を駆けゆく

最も短き日の夕ぐれは犬とゐる犬の吐息のやうな風受けて

＊

太陽の子どものようなオリーブを遊ばせているドライマティーニ

東京　誉田《ほんだ》　恵子《けいこ》

常識を破壊するべき朝がきてプリンをパンに伸ばしておりぬ

ざらざらと雨に降らるる午後四時のカップヌードル海の味なり

駅までの住みびと知らぬその庭に羽二重のごとくカラーの花咲く

道端にもみじの種を集めいてゆめは盆栽ベランダの紅葉狩り

埼玉　本多《ほんだ》　眞理《まり》

炉開きの湯気のむこうに浮かびくる明かり障子にほととぎすの影

＊

補聴器とマスク、メガネを支えてるわたしの耳はとても疲れて

鳥取　本間《ほんま》　温子《はるこ》

出来ぬこと一つ増えたりまだ出来ることを思えり夕陽があかい

黙とうの一分間を鐘の音静かによせてかえしてよせて

＊

この頃は母の夢見ること多し演歌をかけりゃ足趾《そくし》でリズム

福岡　前田多恵子《まえだたえこ》

恥ずかしや出精値引《しゅっせいねび》き知らずして長年付けし我が家の家計

独り言そと呟けば文字に変換進化《なる》してます今のスマホは

改札を出でし人らのひとりづつ夜道に消えてマスクを外す
東京　牧野《まきの》　道子《みちこ》
ウインクの蛍光灯かへ大仕事なしたる心地に夕べを灯す
幹にまく樹木ナンバー消えかかり梅は今年の花を終へたり

＊

勤務先に感染者出て全員に自宅待機の指令を発す
茨城　益子《ましこ》　威男《たけお》
待機中のわれの代理の銀行で妻はお金の使い道聞かる
昨年の川柳一位の句にありぬマスクの中でただ「ウッセイワ」

＊

西へ行く機体も見えずいつの日か自在に空をゆく旅願う
奈良　松井《まつい》　純代《すみよ》
部屋の中ほのかに明るき黄緑のぶどう一粒一粒の幸
何ごともなく一年は過ぎたりと検査室前のポスター眺む

夫眠る霊園に昇る初日の出をひとり見ておりつくづくひとり
長崎　松尾《まつお》みち子《こ》
魂がさみしさみしと言う夜は愛犬抱きしむモモは温かい
映画見て俵万智読む一人居は寂しくて自由秋桜ゆれる

＊

儚きものあげつつ気付く最たるは己自身とおのが生き様
神奈川　松田《まつだ》　恭子《きょうこ》
何気なく口にせしこと責められて八十一歳もう放つといて
甘いもの断じてゐしがひとたびを食べ始めれば際限もなし

＊

この夏を最後に独居の老人が去りて「売家」の看板立ちぬ
北海道　松平多美子《まつだいらたみこ》
十月の午後の光に回想と挽歌ばかりが浮かびくるなり
冬道を杖つきながら散歩する老人にいつも柴犬が添う

あかときの闇を行く影あはくして人ひとりなり人ひとり行く
広島　松永《まつなが》　智子《さとこ》

午前五時いまだ声なく音のなくにんげんの音ただただ待てり

燃えながら沈む落日見て立てりものいはざりきひとひのをはり

＊

「淡きみどりと香りもいいね」帰国子の喜ぶ今朝の七草の粥
石川　松本《まつもと》いつ子《こ》

寒雷に天地の震う北陸の常の暮しよ湯どうふ掬う

紫黒米《しこくまい》のおむすびほんのり紅《べに》おびて心豊けき古代《いにしえ》想う

＊

山並に吾が文字「あゆみ」と筆文字ですぎ来し方を歌集と成せり
茨城　松本《まつもと》　良子《よしこ》

弟子達の贈り来たれり胡蝶蘭歌集を祝い白を舞いいて

現われし土葬の先祖骨太し新たな墓に納めて祈る

片付かぬ物は何時までもそのままに見つつ触れつつそのままに在る
和歌山　松山《まつやま》　馨《かおる》

両の指に力入らず老いたれば肯ずることの一つとなりぬ

『奥の細道』冒頭三段諳ずる気分爽快未だ見ぬ世界

＊

白髪・しみ・皺など隠す気にならぬもはや死んでも不思議なき年齢《とし》
香川　真部満智子《まなべまちこ》

届きたるインクの匂い食卓に大きく広げ新聞を読む

アマビエのストラップ吊るすタクシーに乗りて帰りぬ歌会終えて

＊

ジェンダーギャップの世を育てしはわが世代物言わざれば波風立たず
埼玉　間野《まの》　倉子《くらこ》

ジェンダーギャップ疑わざりし若き日日責めらるること老いし今あり

性差別叫ばるる世の雛めぐり女雛おびなの面は穏しき

悪い事何時まで経つても忘れ得ず今日原爆の日ね
六拾年　島根　丸原《まるはら》　卓海《たくみ》
爺《ぢぢ》と婆《ばば》喜寿卆寿経て尚健康養護施設に萬々歳
久方に東洋五輪東京で女性柔道金星を挙ぐ

＊

ぼたゆきが降り止み早々暮れゆきぬ柚湯に浸かり
芯までほつこり　秋田　三浦貴智介《みうらきちすけ》
離《さか》り住む娘の孫のひなまつり老いのふたりはスマ
ホで参加
勤めやめ村役もやめ車やめなれど人生まだまだや
めぬ

＊

夕映の広がる部屋に厳かな儀式のごとく足踏み入
れる　東京　三浦《みうら》　柳《りゅう》
ウイルスを恐れてわが手を洗ふ水強く真直に蛇口
より出づ
とりとめもなく話しこむ夜の電話見えざる不安を
闇に感じて

二、三日我が家で暮らす肉・野菜エコバッグに詰
め連れて帰りぬ　埼玉　三上眞知子《みかみまちこ》
一人だけノッポの葱は得意気にエコバッグから辺
り眺めて
埼玉で育ちし葱は鍋のなか麻婆となり異国とまみ
えん

＊

あつあつの鰻重土産にそばやめる年越しせずに若
返る我　埼玉　溝部《みぞべ》　昭子《あきこ》
唐揚げの小鯵の酢漬け旨いねと夕餉の話題鯵の処
理法
食べ過ぎを帳消しにせんと体操し腰痛めれば医師
に笑わる

＊

朝ごとの入れ歯のはまり具合にて今日を占ふこの
歌彼も　埼玉　御供《みとも》　平佶《へいきち》
蓄積は七十余年の記憶よりキーワードなく夢は唐
突
さかさまに望遠鏡の小円に不意に吹かれて眼圧の
風

持船は舫ひの船に日々揺れて漁止めし後を動くことなく
大分　南《みなみ》　静子《しずこ》

ふるさとは更地となりて帰れぬも野草の中に父母の声聞く

恒例の祭りも止めて祠には火点る黒き墨跡残る

＊

縁側に父の位牌を持ち来たり夕暮れ時に父の居た場所
東京　宮口《みやぐち》　弘美《ひろみ》

ちちははの家の縁側風鈴がちりりりんと鳴るああ夏が近く

熱々のお皿のどこをどのように持っても熱い　ワタシイキテル

＊

今ここに震度七強襲えばとシミュレーションす湯に浸りつつ
和歌山　宮﨑《みやざき》トシミ

ワクチンの接種の話盛り上がる井戸端会議の第一議題

参観も運動会も真っ白な割烹着なり亡母の余所行き

娘と孫の介護濃度はプロ並みで吾はたちまち化石より脱す
島根　宮原《みやはら》　史郎《しろう》

犬をつれ老女の会釈し通りすぐそれだけのことおだやかな海

人よりも猿・猪多き山里にバスは時々ヒト降ろしゆく

＊

都忘れ花咲き初めて巡りくる面影偲ぶ母の命日
福岡　宮邉《みやべ》　政城《まさき》

たらちねの母の行年まであと三年何が何でも生きねばならぬ

コロナ禍に米寿も過ごし目指したる卒寿の峠に辿り着きたり

＊

基礎疾患ある老いなれば自粛して信濃の国より出づることなし
長野　宮脇《みやわき》　瑞穂《みずほ》

腕時計はめると心は引締る午後の講座に出かけんとして

かなかなの声を聞きつつ冷酒飲むわが大好きな夏がまた来る

線路沿いのおしろい花の黒き実を割りて塗りあう
学校帰り　京都　村田《むらた》　泰子《やすこ》
今更に失うものなど無き身にも満天の星に願いを
一つ
全盛期の栄華を偲ぶ家屋敷なすすべもなく毀たる
るを待つ

*

朝の陽に誘われ道辺に休らえば見知りの小犬尾を
振りて来ぬ　茨城　村山《むらやま》　重俊《しげとし》
君くれし港の絵手紙浜風を我に運びく夏の盛りに
夫の留守自由は確かに不自由と教えてくれし三度
の食事

*

にわとりの羽をみどりや赤にそめお金集める日本
の行事　栃木　室井《むろい》　忠雄《ただお》
帽子からハトが出るとは限らぬがトラが出てくる
ことはあらずも
箱の中から飛び出してくる鳩のいて柱時計が動い
ていた昭和

かかと落とし十回をする場所として散歩の途中の
水辺の手すり　千葉　森《もり》　みずえ
胎内に動く写真を見せながら息子《こ》のもの言ひのや
はらかくして
火事に遭ひし姉を電話に慰むる夫はおのれの病に
触れず

*

思い出は糸たぐるごと浮かび来て夜のほどろを寝
ねがたくおり　宮城　森《もり》　葦乃《よしの》
いつまでもその笑み見せよ毬のごと弾むおさなに
出会う街角
しくじりも良き出汁《だし》として生きゆけと師の励まし
の忘れかねつも

*

かつて父の指で潰せば黒々とハムシの跡の付きし
壁ぞこれ　東京　森本《もりもと》　平《たいら》
胃の悪きを治すはきっとかたからん人と接するは
常に苦痛
失踪をしばし思えど失踪をせぬまま今日の午後に
至りぬ

烈風をいふと思ひし「恋風《こひかぜ》」の身に沁む風と知りしも昔

大阪　安田《やすだ》　純生《すみお》

「老い風」と刹那おもひぬ車中にて「追風」てふ語を小耳に挟み

「空風《そらかぜ》」に「空寝」「空ぼけ」　我がするは空考へや空真面目など

＊

ヘリコプターは延焼続く山に向かふ昨日の大風今朝は和ぎたり

栃木　柳田《やなぎだ》　かね

梅雨も明け毎日猛暑の続きたれば昼餉は冷汁夫の好物

小さき田の稲架掛けの束次々に子らとの作業脱穀進む

＊

叩かれるために頭を出すなんてまっぴらごめんもぐらの呟き

愛媛　矢野《やの》　和子《かずこ》

押し並べて誰にも媚びない猫だった　あの世でもさぞ生きにくかろう

もぐら叩きのもぐらはもはや叩かれず潜ったままのもぐらの暮らし

軽くかろく遠き世界にあくがるる綿毛のやうに痩せてゆく母

香川　藪内《やぶうち》眞由美《まゆみ》

なかなかにつかぬ燭の火墓場とは風あるところとおもひ至りぬ

どんみりどんどんみりどどん雲がきてたうとう雨がふりはじめたり

＊

報はれぬことのみ浮かぶ梅雨の午後　オリンピックの是非問ふ話題

長崎　山北《やまきた》　悦子《えつこ》

塩と米のこり少なくなりたれば小糠雨降る街に出で行く

川沿ひに勢揃ひする紫陽花の佳純《かすみ》・久美子…わたしはゐない

＊

ベンチにて道行く人を眺めつつ居酒屋の開く午後四時を待つ

神奈川　山下《やました》　紘正《こうせい》

心地よき嘘をまじへし冗談に真意を探り怒る人あり

マスクして声を潜めて会話をすとぎれとぎれを埋めてつなぎて

にんげんに特別な日などなくていいわたしの側にあなたがゐれば

宮城　大和《やまと》　昭彦《てるひこ》

マスクなどなくてもいいよと雲が言ふ俺がお前のマスクになるさ

裸足で砂を踏んでゐる女《ひと》その足はしづかに海を引き寄せてゐる

＊

「相棒」のうしろの屏風読みたしと再生して解く草書の漢詩

富山　山中《やまなか》美智子《みちこ》

黒革の手袋を脱ぎ三月の陽だまりにとかすチルドのからだ

雨粒にひたひを打たれスコップおく青女は天へ帰りたるらし

＊

走りくる児《こ》を待つ電車春浅き坂東の野にベル鳴りひびく

千葉　山本《やまもと》　一成《かずなり》

カウンターの寿司つまみつつ思ひをり縄文の魚《いを》と弥生の米を

ホームにて友待ちをれば舞台よりせり上がるごと出でてきたれり

それぞれが春衣の天使　看護師が医師がHelperが母を守らす

広島　山本《やまもと》　真珠《しんじゅ》

花フェスタに今年は夜を待ちて来《き》ぬ〈花の塔〉ありて小さき炎

誕生日を〈錦パレス〉にてむかえたりかすかな山霧　ホテル・コーヒー

＊

老人車押す妻に添ひゆるやかな歩みに赤き鳥居も見えて

栃木　横山《よこやま》　岩男《いわお》

子に負担かけて生きてゐる吾を旅にさそへり富士山見よと

柔き葉を摘みて食せしコンフリの気づけば紫の花咲きてゐつ

＊

老いてなほ〈共同体《コミュニティ》〉こそ力充つ男女集ひて幾十年とぞ

千葉　横山《よこやま》　鈴子《すずこ》

わが生の永く疼けるかたまりを解き放つすべと女性史を解く

なにごともなさずに朽ちてゆくのみかパンデミツクのただ中に揺る

音高く降り出だせども明日のこと炬燵に居りて思案などせず

長崎　吉岡《よしおか》　正孝《まさたか》

冬の夜の羽毛布団のあたたかさ何もあやめずわたしは眠る

ロボットに介護うけるも視野に置く過去の家族はなべて長生き

＊

円らなる真赤な苺食べる時唇に微か罪の匂いす

愛知　吉川《よしかわ》　幸子《さちこ》

戦争　見し汚れた眼濯げとぞたんぽぽの花野道に咲き競う

肝心な事には触れず散歩道足萎の夫に歩巾合わせて

＊

港への引き込み線を貨車がゆくけふの猛暑と夕日を積みて

福島　吉田《よしだ》　信雄《のぶお》

庭いぢりに一息入れれば目を癒す秋天の藍木々の紅

縫物をする妻のゐて書をひらくわれゐて居間にとどく冬の陽

楽器かもしれないものを抱えつつまっ直ぐにゆくゼブラゾーンを

神奈川　吉野《よしの》　裕之《ひろゆき》

水飴のようスコールのよう冬の月美しいとき私たち

やさしさを量で教えてくれる人サワーポメロを送ってくれた

＊

幸運の一生と思ふ寅の齢「ますかけ」の掌を開き見るなり

栃木　若林《わかばやし》　榮一《えいいち》

前向きな気持にさせてくれるもの高麗《こま》人参を朝々に服《の》む

免許証返納無事の六〇年余力ある身を幸ひにして

＊

黄に熟れし麦の畑は広々とひばり鳴くかと歩を止め待ちぬ

栃木　和久井《わくい》　香《かおる》

何時の間に早苗田となりし広き田は微風なれどもさざ波のごと

店先に春蒔く野菜の種あれば老いの身なれど手に取り見入る

三度目の緊急事態一年が三年《みとせ》過ぎしと思へり今は
山梨　渡辺《わたなべ》　良子《よしこ》

親の顔知らず養女となりし友認知症とふ余生に幸
を

二歳児を声にあやせば子の育児日記《にき》に書きしは昨
日のやうに

*

汗流し草取りしたる労りか　降り続く雨に身を癒
しをり
愛知　渡辺《わたなべ》　礼子《れいこ》

来年も命在るがに夕顔の種を採りたり真白き種を

荒畑に茶の木の花の咲きをれば床に活けむと持ち
て帰り来

*

亡き母の紅茶ポットを傾ぐ時かなしみはふと檸檬
に明かし
千葉　渡良瀬《わたらせ》愛子《あいこ》

捨てにゆく玩具のピアノがふいに鳴る一角獣の影
を踏むとき

ため息の連鎖に半ばうづもれてドミノの欠片は傷
ふたつ持つ

9
仕事

いくたびも我の心を打ちなほす思ひにて読む師のうからの歌
東京　秋山佐和子《あきやまさわこ》

全歌集の解説託す　九十六歳の師の声確かに胸に収めつ

籠もり居て憂ひ濃き身にはろばろと天のつかひの春告鳥《うぐひす》のこゑ

*

九月には八十六歳久しかりし病院診療今年で終える
鳥取　石飛《いしとび》　誠一《せいいち》

外来で長く診ていたクランケにそれぞれ次の医師紹介す

重症者あれば休日も返上した長きつとめも今日で終わりぬ

*

鬼歯でも牙のようにはならぬよう鶏軟骨を孫に勧めん
和歌山　大河内喜美子《おおこうちきみこ》

左右二本あなたの八重歯はみ出せり笑っていても鬼滅の刃《やいば》

寒《かん》さ中《なか》局所麻酔の注射液を温《ぬく》め患者の痛み減らさん

こころ病む息《こ》の薬箋を出す父の深き手の皺ふと見つめたり
茨城　大森《おおもり》　幹雄《みきお》

窓口の途切れぬ患者思い遣り昼食も摂らず薬を渡す

調剤に欠品なきよう千品目の在庫に今日も目を光らせる

*

重機その心《しん》のあたりに透明の部屋ありて熟練の男座れり
東京　押切《おしきり》　寛子《ひろこ》

如月の土に男らは寄り来り図面を広ぐ空を見上ぐる

男らは緊まりて風の空にあり昨日より高し銀の足場は

*

勤しみし校舎去らむか卒業の子の成長の眩しさも連れ
山梨　樫山《かしやま》　香澄《かすみ》

子らの背に無言のエール送りゐし日日を忘れずこの教室も

校門をくぐりて四十四年経し生活《たづき》静かに終へなむ我は

夕迫る師走の畑を唸りゆくトラクター急げ冷え著し風　群馬　光山《こうやま》　半彌《はんや》

春嵐は野菜トンネル襲ひきて補修作業の我が身あやふし

大半の南瓜は酷暑に耐へ難く捨てゆく玉を鴉ついばむ

＊

ことわにビジートーンの響きたるこころの健康相談ダイヤル　愛知　桜木《さくらぎ》　幹《みき》

君の嘘君の本当を聞きいたり夕焼けと朝陽を見分けるごとく

本は鳥、手紙は蝶に姿変え飛びゆくだろう我が机上より

＊

存在を祝ふごとくに冬の日をひたひた受くる白樺の樹皮　東京　篠《しの》　弘《ひろし》

避け得ざる老いは迫るによみがへる立案をすることの愉しさ

大冊の最終章なるゲラの束開かむとして手が怖がりぬ

雪の上に転びて遊ぶ園児たち地球温暖化などつゆも思はず　青森　杉本《すぎもと》　陽子《ようこ》

安らかな寝息たしかめ見回りぬ夜勤の母の帰り待つ子ら

月毎にシクラメンを届けくれしひと花々に埋もれいまは眠りぬ

＊

福祉の質求め続けて半世紀吾の歩みは無為かも知れず　岐阜　中野《なかの》たみ子《こ》

質求むるは時代遅れか実態に外れ雑なる支援計画

憂ひても詮のなきこと利を求め福祉に群がる起業家多し

＊

岡持を持つ手に雪の降りかかり中のどんぶりカチカチと鳴る　群馬　穂積《ほづみ》　昇《のぼる》

カツ揚げてラーメン作りひと日終ふ商ふ事の喜びを知る

背中を打つ冷たき風に押されつつ出前に急ぐ弁当持ちて

問診に検査に五感に六感に心を尽くし心を盗む

芳魂をいづち養ふわが医院「来てほつとする」いくたりも言ふ

幾千人診て来て思ふ先人訓〈人《にん》人《にん》唯《ゆい》識《しき》〉こころ果てなし

青森　三川《みかわ》　博《ひろし》

*

地に御座す神に祈りて種子を蒔き覆土なしゆくざらざらの指

苗床に近づく蝶をたもで捕る昨日十匹今日十五匹

虫喰ひの白菜苗を選り分けて雨の予報に急かされてをり

和歌山　水本《みずもと》　光《あきら》

*

きき腕の撹拌に立つメレンゲは泡のとがりに黒き穴あり

デコレーション百三個がキャンセルになってコロナの衰え知らず

蒼穹に希望は上がり頭の中の「お嫁サンバ」のリズムと働く

群馬　武藤《むとう》　敏春《としはる》

黒光りする算盤は五つ玉布袋思わす花屋の店主

老練な板前の技に見惚れいるリズミカルなる白き指先

雑草の折れたる花を水に挿す若き庭師の心を見たり

和歌山　森田《もりた》瑠璃子《るりこ》

*

切り揃へられし茶畑寒風に晒されつつも葉に艶を持つ

嫁ぎ来し頃の茶刈りを思ひ出づ早緑の芽とさはやかな風

茶畑に「伊勢茶」と書かれし看板の歳月と共に古びてありぬ

三重　藪《やぶ》　弘子《ひろこ》

*

二十歳《はたち》をば過ぎたる脳性麻痺の子を連れて老母が診察に来る

子の診察済みたるあとに母親は一礼してオカリナを奏でくれたる

「この子のため少しでも長く生きたい」と言ひて母親は診察室を出でぬ

長野　山村《やまむら》　泰彦《やすひこ》

高知　依光《よりみつ》ゆかり

月曜の調剤室はせはしかり花粉症なるあの子も待ちて

あをの顆粒白の微粒を分包し監査のすめばもう正午まへ

水剤を量り目盛をつけ終へてスポイト添ふる雨の火曜日

10

愛・恋・心

奥能登の天領黒島に打ち寄する波の激しくされど尊き

石川　赤《あか》尾《お》登《と》志《し》枝《え》

黒島へ婿に行った叔父が居ったよ　わが叔父の言いし遥か日のこと

まだいけるというのか紫陽花十月の色に染まりて咲き続けるも

＊

子が変わる前に親が変われよと諭す吾が前若き人泣く

埼玉　浅《あさ》見《み》美《み》紗《さ》子《こ》

いじめとは〝遊び〟と言いきる人に向かい遊びと言えぬ吾は怒りぬ

わが思い叱咤するごと冬の虹かかりて歌の生るる喜び

＊

逃げ出した言葉追いかけラビリンス時の迫間を漂う私

佐賀　池《いけ》田《だ》みどり

逆様に写る我が家の水田の家昨夜の蛙の眠り居りしか

ままごとも人形遊びも知らぬまま友との距離を計るものさし

人が怖い　わが心根の凍りつく不信の層に滲みしぬくもり

東京　石《いし》川《かわ》　皓《てる》男《お》

丸顔に引き目すずしく物腰の柔らかきひと　わが背つつきぬ

ネックレスヘッドに彫れる薔薇窓や　妻あこがれしヴァティカンの窓

＊

朝私の髪に蜘蛛がのぼる出世するよと亡き君が言う

東京　石《いし》野《の》　豊《とよ》枝《え》

病棟で天然水飲み父との旅想うこの生活も長し

雪を割り地《つち》より蕗の薹生ゆる夢を見にけり春雨の夜

＊

お互いの呼吸のさまを感じつつ峠に立ちて琵琶湖見下ろす

神奈川　岩《いわ》田《た》　亨《とおる》

住み慣れぬ異国の地にて暮らし居る女《おみな》ふたりを愛おしむわれは

汝《なれ》はいま大人の表情見せたりき紫式部のいろ淡き日に

みちのくの工房蕾の色を織るやがて大きく花開く
よう

北海道　岩渕《いわぶち》真智子《まちこ》

幾つもの荷物下ろして君の家二人の居間に梅の香
満つる

ぬばたまの夜を流してベルベット音色の丸いヴァ
イオリン弾き

*

住職の功徳いただくポストカード空の青さに梅花《はな》
のかんばせ

青森　梅村《うめむら》久子《ひさこ》

吾が心虚になりしを山鳩はテレビのアンテナにほ
うほうと啼く

励ましの葉書一枚孫よりのスマホ時代に九十の我
に

*

もうながく逢わざる人をふと想う籠れる窓に夕蝉
鳴けば

佐賀　江副《えぞえ》壬曳子《みえこ》

ワクチンは打ったけれどもあなたとはやはりこの
まま逢わずにおこう

逢えざるはすなわち別れ　人の世に咲ける椿の紅
の冷たし

いつからかきみの心がよめなくてひとり食べゐる
アイスキャンデー

神奈川　遠藤《えんどう》千恵子《ちえこ》

ひつそりと鬼ゆり咲けるゆふつかた深き声にて死
去を告げらる

しんかんと此の世にひとりしんかんと台風の眼に
独りなりけり

*

古希も過ぎわれの人生来し方に途中下車ありあま
た恋駅

東京　及川《おいかわ》廣子《ひろこ》

瀧を撮るうしろ姿の君を撮る恋の扉の一枚の写真

淋しさにふと気を許し恋という泡沫《うたかた》の舟を静かに
下りぬ

*

病院と逆方向にウインカー出してハンドルきつて
しまはうか

東京　太田《おおた》公子《きみこ》

夫紡ぐ言葉はなぜかセピア色耳朶濡らしたり春の
雨ふる

急ぎます横断歩道のとほりやんせ面会禁止の病院
の前

突然の雨に購ふビニール傘前後左右の透けゐる不安　茨城　小《お》田《だ》倉《くら》玲《れい》子《こ》

あの過去は黙秘しようといふやうに感熱紙より文字の消えゆく

今もなほ原発処理に勤しめる人を忘れず頭をたれよ

＊

想い出は朧月夜の春の宵ふと足止めし坂道のこと　大分　小俣《おまた》　悦子《えつこ》

遠ざかるバス見送りしかの日より忘却の人何処に在すや

好き好き好き根上り松の砂浜に一世一度の春の砂文字

＊

ぶらんこにためらふ孫をずんと抱きしつかりと漕ぐ緑風の中　和歌山　籠田《かごた》くみよ

ふる里はf分の一の揺らぎ聞く心に響くオーケストラよ

慰めの言葉の穂先見つからず貴女の視線に笑顔かさぬる

若き日の言動思うに悔い多し深夜醒めれば雲かかる月　広島　金原《かねはら》　瓔子《ようこ》

病弱な母の期待に応えんと健気にありしわれの少女期

不器用で拙きわれを親友はあなたはあなたのままで尊しと

＊

古書一冊人に贈りて年逝かす山の翁とよばれし人の　青森　兼平《かねひら》　一子《かずこ》

師を弔ひ夫を弔ふ道すぢに寄せて返せるうしほの白さ

黎明の岩木の嶺を越えてゆく雲の群れありけふがはじまる

＊

親を捨て姉弟《きょうだい》を捨て友を捨てあなたを選びあなただけです　埼玉　鎌田《かまた》　国寿《くにとし》

うっとりと君に見とれた眼差しで河を眺める夕空《そら》を見渡す

たましいの震えを抑え耐えている　あなたの灯す光《あかり》を見たい

お好み焼き反転させてきみはまた一からはじめる
離婚のはなし　愛媛　川又《かわまた》　和志《かずし》
めっちゃくちゃ回鍋肉が食べたいっていま言わん
といかんことなんそれ
ラーメンは味噌焼豚しか食べないということもど
うか忘れてください

＊

久しぶりとなりの席です片恋と巻き戻しているあ
の日のドキドキ　岐阜　岸江《きしえ》　嘉子《よしこ》
淋しさがまるやさんかくしかくではなかった事を
忘れていました
土砂降りの雨が好きですカラカラに渇いた言葉や
さしくなります

＊

わが役目終へてしづかに名残雪「こころの相談窓
口」に降る　青森　木立《きだち》　徹《とおる》
接続詞だけを残して行つた人誰も知らないそれか
らのこと
かなしみがあるから歌が生まれくる言ひ知れぬわ
が思ひをこめて

せつかちな我を諭すか愛し《いと》妻よ君の囁きを独り聴
きゐる　埼玉　木村《きむら》　良康《よしやす》
米寿で昇天したる君よ君「愛の歌」をば朗詠した
り
いとほしき妻に囁く今生の吾が声しぼる「愛のセ
レナーデ」

＊

夏祭り冬に夢見る灯台の灯《あか》り灯して嬉しさを見る
千葉　久遠《くおん》　恭子《きょうこ》
盆の宵川流しする灯籠の薄明かり差す月夜の狐
喜びを噛みしめて行く灯台の明かり点して道行く
を見ゆ

＊

大沼湖カヌーに乗りて漕ぎ進む友等十人息を合わ
せて　青森　工藤《くどう》　聖羅《せいら》
昨日見し「劇団四季」のミュージカル恋の一話に
涙零るる
雪掻きて片付け終えればまた降りてフィクション
のような終り無き白

嗚呼、貴様のウザい愛ほど降る雪に車を捨てて徒《か》歩《ち》に進みぬ

富山　黒瀬《くろせ》　珂瀾《からん》

冬の濤《なみ》はげしき若狭そのむかしおまへの心臓《むね》を摑みそこねき

煙草など教へやがつた人なるを紅萩ゆるる彼方に消えて

＊

「心の旅」うたへど遅れゆくテンポおのれにまどふ財津和夫は

埼玉　古志《こし》　香《かおり》

われに沁む枕詞の「いゆししの」、「むらぎもの」より「玉かぎる」より

残塁を重ねてやがて負けるのか風聴きに来しひなげしの土手

＊

用のみの出会いなれども人妻を瞼に犯す君去りてのち

徳島　小畑《こばた》　定弘《さだひろ》

葉桜の頃にも一度逢えないか桜花の下の接吻おえて

旧姓に戻りましたと添え書が正月明けてポトリと届く

新しき女の夢とは何ならむ智恵子のしずかなる狂気痛まし

神奈川　桜井《さくらい》　園子《そのこ》

友逝きぬ桜ふぶける城山にともに口遊みし「人に」遺して

〈いやなんですあなたのいつてしまふのが〉何を夢みて諳んじたるか

＊

告白《つ》げることなき恋に似てこの夕べシコンノボタン音なく零る

北海道　佐々木《ささき》百合子《ゆりこ》

むらさきは心の中にひらく花茫漠として捉へがたかり

いまはもう届かぬものか慕情とふかなしき響き埋めて雪降る

＊

死者たちの思い残しのごと咲ける曼珠沙華やや盛りをすぎて

神奈川　佐波《さば》　洋子《ようこ》

気の晴れぬわれへ娘の手みやげは二歳向き絵本の『きんぎょが　にげた』

「御影堂《みえいどう》の前で」と誰か言わざれど待ちたし空海の東寺に

熱心に夫が見ているスマホには蟬を唐揚げして喰う動画

東京　重吉《しげよし》　知美《ともみ》

タイムリープ映画の後のわたしたち首傾げつつ手をつなぎあう

結婚はシンプルがいい休日にゆるっと嵌めるシルバーリング

＊

没つ日を追ひ直駆《ひたはし》るこの峠越えればあなたの海がひろごる

神奈川　下田《しもだ》　裕子《ゆうこ》

えやみせる街の灯あはし鬱鬱と夜明けをまてり明日を待てり

吹き過ぎてしまへば風の記憶など残らずあなたの囁きのやう

＊

雲の無き水色の空あっけらかんわれの心もあっけらかーん

青森　志村《しむら》　佳《けい》

さみしさをためておきますほんのりと口紅さして会いにゆく日まで

今は輪の一員なれどやがて辞さん花散る前に星降る前に

夕されば待つ宵桜媛桜　今宵の床は生涯忘れず

徳島　杉山《すぎやま》　知晴《ともはる》

唐衣綺麗なきみについ見惚れ　晴れた美空の高き富士山

女子《をみなご》を見て愛しく名を聞けば　返事がありてしおりとぞ言ふ

＊

浮世絵の月にかかれる水無月の群青色に溶ける哀しみ

埼玉　鈴木《すずき》　孝子《たかこ》

高い木が好きだと言った父の木の梢に今日もかかる宇宙《コスモス》

土砂降りにペダル踏み込む音立てて顔を打つ雨生きている音

＊

大粒のマスカットパフェほおばって娘は冬の産み月へ向かう

千葉　橘《たちばな》　まゆ

守りたい約束と檸檬かごに入れGooglemapに無い駅で降りたい

きみ消えし世界に生きる悲しみを手のひらでくるむ真夜の珈琲

出逢いとは不思議ふしぎの物語:ifを加えて老いの楽しみ
神奈川　田中《たなか》　節子《せつこ》

言の葉をつなげるような出逢いあり紡いだ糸をしっかりと縒る

またひとり旧友逝きぬ油断ありいつでも会える確信の誤り

*

寛解の夫《つま》に見せばや吾とともに泰山木の大輪の花
大分　玉田《たまだ》　央子《てるこ》

入院の夫ゆ電話の声音《こわいろ》と吐息に今日も憂ひつつ暮る

古稀すぎて親友《とも》は京都へ移り居しスマホにひびく入相の鐘

*

淋しさにつぶされそうな一日は母の笑顔が心の支え
茨城　塚越《つかこし》　孝広《たかひろ》

お母さん不孝ばかりでごめんなさいあなたの愛を今感じます

お母さん微笑をいつもありがとういつも笑顔でいて下さいね

待つてゐると思ふのはわが片恋かきみに逸《はぐ》れる夢ばかり見る
福岡　恒成《つねなり》美代子《みよこ》

金輪際こゑのきかれず夢のなかのきみのことばは有耶無耶なりき

那珂川の水面暮れゆき忘れむと徒行してをり鎌風痛し

*

筆あとを読み返しつつ笑《ゑみ》と涙《るい》賀状に一刻心あそばす
京都　戸嶋《としま》智鶴子《ちづこ》

ためらへる言葉のひとつ胸内に乾きこころの転がりてゆく

逃れるも出来ず苦しみ悩む今日触るる短歌のもろもろいかに

*

君の名を呼びつつ睡魔にいざなはれ続きのごとく夢に逢ひたり
東京　永石《ながいし》　季世《きせ》

水蜜のゆたけき果汁したたるに君ののみどにとどけるすべなく

君腕につけゐし時計ありし日のごと時きざみありし日いざなふ

書を捨てて町へ出ようか修司忌に五月の風がぬるくさわやか
桜桃忌メロスを読めば学食のカレー食べたいソースを掛けて
マッカラン開高健にまず一献悠々として急がずに飲む

和歌山　中尾《なかお》　加代《かよ》

＊

寂しさを薄める為に滑稽に戯《おど》けてみせる我の性分
生ゴミが腐葉土になる手で触れてじわり温かホロホロの土
抑えてもバンと弾ける我が心溢れ飛び出て全ての想いに

島根　中尾《なかお》真紀子《まきこ》

＊

かなしみは愛した証と風は言ひやがて霙になつてしまつた
人はみなのがれ方無き冬を行く　かばかりの愛灯しとなして
この青空仰げど飛べずさしづめはヤンバルクイナのやうに生きよう

長野　中島《なかじま》　雅子《まさこ》

八百粁のこの世の距離をはらひたる友よ自在にわが辺に来ませ
亡き人はときをり胸にやつてくる桐のこずゑの花けぶるころ
ゆく水に腰まで浸かる釣人の辺りかの世のかがやきに似む

埼玉　長嶋《ながしま》　浩子《ひろこ》

＊

熟れすぎたいちじくを食ふいちじくが好きだつた君の逝きし日の今日
ここならば寂しくなからう法然院いくたび君と歩きたる道
川田順の墓の跡地といふだけで買つてしまつたわたくしがゐる

京都　永田《ながた》　和宏《かずひろ》

＊

友の焼きし襷文の小壺なり星となりたるが　あはれ花入れ
手の内へほつこり温い淋しさを残して友の火襷の壺
紙折敷へつつましく座る雛香合想ひ出杳か我が旅終はる

神奈川　永平《ながひら》　緑《みどり》

更地越し剥きだしの壁に傷があり知らずにすんでいたはずだった　東京　梛野《なぎの》かおる
初ツバメ見た日告げた日　明るさの中に確かに立っていられた
痛みにはとんと気づかぬふりをする　柘榴は赤き粒を零して

*

新蕎麦をすすりて秋を深呼吸もみぢは光の糸を綾取る　北海道　並木《なみき》美知子《みちこ》
ひと呼吸おけばどうでもよくなりて「ねばならぬ」こと次々消せり
「元気です」さう言はなけりや冬の陽はモチベーションを上げてはくれぬ

*

栄光と挫折をすべて知り尽くすそしてはじめて言葉を生きる　佐賀　野﨑《のざき》　隆幸《たかゆき》
愛は虹夢は光で勇気は血努力は命感動は涙
真剣に夢を追いかけ生きてたらむしろ心は若くなっていく

病室の君が最期に食べてゐた氷のやうな流星が降る　東京　原《はら》　ナオ
残雪がゆつくりとけてゆくやうに忘れられたらいいのに君を
地下鉄でゆるむ靴紐何回も結び直して今ここにゐる

*

脱ぎ捨てたシャツは何枚あるだろう俺の後ろに累累とシャツ　三重　樋田《ひだ》　由美《ゆみ》
泣き事は言いたくはない　強くない生きてゆくのが怖くなるから
ベンチには男が忘れていった紙「日常の五心」大きく筆書き

*

さちの玉抱きしめいだく行く先に天より虹のひかりさしくる　徳島　日向《ひゅうが》　海砂《みさ》
愛しむ輪のなかに居るたからもの添える手と手はハンモックなり
嗚呼なんとこの瞬間は神秘なり鸛鶴《こうづる》の声耳澄まし聴く

花房の散り敷く樹下わたくしはよろこびをもてためらはずふむ

島根　弘井《ひろい》　文子《ふみこ》

麻美さんに初生りレモンを頂戴す皮のみどりをきざめば夏立つ

麦の穂の青く波打つ初恋のこころともなき日はおぼろおぼろ

＊

求不得としてあくがれし空を見つ受容されざる思ひのごとく

熊本　福田《ふくだ》むつみ

子に拠りて立ちてはならじ一人《いちにん》の悲喜こもごもをひつさげて立つ

言葉より思ひは先にあるものをほつりほつりと降りくる水粒《みつぼ》

＊

駅前のハチ公広場よく見れば年寄りも居る誰待つならむ

東京　古島《ふるしま》　重明《じゅうめい》

珍しく酔ひて帰ればらつきようが箸を恐れて逃げ回るなり

悪かつたなあと謝りたき人を思ひ出づるも今かく老いて

つぎつぎとオノマトペのみみちてゆく器となりてふるへてゐます

北海道　真狩《まかり》　浪子《なみこ》

現実はあはき予感をとびこえつ　ひかりを放つ雪の結晶

人肌とふ数字にできぬ適温のけふはいくぶん高めと思ふ

＊

小田仁二郎生家に遊びし幼きわれ寂聴さんとの縁なつかしむ

山形　牧野《まきの》　房《ふさ》

ためらはず正直な話しぶりに驚きぬ嗚呼寂聴さん逝く面影追ふのみ

仁二郎を知るゆゑ親しとわれに言ひき思ひはすべて愛のゆかりか

＊

もう一度息を吐いたらこの手から守りたいもの離れてしまう

東京　増田《ますだ》美恵子《みえこ》

くるくるとりんごの皮をむいている巻き戻せない時と一緒に

あなたには会いたいけれど夏の雨ゆっくり降るからここだけ降るから

一途なる思ひこれありわが生命《いのち》濁れる人世《かは》の辺《ほと》りにたちて

長崎　松尾《まつお》　直樹《なおき》

残り火のくすぶりとかや胸底に熱きものあり老いの戯言《たはごと》

コロナ禍の治まる気配見えざる日々この厄難を如何にせんかも

＊

先生に賜りし詩は若き日も老いたる今もわが道しるべ

大分　松本《まつもと》トシ子《こ》

言交す折なきままに窓隔て手を振り合いて別れゆくなり

駅前にしばしたたずむ「先生」と声かけくれし亡き児憶いて

＊

万葉のおおらかなりし恋のうたあこがれつつも八十路を迎う

島根　丸《まる》　陽子《ようこ》

万葉にタイムスリップおおらかな恋をしたしと八十路に思う

ローマ字で名前書く君眺めつつ片思いせし小四の頃

源流を君と辿ってくちづけたこの川の水で酒を造るよ

島根　丸山《まるやま》　恵子《けいこ》

凪の日も汽水に舟は揺れている　人見知りって感じの酒だ

その人が醸した酒を差し出されおそらく好きだと告げられており

＊

照らされてほろほろ落つる初雪の真白き心の孫達の道

埼玉　三ケ尻《みかじり》　妙《たえ》

亡き夫を懸命に捜し醒めし時玻璃に日の差し今日の始まる

彼の人は稀に我がこと憶いしか早春の径に桃花咲き満つ

＊

愛は死をも越えられるのかいづれ来るいのちの終りを愛が包んで

兵庫　三宅《みやけ》　隆子《たかこ》

夢に逢ひて目覚むるころは愛《かな》しさが肩に残りて風通り過ぐ

しみじみと愛されてゐる感覚の神の愛ありどんな時にも

正月の膳に酒は無い　下戸と運転手と卒寿に抱かれた新生児

愛媛　三好《みよし》　春冥《しゅんめい》

老いらくのバレンタインデー　夢チョコ三粒のブランデーに酔う

酒の神バッカスの髭を愛した男　見えないものを見ろと詠う

＊

ラインにて新春の歌詠み合ひてあの教へ子が友となりゆく

福井　村寄《むらよせ》　公子《きみこ》

「先に逝くなんてひどいよ父さん」と息子が言へばその母が泣く

意を決し伸びに伸びたる草を刈る梅雨の晴れ間の土やはらかし

＊

移りゆくままのうつくしさ雨の日の善峰寺《よしみねでら》の紫陽花の花手水《はなちょうず》

京都　毛利《もうり》さち子《こ》

淡い微妙な関係の脆さしたたかさ移ろいゆくから紫陽花は綺麗

沐浴をさせてあげよう　花を泛かべた水はただ鎮もりやさしげ

若き日のプライドも消え明け方の夢に訪はれて嬉嬉ともてなす

東京　森《もり》　玲子《れいこ》

「人の為に生きなさい…」秋の夜の今生最後の電話と知らずき

森下真理さん彷彿と黄泉がへり、ラナンキュラスの花の紫

＊

伊豆の海仲間と作りし豚汁に熱き思いと苦みの混じる

東京　森下《もりした》　春水《はるみ》

神楽坂「軽いこころ」に時忘れ来るか来ないかひとり占い

愛の無いゲームは続く果てしなく別れを決めし浄蓮の滝

＊

会いたいと思った時に会うべきを死にたるのちに思うも果無《はかな》

埼玉　八木橋洋子《やぎはしようこ》

幸いは「山のあなたの」ではなくていつもあなたの傍にある

強風にバケツの転がる音聞こゆ村野次郎の空樽の歌

わが前にゆきし人あり砂浜にひとすぢつづく大き足あと

三重　山岸《やまぎし》　金子《かねこ》

慰めてもらはうなんて思はない波打ちぎはをあてどなく行く

海に向き叫びてみたり人居らば狂ひし婆とあやしむならむ

＊

たっぷりの日差しを浴びる海のレストラン月一回のランチデート日

大阪　山口《やまぐち》美《み》加《か》代《よ》

宛先はペガサスにしようカサブランカの匂うカード　あなたへの

海風に吹かれる少女絵葉書のセンチメンタルもわれ　過去の一枚

＊

隣席の遠さに二人、距離詰めて藍袖触れ合う密は秘密に

東京　雪村《ゆきむら》　佑《ゆう》

帰りたくないねと肩を寄せ合った僕等は今も迷子の途上

駆け落ちしてしまうか君と夜の中　中央特快最終大月

桃の実の熟れゆくごとき朝空を見つつしをれば心ゆたけし

神奈川　渡辺《わたなべ》　謙《ゆづる》

わが内のこころにも似て風強き日の多かりき今年の春は

庭先に鳴く鳥の声亡き妻のこころと思ふ寂しきときに

11

生老病死

先の世の夫・子もわたしを忘れしか夢にも現れず
さびしかりける　福岡　青木《あおき》　綾子《あやこ》
花さかば城址の園をゆきめぐり花に手向けむ写真
の夫・子を
たつた今いまの今いま物忘れいかになりゆくわが
身なるらん

＊

妻亡き後十数年を独り身に本家護りし弟の逝く
弟の痩せたる面に辛かりし晩年想ひ吾が眼に泪　愛知　青木《あおき》　陽子《ようこ》
染井吉野風に舞ひ散る斎場に永久《とは》なる別れただに
切なき

＊

葉を落とし眠らんとする木に触るる今年のわれは
さらに痩せたり　岩手　赤澤《あかざわ》　篤司《あつし》
生くるとはおのれを晒し老いること四季に移ろふ
ひと木となりて
生くること辛くたづねし教会にてすすめられたり
「いのちの電話」

老い二人住む家に来て葬儀屋が生前予約勧め去《い》に
たり　和歌山　赤松《あかまつ》　伴子《ともこ》
拾い来し仔犬も椅子に座らせて複式学級〝海〟唄
いいる
乳房は薄くなれどもも女人ぞとマンモグラフィーに
挟まれて来つ

＊

生きて在れば卒寿になる姉誕生日のきさらぎ七日
百か日過ぐ　東京　秋山《あきやま》　周子《ちかこ》
誕生日までは生きると言いし姉みじかく病みて逝
きてしまえり
まあまあの人生だったと言いし日の姉よ上野の美
術館の帰り

＊

無影灯そそぐオペ台に抗へぬ我の肢体は物体とな
る　山梨　雨宮《あめみや》　清子《きよこ》
ＭＲＩ音賑やかに病む我を未知と不安の世に導か
む
点滴とリハビリのみに寝て過ごす夕べベッドの夢
に餅つく

へだてなく患者を目守りたまひたる大先生の写しゑやさし
福岡　飯田《いいだ》　幸子《さちこ》

改築し二代目をみて逝きましし大先生を偲ぶ通夜なり

お嬢さん気質の抜けぬ医師なれば化粧《けはひ》なき面みるは切なし

＊

ちやんちやんこ、づきんもピンクの百歳は福の神なり充足のオーラ
神奈川　石井弥栄子《いしいやえこ》

ともかくも労ひてやる妹を口には出さぬことなどあらむ

見るたびにほのぼのうれしよそながら命を抱く胎の曲線

＊

伏するとて吾は元気なり電話さへ叶はぬこの身誰にか伝へむ
愛知　石田《いしだ》　吉保《よしやす》

運命をただそのままに受け留むる覚悟はありやまた病める中

行く先のグループホームに決まりたる夜寝返りばかり続けてゐたり

認知症の妻の介護も早十年　今は胃瘻《いろう》の処置をする日々
北海道　泉《いずみ》　非風《ひふう》

冗談に笑い転げる在りし日の妻はベッドに眠り続ける

朝夕の独りで食べる飯の味　妻の料理も絶えて久しい

＊

区役所に書類書く時わが番地の「番」の字書けず密か狼狽《うろた》ふ
東京　泉谷《いずみや》　澄子《すみこ》

物並べ隠し何ぞと問はれたり図形描けなど心理検査は

正常との診断に不意に涙湧き心に万歳万歳と叫ぶ

＊

ガリレオの法則どほりフクロフの振子が刻むホスピスの昼
大分　伊勢《いせ》　方信《ほうしん》

三途の川わたる友には重すぎる厚き緞子の弔旗立てらる

戦時下の母消え耐ふるを是となせぬ世にウイルスの去る兆なし

束の間の出会ひも縁初雪はわが頬に触れ滅びゆきけり
三人子の寝顔眺めて怖れけり父と同じき若死にの罪
身罷りし人とも見えず夢に来て友は総身に花吹雪浴ぶ

和歌山　井谷《いたに》まさみち

*

声の出ぬ夫の願いのすぐわかる口の形は「かえりたいなあ」
あんなにも帰りたかったわが家なり孫子の囲むお通夜は温し
葬儀おえ仏壇の前座りおりふと庭見れば白梅咲きぬ

岐阜　伊藤《いとう》　麗子《れいこ》

*

遅れ来て黙し頭を下げ坐る友妻の介護のことには触れず
うるむ眼に「おまへに」を歌ふ古き友妻の介護は十五年とふ
妻がこと互《かたみ》に友と語りをり送りしわれと看取りゐる汝と

神奈川　今井《いまい》恭三郎《きょうさぶろう》

まつすぐに目を見て話すこの医師に手術をお任せしようと思ふ
身の内の整理ふたりし為しゆかむ夫としんみり語らふこの頃
短歌へと誘ひくれし姑逝きぬ三十一文字の絆ぞ深し

埼玉　岩崎《いわさき》美智子《みちこ》

*

正月にうから集ふを待ちわぶる父母の活計《たつき》のつましさ浮かぶ
支へきれず転倒させせし母ならむコロナ禍のなか続く入院
「困難に打ち勝つ」とふ花詞のサザンカ咲き初む母さん頑張れ

長崎　岩本《いわもと》ちずる

*

まぎれもなく吾が掌中のものぞ子はその窮極に憚らず哭く
命とは授かりものゆゑ天に返すと思はねば心のおきどころなし
書きためし歌、言葉　子のノートから命の証し溢るるを受く

北海道　上田《うえだ》　律子《りつこ》

炎天に紅の色濃き百日紅　夫は妻の怒りを知らず

千葉　上平《うえひら》　慶一《けいいち》

この電車熱海行きですここからは誰れが乗っても誰が降りても

可も不可もなく今日の日も暮れて行く　友の訃報が二通届けり

＊

ペースメーカー搭載したるサイボーグ　ベッドは夜のわが保管場所

福岡　植村《うえむら》　隆雄《たかお》

３００９２９がわが機番生身のパーツはウ・エ・ム・ラ・タ・カ・オ

60に心拍セットのサイボーグ喜怒哀楽にときめくはなし

＊

悲しいとも淋しいとも言えぬなり夫は寝室で息絶えており

千葉　江口《えぐち》　絹代《きぬよ》

行く末を案じる夫の死に際の財布に残りし九千円がほど

この夏の暑さの中に死にゆきし夫を弔いカナカナ止まず

胃の無きが長命ですとふ占ひを信じてみよう八十路しづかに

大分　太田《おおた》　宅美《たくみ》

丑《うし》歳と虚空蔵菩薩に守護されて貧まろやかにほどほどの生き

四掛八象負ひて存ふわが生きに孫六人は至福齎《もたら》す

＊

亡き友の庭の臘梅散り初むや澄みし空より風花の舞う

新潟　大滝《おおたき》志津江《しづえ》

風花の舞いきて寒しふるさとに同級生いま出棺のとき

週刊誌百周年とう記録せし六十余年　はるばると来つ

＊

長く生き何に怯ゆる日々なりや心経読めど心乱るる

宮城　大友《おおとも》　圓吉《えんきち》

老いわれに長くて長い一日が過ぎ行き終焉そつと近づく

手のコツプポトリ落して逝くが良し酒の香りに包まれながら

いつか、どの日か。記憶の底にこぼれ落ち重なり合へるわたしを覗く
熊本　大友《おおとも》　清子《きよこ》

一人づつをさなの手を曳きパン買ひに　心をよぎる首夏のキャラバン

「初めて見た、湿布人間！」言ひながら夫はわが背の全体に貼る

＊

丸谷才一・大岡信　われよりも若き命を　去りゆきにけり
東京　岡野《おかの》　弘彦《ひろひこ》

月に一度　会ひて連句を楽しみし　二人の友も逝きて　五年《いつとせ》

あまりにも明る過ぎると、眼とぢをり。弥生の朝の　老いの食卓

＊

葬礼の朝起き出でて甲《よろ》ふがに我が悲しみの喪服をまとふ
宮城　岡本《おかもと》　勝《まさる》

小説家めざしし吾子の自裁して笑みを絶やさぬ遺影となりぬ

定禅寺けやき並木の木下闇うづくまりゐる亡き娘《こ》のそびら

Ａ・ＡのうしろのＡはアノニマス匿名で酒害を語り合う会
大阪　長《おさ》　勝昭《かつあき》

迷惑をかけし酒害の数々を声つまらせて語る友らは

腰痛をおし歩行器を押し堤防を歩き八年八十路を生きる

＊

晩年も母の髪の毛まっ直ぐでピンとしていた生き様のごと
東京　小沼《おぬま》　常子《つねこ》

薬嫌い注射も苦手父上の遺骨は太く真っ白だった

死してなお意志あるごとく父上は表情整う柩にありて

＊

九十歳《きゅうじゅう》という領域に入りゆく未知の余白は茫茫として
福島　小野《おの》　洋子《ひろこ》

夜半覚めて眠れぬままに四十七都道府県名など数えてみたり

どうしてもひとつのみ県名浮かび来ず拘泥れば更に眠り遠のく

入院の日がな退屈にも慣れて眺めておりぬ花に降る雨

広島　柏原《かしはら》　義清《よしきよ》

点滴のポール右手に廊下ゆく聖火にあらば誇らしからん

退院の許可におずおず尋ねたり酒とビールの分量などを

*

「天が下すべてに時機あり」コヘレトの言葉に対ふ老いてはをれぬ

東京　春日真木子《かすがまきこ》

太陽がまるくわが背をぬくめたり私が少し濃くなるやうな

ああ今日も二本の足に立ち上がり二本の手もて摑めよ自由

*

紫木蓮のみゆる窓辺に書く手紙あなたはよろこんでくれるだらうか

千葉　加藤満智子《かとうまちこ》

三年の介護に力つきしわれ　離ればなれの春も闌けゆく

ほうけゆく夫への手紙コロナ明けとく逢ひたしと結びたりけり

由もなく胸の詰まりて落涙す夫に泣くのかわれに泣くのか

岡山　茅野《かやの》　和子《かずこ》

庭先にある主不在の自転車は夜の氷雨に濡れてゐるなり

お気に入りの椅子に夫の姿なく声なき一日と今日もなりゆく

*

息つぎを忘れし君かやすらかな旅だちなりし　沙羅の花季

長野　河井《かわい》　房子《ふさこ》

み柩の君と相乗る霊柩車ひざには遺影　うの花のみち

君のみ骨つぼに納まりなほ温し体温ほどのあたたかさなる

*

露の世のひととき生くる老いのわれ遠のく記憶ひとり寂しむ

栃木　河原《かわはら》　栄《さかえ》

錆びた釘ひとつが庭に落ちゐるを俺のやうだとそつと手にとる

思はざる齢を生きて仰ぎ見る台風一過のこの空の青

墨の香に癒やさるるとふ友のゐて写経に向ふ昼の静けさ

群馬　神澤《かんざわ》　静枝《しずえ》

型《かたち》のみの盆棚灯す水に浮く花蝋燭の向日葵にほふ

リズムとり誤嚥予防の口体操遺影の夫《つま》に照れゐる吾は

＊

早朝に採り立て玉ネギ五個持ちて訪ね来し友元気の確認

東京　菊池《きくち》　啓子《けいこ》

おひとりさま声出さぬ日の多くあり家族と居ても話さぬと友

お互いの誤嚥の話で盛りあがるしゃべるは予防と声高らかに

＊

水鳥は体冷えぬか流れ早き川をのぼりて透析に行く

香川　久保《くぼ》　尚子《ひさこ》

神秘なる二百万もの糸球体疲れさせたる日々を淋しむ

六百年の公孫樹の家に嫁ぎたる媼の一世語り給えな

遺された洋裁鋏掌《て》にとりて君の握りし跡をなぞりぬ

東京　蔵増《くらます》　隆史《たかし》

新聞に同じ名前を見るけれど美幸というは俺だけの人

口惜しさも苦しささえも言わずして妻旅立ちぬ冬ぬくきころ

＊

スリッパのごとく踵の入る靴妻の介護に両手が要れば

茨城　栗田《くりた》　幸一《こういち》

妻の介護に疲れし時は海鶴の扁額の二字「知足」を見やる

妻病めど年の用意の指揮をして香炉の灰を換へたかと問ふ

＊

蘇生措置の激しさのこる貌をして運ばれて来ぬ南四Ｆ第一ＩＣＵ

神奈川　黒木《くろき》　沙椰《さや》

脱ぎ捨てたセーター拾へば消え失せる肘のあたりのあなたのかたち

植物とふことば会ふたび言ふ医師のけふはピンクのシャツの袖ぐち

死に近き夫を思ひ眠れずにをれば三時前電話の来たり
電話受け急ぎ病院に着きたれば夫はすでに息の絶えをり
やすらかなる夫の顔を見つめつつ霊安室に葬儀屋を待つ

千葉　黒崎《くろさき》　壽代《ひさよ》

*

一周忌十名の会食終へし後フェリーにて宇野より直島へ渡る
波静かなる砂の上《へ》に爪先で書きし夫《つま》の名満ち潮に消ゆ
息子《こ》と嫁とわれと五人のこの旅も夫のくれたる贈り物にか

千葉　黒田《くろだ》　純子《すみこ》

*

暗闇に光のゆれて人歩む明ければ自粛の世が開けゆく
夕べみし「蝉しぐれ」まだ残りいて霜おく朝のかたくりの花
石橋をたたいて渡らぬ人なりと言わるればそう友温かし

広島　河野《こうの》　繁子《しげこ》

フラミンゴ色の積雲追ひかけてたそがれの余生きみと辿らむ
落暉《らっき》時の山茶花の花は静かなり父母の眠れる墓苑の丘に
南洋にマラリヤ病みし父なりき「海ゆかば」夕べのハモニカに吹く

群馬　兒玉《こだま》　悦夫《えつお》

*

欲張らず四つ葉一本つみとりて今日の散歩はここまでとする
マイペース保ちて存ふ日日にして何も申さぬメダカを愛でる
凝らす目にメダカの稚魚は水中の線香花火のごとくはしやげり

神奈川　後藤《ごとう》　彌生《やよい》

*

コロナ禍の影響受けて退院しがん死の友に悲しみ溢《あふ》る
クラス会次回またねと言っていた君の死を知る喪中はがきで
いつか来る死への準備をしようにもやること多く少しも進まず

東京　小浪悠紀子《こなみゆきこ》

生きの音にガリリと氷片嚙みくだく母にて喉《のみど》くだるみづおと
静岡　小林《こばやし》敦子《あつこ》

十一歳《じふいちな》に喪くしし親の形見なる丸帯掛けやる棺の母に

あぢさゐの藍みづみづと冴えわたるこの世離《か》れゆくわが母のため

＊

どれひとつ同じかたちのものはなし施設の壁のリンゴの絵にも
群馬　小林《こばやし》功《いさお》

食べて寝て起こされ出して横になるホモ・サピエンスの生の原点

目を閉ぢてからだ「く」の字に折り曲げて布団のなかの老いびとの幸

＊

眼のかすみ腰の痛みや難聴に加齢の厳しさ己が身で知る
千葉　小林《こばやし》直江《なおえ》

一人居に月を見上げて思ふ事九十四年の來し方行く末

腕振りて膝高く揚げ一、二、三、百歳目指して早朝散歩

産声を聞きたる部屋で北枕六十一の息子の臥せり
山梨　駒沢恵美子《こまざわえみこ》

抱《いだ》かれて母乳を含む喜びと同じ子を抱く骨壺重し

泣けもせず唯平然と香を上げ息子のお骨をぼんやり眺む

＊

「どうするの」詮無きことを妻が言ふ己が亡き後心配をして
香川　近藤《こんどう》和正《かずまさ》

「こちらこそ」が妻の最期の言葉にて感謝の言葉に答へてくれぬ

痛み止め効いたあの夜の妻の顔菩薩が笑まひてゐるやうだつたね

＊

星になりたい月になりたい否　人間である今が一番
神奈川　齋藤《さいとう》たか江《え》

九十五歳まで達者で在りし父母を想ふ私八十九歳これからが山

ベランダは避難通路と知り花咲きさかる金の生る木も小さき鉢に

骨密度筋力低下の診断に深く頷く高齢者われ

歌を詠み百まで生きよと鍼灸師マッサージしつつ
吾をはげます

秋田　斎藤《さいとう》　博《ひろし》

怖れいし脊柱管狭窄症わが身に及ぶ年重ねたり

*

この一世夢と抱きしめふる里も君も浮かびこぬお
ぼろぼろぼろ

千葉　酒井《さかい》　和代《かずよ》

「死後の世は如何に」と言いし友逝きて満中陰の
今朝は曇り日

花終えしアガパンサスは実を付けて一茎《いっけい》一花の影
を地に置く

*

歳月は思わぬ早さで過ぎ去りて寝癖のつきし白髪
梳《と》かす

静岡　酒井《さかい》　春江《はるえ》

白髪を染めぬと決めて早四年ありのままなる見方
に徹す

連合いも息子もはやばや黄泉の人おいてけぼりの
溜息詠う

古稀すぐも死にたくもなし三度目のワクチン接種
受けに急ぎぬ

岩手　酒井《さかい》　久男《ひさお》

前立に直腸の癌切り取りて生き継ぎ来たれば今は
ほまちか

月見れば大阪の月も同じらし今日も生きこし孫娘
に会いたし

*

山の雪半身《かたみ》に抱き眠る兄はるか濃霧を迎へにゆか
な

東京　里匂《さかおり》　博子《ひろこ》

冬アイゼンつけざる兄は神々のこゑを聴きしか尾
根を踏みつつ

ふたり子がひとつ布団にさわぐこゑ光のやうなか
の日のわれら

*

読書家の兄の書棚に手を入れて激しき怒りに触れ
し想ひ出

埼玉　榊原《さかきばら》　勘一《かんいち》

カメラ好きの兄を偲べば二眼レフ覗きし姿戦後ま
もなし

厳しけれどペンギン先生と綽名され慕はれきたる
兄にてありき

両手取り足導ける療法士に高齢化社会支へられ生
く
神奈川　佐々木《ささき》つね
頑張りて子の待つ家に帰りませリハビリに添ふ療
法士の声
百歳を越えたる人は八万余高齢者の我も目標とせ
む

＊

ああこれはマイルド・セブン亡き君と同じ煙草の
匂いする人
東京　佐藤《さとう》彰子《あきこ》
淋しさにふるえていぬか秋立ちしみちのく深く眠
るみ骨の
君のこえ探しあぐねている部屋に聞こえてきたり
我を呼ぶ声

＊

杖つきて歩む横浜駅構内エレベーターの客われ一
人
神奈川　佐藤《さとう》玄《しづか》
十人の教員在りて腰痛に悩むは四人　晩秋に入る
むらぎもの心模様も作用して波のごとくに寄する
腰痛

病衣着て微笑む夫が寂しくて合歓の花背の写真に
替へぬ
宮城　佐藤《さとう》節子《せつこ》
義姉《あね》の足支へし金具荼毘の後黒々と二つ焼け残り
ゐる
義姉《あね》ふたり夫のあとさきに逝きたりて三ツ星とな
るか空に輝く

＊

吾《あ》の知らぬ妻のこころを覗くごと短歌読み継ぐ雨
の一日
東京　佐藤《さとう》照男《てるお》
歌写す作業は一歩一歩づつあなたの死へと近づい
てゆく
来てすぐに帰つてしまふと記されしノートを読む
一周忌

＊

真夜中の心臓発作に苦しめど陽は昇り来てああ、
生きている
宮城　佐藤《さとう》冨士子《ふじこ》
激痛に体強張り枕辺の緊急ボタンは遂に押せざり
付き添いの娘《こ》に病状を医師語りわれは何時しか三
人称に

電話より小さき声の聞えくる病める妹の夕焼け小焼け

福島　佐藤《さとう》　文子《ふみこ》

延岡より母もち帰りし百合の根は六個花咲く母なき庭に

幸せに食みゐる仕草愛しけれ義妹かなし認知症といふ

＊

胡蝶蘭のハガキを使うこの秋の寒さ一入暮れ早きかな

埼玉　里田《さとだ》　泉《いずみ》

古里を離れて半世紀すでにして　四年前に会いし姉の逝きたり

母よりは三十年も長生きの姉なりしかど命尽きたり

＊

乳ふたつなければ胸は薄いもの入っているのはわたしの心臓

東京　佐野《さの》　豊子《とよこ》

乳房《にゅうぼう》をふたつなくした妻のため秋をかなしむ伴侶の横顔

自粛して友にも会えずときどきはびりびり破る舞台写真を

黄泉《よみ》の国その港より出《い》でんとす舟はわれに近づきて来る

香川　寒川《さんがわ》　靖子《やすこ》

軍国に生れしわれら昭和の子平和を願いつつ平成に老ゆ

耳奥にささやく声は難聴の以前に聞きしあの人の声

＊

最期とは知らずに父の手握りたり　返しくれたる力を念ふ

茨城　三条《さんじょう》千恵子《ちえこ》

七年《ななとせ》を共に暮らしし父逝きて故郷《さと》へ連れゆく梅満ちしとき

先に逝きし母のもとへと歌詠みの手帳をたくす父の柩に

＊

通い慣れし特養五階のあの部屋に夫はもう居ないコロナ禍の冬

沖縄　志堅原《しけんばる》喜代子《きよこ》

仏前の線香のけむり真一文字時折われの吐く息に揺れる

これよりはたっぷりの時間過ごせよと言いたげな面夫の遺影は

赤信号に一分待てば助手席の父と一分多く寄りそう
岐阜　篠田《しのだ》　理恵《りえ》

お父さんどうやと声がかかりたり村の行事の案内持ちて

否応なく父との時間が過ぎてゆく買い物をしてご飯を炊いて

＊

一日も休まず動きしわが心臓動悸息切れでカテーテル検査
沖縄　謝花《じゃはな》　秀子《ひでこ》

兄の血と骨の混じれる戦跡の土砂埋め立てる不条理許さず

長崎の被爆を語る九十二歳生ある限り平和を訴うと

＊

手を振れば手をふりながら曲り行き　姉との別れ終となりたり
岐阜　白木《しらき》　キクへ

ふり返る病棟の窓明るみて癒えゆく夫の影映りをり

義姉と姉見舞ひも叶はず逝きしことかたみに言はず冬菜蒔きたり

大病をせずに白寿まで生きぬいた姑《はは》の死顔安らかなりき
沖縄　新城《しんじょう》　初枝《はつえ》

コロナ禍で九十七の祝い出来ぬまま白寿の姑は遺影となりぬ

新しき奥津城に眠る舅《ちち》と息子《こ》に迎えられ白寿の姑嬉しからん

＊

借りもののからだを返し忽然とこの世はずれてゆきし少女よ
静岡　信藤《しんどう》　洋子《ようこ》

鹿児島寿蔵作りしと聞く稚児人形少女の顔に似ていたりけり

不器用な痩せたおとこの景色には彼岸へ消えたあの子が居すわる

＊

老いといふ断崖にたつ日々にして急かさるるごと拙く急ぐ
千葉　末次《すえつぐ》　房江《ふさえ》

ツクツクシ命尽して鳴く蝉を夕べの川辺に聴きつつ帰る

カカ・ムラド中村をぢさんアフガンに絵本となりて面影残る

梅かをるあかつき眠りたるままにみまかりしとぞ姉の京子は

埼玉　菅野《すがの》　節子《せつこ》

一生涯われをあんたと呼びしまま逝きてしまひぬそれもよからむ

雲の上に二親は笑みて迎ふらむ手塩にかけし一の姫をば

*

病窓に眺むる初夏の空晴れて生きる力をたっぷり貰う

東京　鈴木《すずき》　信子《のぶこ》

検診に発見さるる早期癌いとしき乳房そのまま残る

退院に逸る心で帰りたれば紫陽花あまた咲きて待ちおり

*

卒寿過ぎ今年限りの賀状には住所記さぬ老人ホーム

東京　鈴木《すずき》　正樹《まさき》

看取ったは弟だけというその後　いつも女性を連れてたあいつ

夕闇の体育館に一人弾くピアノの音の寂しき男

点滴はポタポタ落ちる涙なり半身動かぬベッドのわが身

鳥取　角《すみ》　公邦《ひろくに》

舌回し言語リハビリピイピユピヨ窓の紅葉に小鳥の囀り

平行棒たよりに立つたり座つたり突つ張る右足いつ和らぐか

*

笑ふからお喋りだからおさんどんするから私当分は生く

和歌山　高岡《たかおか》　淳子《じゅんこ》

れんげ田に戯れ遊びき影あはく夕べは老の深みつつをり

満開の花の下辺に座す我へひたひた寄りくる死者のいとほし

*

二十年近くを母の介護に暮れ父はとことん小さくなった

福井　高田《たかだ》　理久《りく》

CTの画像に光るクリッピング光る闇なり母の海馬は

父はもう渡ってしまった　ひたひたと川のにおいに部屋を満たして

カサコソと壺のあなたを抱き帰る冬枯れの道木枯らしぞ吹く

静岡　田口《たぐち》　安子《やすこ》

骨壺の君と聴いてるサム・テイラー、サックス染みる春の雨降る

西空に青く密かに光る星貴方と決めて夜毎語りぬ

＊

ストーブの薬缶は滾りお笑ひのテレビは喋りわれは独りに

山梨　田中《たなか》　悦子《えつこ》

もう一度夫のバリトン聞きたかり厨の椅子に座り静かに

三拍子ミファソミファソか雨だれの音の高しよ眠られぬ夜は

＊

生きて会ふ一度を医師に懇願し断られをり疫病《えやみ》下《か》二月

千葉　田中《たなか》　薫《かおる》

ズーム画面に現世の別れする母娘《おやこ》　こゑ出ぬ母が吾に手のばす

春の鉄路かへり来たれり抱へもつ四寸余《ま》りの壺中の母と

気だるげに場末の喫茶を続けゐし呉服屋内儀のその後は聞かず

京都　田中《たなか》　成彦《しげひこ》

あとがきに不治それとなく記されつ良き集ひへもいざなひがたし

この冬は訃の来るたびに何となく齢《とし》の差数ふる吾と気づけり

＊

三万三千余日を生きて静寂の霊安室に横たわる母

千葉　田中《たなか》　拓也《たくや》

亡骸の母の額に手を当てるその冷たさを確めるため

一人きりベッドの上で誰のこと想っていたか今際の際に

＊

病棟の窓に広がる冬木立義弟の余命をつつむしずけさ

岐阜　近松《ちかまつ》　壮一《そういち》

病室に残したる義弟越せそうにない夏の陽が山間に照る

病室を遺体となりて引きはらう義弟の荷物一袋に満たず

臥す窓に秋雨煙る街木立白鳥の二羽低く舞う見ゆ
宮城　千葉《ちば》　實《まこと》
秋日受け葉落ちし枝に長々と羽繕う鳥臥す窓に見つ
点滴の落ちる光に目を凝らし八十九歳なお生き度しと

＊

事もなげにステロイド10ミリグラムと云う時に今の医療を我は信ぜず
島根　椿《つばき》　知風《ちふう》
暮れてゆく病棟のなか夜のしじま音きしませて配膳車過ぐ
コロナ禍の面会者なき病棟に秋の日落ちぬ涼を伴い

＊

喪主として挨拶をする弟に我らも大人になりたりと知る
茨城　藤《とう》　しおり
祖父の逝き甥生まれたり吾もまたうから命の列に並ぶか
見通しの悪い未来を子ら背負ふバタフライなど習ひてをりぬ

俺よりも先に逝くなに貴方こそ六十五年目の米寿と卆寿
愛知　遠山《とおやま》　耕治《こうじ》
身動きも儘成らぬ二人の正月は子等の買い置きし袋物戴く
気を遣う亡兄《あに》の片辺《かたへ》で笑う亡母《はは》夢で誘うもまだ逝きたくない

＊

内視鏡の腸の画像の診断で腫瘍が有ると告げられし妻
千葉　中村《なかむら》　正興《まさおき》
掛り付けの医者が予約を済ませたり癌の受診日決め妻帰る
予定の日娘《こ》が付き添いて癌センターの診察受ける妻を見送る

＊

隠り世とこの世のあわいに我はいる共にゆきたしと君連れに来い
東京　南雲《なぐも》　桃子《ももこ》
「松林図」の画に入りてゆく君を追う待って待ってと叫べど霧が
ジャコメッティの像となりはてしわが身体動けばきしむどこもかしこも

口と喉《のど》息苦しきほど乾くなり病むひとときを飲む水旨し
宮城　新沼《にいぬま》せつ子《こ》

作ることはせずに三食十分に足りて病院に今日も暮れたり

体調のややに戻りて亡き夫の写真と暮らすわが家恋しむ

＊

ありきたりの言葉のつよさ病みてそのちからに触れる「お大事に」の
兵庫　西橋《にしはし》美保《みほ》

検体をわれはつつしみささげをり　速玉之男《ハヤタマノヲ》は唾の神とふ

「朝《あした》には紅顔」のあと「夕べには白骨」となる途中の検査着

＊

天与《てんよ》たる眉間《みけん》のドアをつま弾《び》ける主《ぬし》はわが神わが身の命
山口　西村《にしむら》雅帆《まさほ》

律《りつ》の産みエクスタシーのワンブレス神が指揮とる苦のなき『神通《じんつう》』

吐いて吸ふ息の律《りつ》もて生かさるる神の掌中の人の尊さ

亡夫《つま》のザックもはや捨てむと手に取れば熊除け鈴のリロと鳴りたり
京都　根岸《ねぎし》桂子《けいこ》

山旅の夫に添ひゐしアーミーナイフ出で来てしばし時を止まらす

告ぐる言葉あふるる夜はみちのくの風の電話へ心はしらす

＊

麻痺となり意思の届かぬ両足《あし》をもつ妻に靴下重ね履かせり
神奈川　萩原《はぎわら》卓《たかし》

一年余寝たきりの妻おもむろに吾《われ》に告げたり夢に歩くと

陽の当たる窓辺に病牀移しぬれば冬の朝日のなかに妻笑む

＊

流産の病室に聞きたる流行《はや》り歌《うた》時へて真夜のラジオに流れ来
大分　畠中《はたなか》邦子《くにこ》

両腕の久しく忘れてゐし重さ甥の乳飲み児ふんはりと抱く

さつきまで布団に臥しゐし弟の熱き白骨しばし拾へず

「元気ですか」民生委員のたづね来る家に老いわれどつこい生きてゐる
大分　羽田野《はだの》とみ

玄関の隅に置かれしシルバーカー踏み出す勇気の無きままに在り

描き上げし干支の寅なり心満ち年の初めの絵筆を洗ふ

＊

洗濯機の震えを押え込むような力があるか　余命宣告
愛媛　檜垣《ひがき》　実生《じつお》

夕陽へと首からすっぽり入り込みキリンはキリンの高さで哭けり

お前はまだ生きていたかと言うような庭のトカゲが飛び出してくる

＊

娘さんの口述筆記にうまれたる尊き五首は遺詠となりぬ
群馬　平山《ひらやま》　勇《いさむ》

絶筆となりしあとがき「点滴がつづく」と「記憶衰えたようだ」

先生がいのちつくして貫きし生涯現役われも目指さん

なにもかも母は父より小さくて箸でつかめぬ喉仏あり
神奈川　深串《ふかくし》　方彦《まさひこ》

黒焦げのメタルの膝の関節が遺骨の中でくすぶりており

聞けずして母は逝きたり通称と戸籍の名前の違いありしを

＊

東京の人です私手袋して新幹線は一号車に乗る
東京　福沢《ふくざわ》　節子《せつこ》

末の娘《こ》の行末孫に頼みたる　みまかり近き母でありたり

永眠と何回記したことだらう　カルテの記録臨床看護の

＊

出来し事が出来なくなれる悲しみを何に類《たぐ》えむ雨降りしぶく
兵庫　船橋《ふなはし》　貞子《さだこ》

秋澄めるひと日籠りてひとりなり満天星《どうだん》の紅《こう》の身に沁むものを

砥石にて包丁研ぎおり悲しみを削《そ》ぎゆくごとく研ぐ冬の夜

長野　布々岐《ふぶき》敬子《けいこ》

潔く順接とせん今ひとつなる体調の自問自答は

気掛りの消えぬ真昼間雲も無くおのがじしなり山茶花の花

「数独」の名付け親なる鍛治真起さんおくやみ欄にその名を知りぬ

＊

東京　古木《ふるき》　實《みのる》

力なく握り返ししその一瞬妻の呼吸は消えて静もる

煮過ぎたる夕餉の味噌汁じゃがいもの箸に砕けて椀に崩るる

夢でよいあの日のやうに凛として一服の茶を点ててくれぬか

＊

大阪　本土《ほんど》美紀江《みきえ》

老女なる形のヒトになるまでの伸ばして縮めて押して縮めて

お婆様、老婆に妖婆におばあちゃん、どれにしようか今宵のわたし

お婆様、媼、山姥ひとしなみにワクチン接種の順位真っ先

静岡　松井《まつい》　平三《へいぞう》

生きものの機能おとろへ老い哀れよたよたよれる日がな一日

冥罰をこの世で受くる覚悟せり数多の罪過かへりみる日日

生き来しはプラマイプラス未練絶ちふみ出しゆかむ独りの旅路

＊

福岡　松本《まつもと》千恵乃《ちえの》

仔ウサギのような口して寂しさを知る人の言う明るいハロー

ひきうけて生きる覚悟を芯にもつひかりに逢えり深き狭霧に

紅白歌合戦の裏でレバノンの青年が腎臓を売った番組つづく

＊

埼玉　松本《まつもと》　紀子《のりこ》

紫陽花の色あせきたり華やげる時は短くそののち長き

池の端に孤高を保つ純白の鷺細長きのどを反らして

吾が脳のブラックホールに今日もまた書類が一つ紛れ込みたり

リハビリを終えて聞き入るゴッドファーザー　シチリアの丘の葡萄畑よ
香川　三崎《みさき》ミチル

眉の中に白髪一本伸びたるは告げず十分の面会おわる

おおかたを離れて住みし年が往く内耳に杳く除夜の鐘の音

＊

息子の名のまだらに消ゆる義理の母溺るるやうに育てしものを
神奈川　箕浦《みのうら》勤《つとむ》

子は忘れ最中を食べる手は止めぬ媼となりぬ負けず嫌ひが

頓珍漢を重ね為したる親をみて妻は笑ひぬ見守るごとく

＊

今ならば言へる思ひを老耄の回顧に託す余白埋めむと
群馬　宮地《みやち》岳至《たけし》

古写真自死せしが二人存へし三人もみな消息絶ちて

そのかみの闘士も老いて呉越なき老いを楽しむリハビリハウス

折れ線の一本もない心電図文字によらない悲報を流す
茨城　武藤《むとう》ゆかり

病室の天井の隅凝視するもしや霊魂見えはせぬかと

放心と微笑が顔に貼り付いて義母の感情読み取りがたし

＊

高齢の独り住まひに地区委員より届きたるシクラメンの紅
埼玉　村上《むらかみ》美《み》智代《ちよ》

箸置きと箸一膳が敬老の日の祝とぞ頂きにけり

どの医者の診断も同じ自律神経の乱れあつさり片づけらるる

＊

「重篤ですが手術はできます」ＭＲＩにて出血示され額《ぬか》垂れるのみ
千葉　望月《もちづき》孝一《こういち》

頭骨は椀ほど切り抜き冷凍庫　五週後妻の頭にもどる

保存せし骨の帰るはわが妻のあしたに繋がる命のあかし

BGMのクラリネットの音きこゆ柩のなかの兄は目覚めず

線香を絶やさぬやうに吾ひとり兄の棺と添ひ寝のひと夜

笑み顔の遺影の前に置かれたる兄の一冊『あいらぶ　ゆーもあ』

北海道　矢島《やじま》　満子《みつこ》

＊

大正に生《あ》れて百年激動の時代生き抜き姉身罷りぬ

コロナ禍に終の別れも出来ぬまま葬り終ふるとメールの届く

鼻唄の十八番《おはこ》はいつも宝塚《づか》ソング姉の遺影にすみれの花咲く

東京　安廣《やすひろ》　舜子《きよこ》

＊

朝が来るこんなに普通の行いがありがたくなる病中病後

仕方なく受け入れるのだ現実をそして笑おうまだある日日に

君はある?命と死との狭間にて心臓鳴らし戦ったこと

神奈川　矢部《やべ》　暁美《あけみ》

土の女と呼ばれし母の一生《ひとよ》にて畑で草取る小さな背の顕つ

死に急ぐな生き急ぐなの声を聴く七十路茫と大枯野ある

わが裡に降りつむ落葉のさびしさよまた一つけふも訃報受けとむ

岩手　山内《やまうち》　義廣《よしひろ》

＊

あっそうか病はコロナのみならず　足すくわれて落ちたる心地

幾筋もチューブ垂らして一日を白きベッドに仰臥する君

闘病の跡両頬に深ければ紙飛行機を高く飛ばそう

富山　山口《やまぐち》　桂子《けいこ》

＊

義弟逝きし年に出でたる歌なれば「千の風になって」今も心に

講演と歌唱を聴きし日は遥か千の風になって新井満氏逝く

啄木のうた歌曲とし自らが熱唱せし新井満氏逝きたり

東京　山下《やました》　勉《つとむ》

散歩する杖にすがりて空仰ぐ長く忘れし雲流るるを

愛知　山田《やまだ》　直堯《なおたか》

仰臥して背骨の痛み耐えがたくわれの宇宙はひと部屋と知る

わが一世夢見し夢は夢のなか長しと思えどかくも短き

＊

誤診などあるはずはなし裡ふかくひそむ病をまづ受け容れん

秋田　山中《やまなか》　律雄《りつゆう》

残さるる時間おほよそ知り得れば為すべきことに順番をおく

みづからのいのちの時間知り得たるこの幸運は活かさねばならぬ

＊

妹の夫は癌を病みながら死にたくなしと言ひつつ逝きぬ

岩手　山本《やまもと》　豊《ゆたか》

なきがらに温もりながく残りをり握り返さぬてのひらさする

若くして逝きし義弟に関はりて吾と妻との行末おもふ

残されし時間はわづかと聞くひとに会へば互《かたみ》に手を取りあひて

東京　柚木《ゆのき》まつ枝《え》

幸せとふ手話を幾度使ひしか思ひのこせること何もなしと

我が夫の看とりの日々に支へられしことの感謝を十年越しに

＊

愉《ゆ》英雨《えいう》は花よろこばせ花に寄る紋白蝶の斑《ふ》を浮きたたす

山梨　吉濱《よしはま》みち子《こ》

今日せねばならぬ幾つのあることを幸ひとなし始まるひと日

きつと母が生きたかつた六十代愁《うれ》ひばかりを積みて吾が生く

＊

手を繋ぎ渡りし川よふるさとに思ひ出のなかいつも姉あり

滋賀　渡辺《わたなべ》　茂子《しげこ》

家元の襲名披露の留袖に永遠《とは》の別れの姉美しく

喪失の思ひかなしく来し湖《うみ》に雁のこゑ早も黄昏のなか

われにとりてひとり暮しの手引なり『ちゃんと食べてちゃんと生きる』
千葉　渡邊《わたなべ》　光子《みつこ》

坂道を登る足どりわれながら齢を感じる七十九歳

認知症の一歩手前かその兆し漢字の偏や旁の度忘れ

＊

曼殊沙華見つつの散策三日のち左の腰がうずきだしたり
東京　渡辺《わたなべ》　泰徳《やすのり》

あれあれと思う半日過ぎし夜半麻痺の進みて立つは叶わず

子規の歌想いて見ればカーテンの下に猫毛の積りておりぬ

＊

憧るるにあらねど左右に倫敦と巴里を捉えてわが目哀しき
神奈川　渡部《わたべ》　洋児《ようじ》

左を下に寝ねれば明け方房水の滴る左眼に一日は来ず

主に文字を読むのは左眼かすみたる隙より文字を探しつつ読む

12
家族

小さな手で麦茶のびんを押し返す九ヶ月の児に自己主張あり
茨城　阿久津《あくつ》利江《としえ》

思いきり六十二冊の家計簿を母は捨てたり卒寿のその日

戦争で使いし脚絆をきつく巻き義父は行きたり山の仕事に

＊

黒板の文字消すごとく斑なり母の海馬は厩舎に入れり
東京　圷《あくつ》　玲子《れいこ》

残りたる白寿と妹が歌ひたりラインで顔を見つつ校歌を

大写し皺気にしたる九十三テレビ電話に後退りせり

＊

大阪の弟《てい》はコロナに感染し脳梗塞に何もしてやれぬ
徳島　麻木《あさぎ》　直《ちょく》

六人の弟妹《ていまい》のうち弟《てい》四人亡くして母はやがて卆寿に

初孫を抱けば次なる目標は曾孫を抱いて後に冥土へ

ぽってりと甘いつぶあん練り上げて祖母と作ったまあるいおはぎ
埼玉　東《あずま》　千恵子《ちえこ》

秋祭り家族で作った笹ずしの笹の葉並べはわたしの役目

お祭りの笹ずし今年で最後とう母より届く秋の日の午後

＊

妻の笑顔見たさに畑に茄子《なす》作る午前帰りの数の分まで
福井　足立《あだち》　尚計《しょうけい》

僕と食事に出る時だけは花柄のマスクを着ける不思議な奥さん

今日一日妻と会話のなき中をフタリシズカは焼鉢に咲く

＊

ゆでたてのうどんに生醤油を掛けて啜《すす》る「がにおこし」はとおき母の味なり
大分　阿部《あべ》　尚子《なおこ》

鯨肉を魚屋で見つけよみがえれり母が弁当に入れくれし味が

小四の手の肩たたき優しくて中二の手力肩こりに効く

バプテスマ受ける少女の真白なるドレスまわりの
水滴光る　沖縄　新垣《あらかき》　幸恵《さちえ》
野球部の派遣決まりし少年の話すテンポの速くな
りゆく
飛行機は二本の白き線描きリハビリの娘の足取り
鈍し

＊

その刹那なにおもひけむ病室にひとりに逝きし夫
のいとしも　富山　在田《ありた》　浩美《ひろみ》
わが胸に涙の泉のあることを知らずにゐたり夫の
逝くまで
三七日《みなぬか》の夫へ朝餉をさし出せば初うぐひすのこゑ
の聞こえ来

＊

ふと目覚め夫の居らねば階下かと思えども戻らず
なかなか長し　東京　飯田《いいだ》　浩子《ひろこ》
真暗闇《まくらやみ》の厨にひそめば漸くに足音のせり二階へ行
けり
数年前トイレに倒れし知人のこと振り払うべく頭《ず》
をひとふりす

短冊にはじめて名前を書いたという　笹に「いし
がみえいと」が揺れる　茨城　石神《いしがみ》　順子《じゅんこ》
軒の端にもの干す亡母《はは》のきまじめな顔うかび来る
秋閑かなり
わたくしが親となりたる子を思うように父母また
吾《あ》をいとしみしや

＊

初孫の出産知らす息の電話弾むその声喜び溢る
神奈川　石川千代野《いしかわちよの》
神薬をご神水で戴くやうに祈りつつ今日も五種類
をのむ
また一つ齢《よはひ》重ぬる幸を心の奥に畳み置きたり

＊

コンビニの建ちたるあたり幼子と雑木林にすみれ
摘みにき　北海道　石田志保美《いしだしほみ》
黄の花に春を思ふと言へる子と指をり挙ぐる春の
黄の花
「母さんはながら族ね」と娘《こ》は言へど乍らの数が
このごろ減りぬ

如月の五日は五十五回目の結婚記念日遺影に献杯

奈良　伊藤《いとう》　栄子《えいこ》

ごつい手にいつも膏薬貼りてゐし父を憶ひぬ石工の父を

土曜日の夜の来るのが待ち遠し子と乾杯をするだけなれど

＊

婦人科は二階右奥ゆっくりと母の歩みに合わせて進む

静岡　伊藤《いとう》　純《じゅん》

診察に呼ばるるまでの時ながくアンスリウムの茎のゆらゆら

良性の結果を聞きて帰るさにコンビニプリンふたつ買いたり

＊

あまりにものめり込むゆえ将棋盤取り上げられたと父は言いにき

静岡　井上香代子《いのうえかよこ》

ちくのう症術後のあつき口中に父がさし出すアイスクリーム

にこにこと笑うわたしの母のいてそうして横にわれとわが夫

コロナ禍の収まらばまづ陸奥の三陸鉄道に君とも一度

京都　井ノ本《いのもと》アサ子《こ》

ステーキならば赤ワインそと用意して日本酒党の夫はにつこり

またあーした君とタッチして吾は二階へままごとのやうな老の日暮るる

＊

日没の空の明るさを惜しむたび亡き母あなたのセーターの色

埼玉　今井《いまい》　恵子《けいこ》

背《せな》を押す手の感触を思い出すまでをぶらんこに一人ゆられて

口惜しさも枝垂桜の花のよう揺られてわたしはあなたの娘

＊

静止してゐるやうな空の藍深し夫あらぬ秋、二年目の秋

岐阜　今井由美子《いまいゆみこ》

何事もなかつたやうなしづもりに没り陽影浴む形見の時計

ゆふかげをまとひし机上に刻々ときみの時間はまだ生きてゐる

守り来し妻に替はりてわれの為す厨仕事はとはの勤めに　群馬　伊与久《いよく》敏男《としお》
妻を看る二十余年に歌を詠み歌誌を読む日もあれば不足なし
湯たんぽへ湯を満たし入れ妻の床へけふ一日の仕事が終はる

*

長崎の平和祈念日に生れし子よ吾より先に逝くと思わず　長崎　岩永《いわなが》ツユ子《こ》
長時間話してくれし娘の主治医グリーフケアと今更に知る
目に耳に香りに感じて生き行かん君失いし七月間近

*

身重の娘ほたる恋しと美郷路へ脈うつごとく命の光　徳島　印藤《いんとう》さあや
地球儀の赤道のごと正中線母となる娘の美《は》しき曲線
おなかの児マナーモードの動きあり今日も元気と命の通話

我が祖母の宇井りか大正十五年生まれの熊野の女学生かな　奈良　宇井《うい》一《はじめ》
放課後の新宮城下の団子屋で本に吸われた文学少女
港町新宮高等女学校英語教師が祖母のあこがれ

*

みどりごの笑みに心は洗われぬ智慧も言葉もいまだ持たねど　栃木　上杉《うえすぎ》里子《さとこ》
渾身の力にも見ゆみどり児は身を反らし飽かず寝返り挑む
広重が描きにし江戸の鯉のぼり那須の風受け今わが家にも

*

亡き母の箪笥に鍵をかけて在りわれら兄弟の臍の緒、通知簿　長崎　江頭《えがしら》洋子《ようこ》
叔父の遺影みればきこえ来わが婚にうたひくれにし「箪笥長持唄」
バンコにて西瓜食べゐるわれの背を団扇であふぎくれし祖母顕つ

手を取りて送迎《バス》バスまで吾を送りくるる息《こ》の白髪の朝陽に光る

静岡　大石《おおいし》　弘子《ひろこ》

胡蝶蘭ま白く耀き深き香の子らより贈らる九十歳《くじふ》の生れ日

残されて子に頼りつつ生きる日々庭の紅梅春日に咲《ゑ》まふ

＊

サザエさん、炬燵にみかん、父無口昭和の居間は遠くなりたり

埼玉　大川《おおかわ》　芳子《よしこ》

子を叱る声にカレーの香もまじる夕暮れ時のご近所歩けば

はや死語か特攻、玉砕の意を説けど平和に育ちし子らには難し

＊

「もうすこし私のそばにゐてほしい」義姉が家族に放ちしことば

北海道　大関《おおぜき》　法子《のりこ》

新聞に載りしわが歌見のがさず短い電話にほめくるるひと

出不精の義姉がにはかに外出すきまつて誰かが入院のとき

表紙絵の馬の眼《まなこ》のあどけなく書架に選びぬ男孫の絵本

群馬　岡田《おかだ》　正子《まさこ》

初なりの西瓜はかれば五・二キロ孫はすかさず「しんちょうは?」と聞く

会へばすぐ抱きつく甥とはしやぎゐる子のなき長女を離れ見てをり

＊

一徹の職人仕事は美麗《うるわ》しと亡父《ちち》の技能を誇りに思う

三重　岡田美代子《おかだみよこ》

サクサクと紙切り落とす音のして仕事場の父姿勢くずさず

盂蘭盆のくればなつかし指先の魔術師と言われし亡父の仕種の

＊

可愛いがつてねと我に遺しし人形は幼き頃の弟の面影

青森　小形《おがた》　矩子《のりこ》

膝の上の人形に言葉かけてをり「重いねえ」と亡き母の仕草で

母好みし蔦の葉散らしの訪問着ひつそりとあり箪笥の底に

墨の濃き薄きも筆のはね・はらい・とめにも亡母《はは》居て和紙透かし見る　茨城　岡部《おかべ》　千草《ちぐさ》

母はもう降りては来ない　風花の舞うバス停にドア閉まる音

「わが味方七・三のうち三でよい」遺影にうなずき職場にむかう

＊

縁ありて家にむかへし娘むこあした夕べの挨拶温《ぬく》し　栃木　岡村《おかむら》　稔子《としこ》

舅姑《ちちはは》の金婚写真見付けたり我のシャッターなかなかの出来

スペイン領マヨルカ島よりメール有り仕事もすみて明日は帰ると

＊

束髪にヴァイオリン持つ母がいるセピア色した写眞の中に　京都　岡本《おかもと》　榛《しん》

むらさきの小さき花を摘みにけり母に見せむと幼《おさな》児《ご》われは

昭二十一年四月末六十歳の吾が母は生まれて初めて選挙へ行った

オンラインに子等の見舞ひを受くる夫ときに仕事のことも訊きをり　福岡　岡本《おかもと》　瑤子《ようこ》

声変はりの頃か擦るるこゑの孫中学入試の合格を告ぐ

おのづから魂《たま》伝ふごと少年に病む身ながらの祖父の一言

＊

台風で泊りに来たる子のいびき年重ねしをつくづく思ふ　鹿児島　甲斐美那子《かいみなこ》

挨拶は色々あれど肘と肘寄せて笑みつつ今日が始まる

教はりし乗りかへひとつを守りつつゆけば子の町夕まぐれなり

＊

自粛して孤食の我に芝の上雀ら群がり楽しき宴《うたげ》

夫と子が学びし箱崎キャンパスは跡形もなし重機うごめく　福岡　梶原《かじわら》　展子《のぶこ》

たそがれの空澄み渡り赤黒く欠けゆく月を孫と見詰むる

バゲットを数本けふも購へりたしか入れ歯の箸のおとうと

青森　風張《かざはり》 景一《けいいち》

死にぎはにまぼろしを見しおとうとか眼をむきて息絶えてをり

枝剪りが好きで得意なおとうとが現れさうな師走の晴れ間

＊

孫のためひよこを買ふに叱られてしよげたる父の背の懐かし

新潟　勝見《かつみ》 敏子《としこ》

父削る短かきＵＮＩの２Ｈ指になぞりぬ小刀の跡

電気消し闇に紛れて泣くドラマ「北の国から」家族にいつも

＊

未練などもたないように少しずつすこしずつもの忘れゆく母

秋田　加藤《かとう》 隆枝《たかえ》

「生きているうちに死にたい」という母の日本語おかしと笑うほかなし

帰る吾を見送る母は柱へと身をかたむけてさよならをする

〈老健〉の駐車場にて姑《はは》に会ふ　ははは四角いタブレットの中

茨城　金子《かねこ》智佐代《ちさよ》

心配事うつかり言へば「さすけね」とははは微笑む飛鳥仏の笑み

子には子の人生ありてそれもこれもどちらでもよしほんに「さすけね」

＊

写真見れば父さん知ってると言いし妹に彼岸の道の易くあれかし

島根　川井《かわい》 恭子《きょうこ》

軍服の父が敬礼して征く列車眼前をゆっくり過ぎて帰らず

空家にも変らず夏の気配あり十薬《じゅうやく》の花白々と咲きて

＊

我の子と子の子子の孫それぞれの個性なれどもみんな可愛い

東京　河合真佐子《かわいまさこ》

孫のうた詠むなと言いし歌人あれど我は曾孫の歌なども詠む

いつの日か子や孫たちがわが歌集見るやも知れぬと秘かな願い

植民地台湾を愛し上下なき野球広めし研究者父

山口　河﨑《かわさき》香南子《かなこ》

「ソニック」の二色の違いを八歳が語る桜の二の丸公園

指先に一七一番光らせて合格掲示板に十五歳は立つ

＊

諍ひのありて戻りし日のわが子やうやう砂漠を越えきたるかに

千葉　北神《きたがみ》照美《てるみ》

たましひの影のごとくに黒き舌ゆらし近づくキリンはおまへ

ハーメルンの笛吹き演ずる子をみつめ涙出でくる夢はあざやか

＊

できることひとつずつ増え沖縄に一年がすぎ結月は二歳

東京　木下《きのした》淑子《よしこ》

コロナ禍のさなかに迎えた満一歳朝日のようなあさひの笑顔

白菜が古新聞につつまれて息子まちおり厨のすみで

かの日にはインターネット仕事にし老いたれば今ネットの弱者

静岡　金原《きんばら》多恵子《たえこ》

親たちはひたかくしにするひたいのキズ女孫《まご》はわるびれずバアバに告げる

「老いたれば二人で一人」といいし亡母《はは》まさにそのまま今の我らは

＊

逞しき腕《かひな》ふるひし祖母《おほはは》の藁打ち石を永久に遺さむ

茨城　久下沼《くげぬま》昭男《あきお》

粉碾きに幼きわれも手伝ひし石臼残り祖母《おほはは》顕ち来

娘《こ》の夫は戦艦大和に戦死せり祖母は気丈に農に働く

＊

ヨネの寿の祝の席に座す夫に次は白寿とひとり呟く

宮城　草刈《くさかり》あき子《こ》

老い二人カート押しつつスーパーを巡るひととき何時まで続く

運転の最後の道は思い出のある母の実家《さと》返納ちかし

空仰ぎひたすら無事を祈るのみ離れ住む息《こ》は病に倒る

広島　久保田由里子《くぼたゆりこ》

息は無事に手術終えしと伝えられ深く息つく心ほぐれて

息の手術八時間余を待ちくれし娘《こ》よありがとうただ感謝のみ

*

何もかも一人で決めてと子を責めて干潟の魚のように呼吸す

神奈川　倉石《くらいし》　理恵《りえ》

放送のたびに子と見しジブリ映画キキはほうきと共に旅立つ

出国のゲートの先は冬銀河わたしは何を持たせたりしか

*

食料品かかえ来し娘の帰るあと雨の音する部屋にみており

東京　栗原《くりはら》　幸子《さちこ》

車椅子こぐ子のつくるペン立ての青き色にて星数多あり

夕焼けの空に亡き父思えりと仕事帰りの子よりのメール

パンフレットいくつも取り寄せ知りしこと老人施設の種類やランク

大阪　小西美根子《こにしみねこ》

鉄橋を渡る電車がはるか見える部屋を選びて母に勧めぬ

保育園児のように下着やタオルにも母の名前を書いてやりたり

*

腰までも漬かりて父母と植えし田の跡形も無く谷《たに》空木《うつぎ》咲く

秋田　小林《こばやし》　鐐悦《りょうえつ》

梅、李、柿、栗、生家も今は無く墓参を済ませ村を後にす

待ちいるは遺影の妻のみ薄ら闇鍵を挿すとき孤独が襲う

*

飛行機をみつけ幼は大空に「ぼくのったよ」と手をふり叫ぶ

千葉　小山美知子《こやまみちこ》

きょう中秋　名月仰ぐ私に孫から届く写メの名月

秋晴れに七五三の祝着吊すなり和室が少し華やいでいる

顔を上げ「そして」と医師は瞳孔の反応を告ぐ句点打つごと
福井　紺野《こんの》　万里《まり》

握りゐる手はまだ温しそのぬくみ心にとどめわが手を放す

おだやかな月影のもと帰宅する醒めることなき母とふたりで

＊

兄弟で旅行などして酒のみてカラオケなどですごしし日あり
東京　さとうすすむ

また一人なくなってゆく兄弟よ墓にいるよな気持などして

兄弟が天国へ旅立って我が心は一人暮らしのよう

＊

息継ぎも忘るるほどに泣き続く乳のみごの声いのちきわだつ
東京　佐藤千代子《さとうちよこ》

日をつぎて育つ嬰児《みどりご》みつめつつ目じり下げたる夫と我なり

身をよじり転がり縮みまた伸びる目も手も「文乃」にとらわれている

彼岸晴れの陽ざしきらめく街角に進学用具を買ふ親子連れ
北海道　佐藤《さとう》てん子《こ》

春を呼ぶ彼岸の卓の散らし寿司　亡母のしきたり蘇るあさ

住み別れ逝き別れし人多かるに母独りのみつねよみがへる

＊

母と義母《はは》月命日を忘れずに庭を灯せる石蕗《つはぶき》の花
大分　重光《しげみつ》　寛子《ひろこ》

コロナ禍で子等の帰省のままならず孫の手紙に励まされゐつ

夫と吾と二人三脚八十路まで元気で生きたし笑顔絶やさず

＊

心病み医師辞め故郷へ帰り来た吾子は日毎に酒量の嵩む
群馬　志田貴志生《しだきしお》

吾子連れて入院先へ向かふ道会話途絶えて枯葉踏む音

若者の活躍報じるその朝に心病む吾子死を口《くち》にする

真つ青な海を見下ろすレストラン　窓辺の椅子に君と座つた
香川　島田《しまだ》　章平《しようへい》

真つ直ぐな光の中に君がゐた　瀬戸内海はもうすぐ夏だ

君が逝き初めて詠んだ君の歌　君をこの世に引き留めたくて

＊

病室のあなたは今朝も指折りて歌練るや細き強き指して
奈良　島本太香子《しまもとたかこ》

笑み合えばあなたの脳のニューロンの梢を揺らす風生まるらし

さびしさの種類が変わってきたのよと記憶失くしゆく老母《はは》はほほえむ

＊

唐突に結婚するとわが娘ものわかりよきわれを悔いたり
埼玉　清水《しみず》　克郎《かつろう》

たわわなる枇杷の実とどく窓枠を童話風カラーペンキ塗りけり

老いし母の車イス押し見にゆけり高校生の書道展に

「かぎやで風」踊るようなる摺り足で四人の孫らにソーキ汁運ぶ
沖縄　新城《しんじよう》　研雄《けんゆう》

四人《よたり》の孫二泊して帰りに仏壇へ「お騒がせしました」と線香上げる

助手席へと競い乗り込む三兄弟最後はいつも泣き虫の勝つ

＊

箱根路は乙女峠《をとめたうげ》の鐘を撞きマスク姿の思ひで写真
神奈川　鈴木《すずき》　栄子《えいこ》

すらすらと「鬼滅の刃」のストーリー語りくれたり七歳の女孫《まご》

遠く住む妹と交はす長電話互ひに寡婦となりたる二人

＊

使用量ゼロの検針票五枚郵便受けに少し縮んで
東京　関沢由紀子《せきざわゆきこ》

売らないでくれとたびたび言つてゐた父の一生《ひとよ》の証であるらし

玄関の三和土のムカデ天井の家グモの子に警戒されたり

若き日をサンダーバードに乗りし人わが夫となり
共に老いきぬ　　千葉　高橋《たかはし》　公子《きみこ》

をちこちの痛きを言へばせの君は生きてる証拠と
にべもなく言ふ

遠くから遊ぶ子供の声のするいいものだねとしみ
じみと夫

*

白内障患う夫の左眼はほぼ失明と医師の告げたり
広島　高橋《たかはし》　茂子《しげこ》

ほの温き春蒸す土に蕗《ふき》の薹籠《とうかご》に摘み来て夫に触れ
しむ

家の内夫の一歩に転ばぬか躓かぬかと寄り添える
日々

*

詫びたきも詫びて欲しきもそのままに逝きてしま
へり　写し絵が笑む　　神奈川　高橋《たかはし》　庚子《みちこ》

夏の虫打ち叩くことにも馴れにけり　十三年をひ
とり暮して

慈しむいとまもなくて過ぎにけり　子育てまう一
度やり直したし

スプーンで口元に運ぶカレーライス二人羽織めく
母の食事は　　東京　高山《たかやま》　邦男《くにお》

さびしさの予習なのかも宵闇が徐々に深まる母不
在の日

生きるとは死ぬまで生きむとする力テーブルの海
に母の手泳ぐ

*

独り立ち決めたる吾娘の六畳は都会のビルの谷間
にあると　　東京　多田《ただ》　優子《ゆうこ》

自立せよと言いて育てていざ今は子どものままで
いいよと願う

食べる娘の今は居らぬにまた買いしオレンジ六個
今日も残りぬ

*

たらちねの母の御魂の呼び寄せる故里は竹の秋の
たけなわ　　和歌山　龍田《たつた》　早苗《さなえ》

クリスチャンと無神論者の姉妹なりパン喰う姉に
常に神あり

欠かさざる日曜ミサのなくなりて姉は只管草ひき
をする

実朝の歌を母はもそらんじたりリモート画面の冬の陽のなか　　埼玉　田中《たなか》　愛子《あいこ》

わが笑みは母をはげまし母の笑みは我をさみしくさせて、夕さり

わらつてと言はれ撮られしものならん施設より母の写真がとどく

＊

ハイタッチ孫が覚えて手を合わせ握りしめれば砂の付いた手　　東京　田中《たなか》　章《あきら》

イヤイヤ期全て否定の二歳児は靴を脱がずにお風呂に入る

十センチ身長が伸び今までは届かぬ物に届く二歳児

＊

文化賞拝受の言葉淀みなし病む影みぢんも見せざるかの日　　石川　田中喜美子《たなかきみこ》

焼香の三時間続く通夜となり吹雪の中を数多出で入る

逆縁の大き悲しみ弟の柩今出づ吹雪の中を

わたしのと職場の女子のチョコレートどちらを先にとるだろう　　千葉　田中《たなか》　純子《じゅんこ》

「アツアツじゃないけど冷えきってもいない？」顔見合わせて弁当ほおばる

いつまでも大きな背中見ていたい夫と二人のレンタサイクル

＊

物忘れカバーし合うが目的と再婚同士が顔合せ笑う　　北海道　俵《たわら》　祐二《ゆうじ》

それぞれの部屋に亡き人の写真置き暮しはじめぬ再婚同士

連れ立ちて海沿いの道を散歩する来向う風は少し冷たく

＊

氷点下山の頂上のレーダー基地勤むる娘に冬服送る　　三重　辻田《つじた》　悦子《えつこ》

自衛官の父を慕ひて東北の航空隊に娘は働く

風強く北方領土の見えたると根室の基地より娘伝へ来

風呂敷をマント代わりに駆けまわる少年剣士はまだまだオムツ
「お兄ちゃんパンツになった」と自慢するオムツの取れた日花丸記念日
難聴の母との会話はもどかしく脱線すれども至福の時間

北海道　筒井《つつい》　淑子《としこ》

＊

海はるかルソン島にて戦死した父の其の後を知る人ぞ無き
家事出来ぬ夫の留守居案じつつ身は手術後の痛みに耐える
医学にて再生されし我が命退院の日を分かつ悦び

埼玉　戸田《とだ》美乃里《みのり》

＊

故里《ふるさと》の祭りの写真に目輝やかす娘《こ》の顔さえも忘れし母は
嫁入りのタンスにせんと桐《きり》植えし明治の祖父は娘《こ》の生まれれば
命日に母の声する心地して今日一日を良きものにせん

神奈川　戸張《とばり》はつ子《こ》

受験生大学高校二人の孫《こ》　離れて暮らすも気がかりの日々
助言をと求められれば応えよう夫婦の見解最優先に
絵馬の面《おもて》孫《こ》の名受験校現住所個人情報明けっ広げだ

滋賀　富安《とみやす》　秀子《ひでこ》

＊

母親と二人に暮らすとあな羨し独身といふ夫の微笑み
誰《た》の許可に此処にゐるかと詰め寄りく吾に寂しき他人の眼
浴槽によろぼふ長身引き上げて洗ひ清むる妻の怪力

石川　永井《ながい》　正子《まさこ》

＊

閉校の記念誌に載る兄姉の若き姿にルーペを当てる
おかつぱに母の作りし服まとふ卒業写真セピアの世界
母姉を経て伝はるちまき給ひたり笹の葉外し母と会ひたり

神奈川　中込《なかごめ》カヨ子《こ》

母はあの五階に居ります生きてゐます百二歳になります会はせて下さい　長崎　長島《ながしま》　洋子《ようこ》

寂しからう迷ひてをらうと風が吹く何も言はざるわれらの上を

手も握らず肩にも触れず老い母と会ひ得しひととき哀しくうれしく

*

ソフト帽かむりしは村で父のみにて恥ずかしかりしが今は自慢に　石川　中西名菜子《なかにしななこ》

母逝きて十八年を生きし父カラオケの〆は「影を慕いて」

夜の道月の大きな暈を指し雨の近きを父は言いたり

*

父の肩重荷背負いし胼胝《たこ》ふたつ六人育てし力の証　徳島　中山《なかやま》　善嗣《よしつぐ》

わが母は月明りには鍬持ちて畑にありけり想えば寒し

長姉《ねえさん》が毎月送るマガジンをわくわく待てり小三の頃

「急いで」の言葉飲み込み水たまりを覗く幼の傍らに添う　千葉　根本千恵子《ねもとちえこ》

言い伝え守りたきわれと気にもせず取り組む夫との盆仕度なり

糠床の茄子をおやつと言いし母姉さんかぶりの手拭い外して

*

ぼくは早く生まれたかったというように響きわたれり吾子の産声　福井　野原《のはら》つむぎ

遺されし母の日記のなかのわれ朝からふくれて返事をしない

「ワイシャツの白が似合ってましたよ」と一行添えん職退く夫に

*

夫沸かすコーヒーを飲む静寂の月日重ねた二人の時間　埼玉　野元堀順子《のもとぼりじゅんこ》

先を行く夫の自転車追いかけて共に行く道秋の季節に

手をつなぎゆっくり歩む老夫婦　我らもそんな二人になりたし

花かげに濡れたバッタが身をかくすさした雨傘そつとかけやる　大阪　服部《はっとり》　京子《きょうこ》

戸口から外を眺むるわが夫の柔和な顔に笑みをかへしぬ

現世をまだまだ長く生きたしと晴れゆく空をまぶしみ仰ぐ

＊

夏の風に髪なびかせて跳にて駆ける風の精は曾孫の和奏《わかな》　宮崎　浜﨑《はまさき》勢津子《せつこ》

「立春は二月三日の冬に来る」賞めてやりたり初めての句

曾の孫に譲る三弦・趣味は俳句　初心忘れず励んで欲しい

＊

召集を受けたる父が仏壇に遺しし爪、髪、軍服の写真　神奈川　林《はやし》　彰子《あきこ》

母恋ほしうすくれなゐの侘助は語るともなし冬のアダージョ

透明な寒気の空に吸はれゆく夫の魂どこまでも青

ポロポロと落つる思い出拾いつつ写真を剥がすアルバム整理　愛知　林《はやし》　祐子《ひろこ》

七人の家族の揃いて食事せしテーブルの広さ余りて久し

子が育ち義父母送りしこの家の歴史は止まる解体進みて

＊

ジャングルジムのてっぺんにいる幼子の笑顔の向こうの冬晴れの空　愛知　坂野《ばんの》　弘子《ひろこ》

幼子は大きくなったら「空になる!」きっときれいな大きなお空

雪の夜は遠い笑顔を思い出す雪見の酒にほろ酔う夫の

＊

自らの四股名を「テルの山」と付け母は施設の相撲に挑む　北海道　柊《ひいらぎ》　明日香《あすか》

百歳の父に代わりて作りたる青首大根太ぶとと立つ

下駄箱の中にも父と母がいて片付ける手がしばしば止まる

もし君をたまごで産んでいたのなら食べていたかもしれぬ親鳥
大阪　東野登美子《ひがしのとみこ》
朝摘みのベランダイチゴをはんぶんこして霧散する夜半の諍い
こんなものただの紙だと知っており隅におさつを千切っている子

＊

娘二人の誕生記念に求めたる東玉作《とうぎょくさく》の童人形《わらべ》
埼玉　飛髙《ひだか》　時江《ときえ》
次々に二人の娘嫁ぎたり残る人形ひっそりとあり
二人の娘見守《こ》りくれし人形の供養をせんと箱に納める

＊

晩秋の久須夜岳《くすやがたけ》に夫と二人共に過ごした忘られぬ時
福井　平田《ひらた》　卿子《のりこ》
笑ふ人怒る人なく淋しき日朝日が窓から慰めくる
亡くなりて染み染み思ふ春の朝我が誕生日と今日は言ふに

亡母の愛でし白き紫陽花柵越えて道行く人に顔を見せおり
東京　深沢千鶴子《ふかざわちづこ》
老いるとはこういうことかと父を見るやがて私の通る道ゆえ
スマホ手にピザの予約に苦戦する娘よ我れの仲間になるか

＊

障がいを個性と息子を受け容れて真向かひて座す朝の食卓
岡山　藤井《ふじい》　正子《まさこ》
戸を閉めず鍵を掛けずに出でて来ぬ小さな幸せ二人の家族
暖かき日の差しくれば冬の畑息子も吾も上衣を脱ぎぬ

＊

亡くなりし父の愛用和竿《わさお》たち廻りて次の良き人と会わん
東京　藤木倭文枝《ふじきしずえ》
竹竿《たけざお》の袋に残る父の文字楷書に滲む律儀な性格
一周忌落葉踏みしめ墓参り父母の名撫でる飯能の森

ウエディングドレスの裾が夏の日の波のごとくに打ち寄せてくる
東京　藤島《ふじしま》　秀憲《ひでのり》

誓約書をわが読む声は上ずりて「忘れず」に来て声うしないぬ

「八年前に二人は中野サンプラザ」二人の馴れ初め聞いてる二人

＊

ここ五日子らと過せる有難さひとりに暮らす神のご褒美
奈良　藤田《ふじた》　幾江《いくえ》

こもりゐる日びの裏返しけふはまあ淡海見おろし子らとの食事

子の家に行くわれに友は「ありがたうお願ひします以外は言ふな」と

＊

くるくると帽子を回し帰り来る彼の日の父の喜びは何
青森　藤田久美子《ふじたくみこ》

時折は依怙地な父もごくまれに手品上手のサンタクロース

花冷えの尋常ならざる夕まぐれ父のマントが我を包めり

母はもう過去形のみに語られて切り干し大根天日に乾く
茨城　藤本佐知子《ふじもとさちこ》

朝に来て夕にまた来て鳴きもせぬ斑の鳥は母かも知れず

ふかし芋ふたつがおやつだったころ空あおかった母若かった

＊

耳遠くなりたる夫は未だ六十の並べて静かな命を持てり
栃木　藤本《ふじもと》　都《みやこ》

マルボロのけむり好みてゐるあひだに耳ぽんこつとなりし夫かも

かつてわれ山椒魚でありしころうからの聲すら耳に届かず

＊

活け締めの烹調《はうてう》の手間も惜しみつつ夕餉の円居の鍋あたたかし
岐阜　古井富貴子《ふるいふきこ》

やや風の和ぎたる青きゆふぐれを庭の草引きひと日過ぎゆく

自粛中を眞鯛・笠子と紋甲烏賊・渡り蟹・皮剥《はげ》わが家に到来

白菜が重石《おもし》に漬かり行くようにいつしか夫の姓に馴染みぬ
石川　古田《ふるた》　励子《れいこ》
つかつかと足音高く子は部屋へ我に手を伸べ握手合格
暑き夜親の安否を確かめてそっと立ち去る子の後ろ影

＊

亡き母の作りくれたるわが着物はれのよき日に娘が着をり
埼玉　細貝《ほそかい》　恵子《けいこ》
純白の花嫁衣装の子の姿生れし日のたち思ひこみ上ぐ
幼きよりあまたの笑みをくれし子がほほ笑みて去る嫁ぐもとへと

＊

義母の着る白の祝い着似合いたりリモート画面の映りも冴えて
千葉　細河《ほそかわ》　信子《のぶこ》
「有難う」を皆に等しく義母は言う画面の向こうの孫ひ孫らに
九十九まで四歳《よっつ》の孫の数えたり覚えしばかりのその長き数

花や鳥撮りて弟送り来し便りは分厚く遺品となりぬ
栃木　保母《ほぼ》　富絵《とみえ》
姉さんへと文庫本にメモ書きは亡き弟のなつかしき文字
この秋に逝きし弟よアルバムの若き目差し吾を見つむる

＊

飲み過ぎの祖父の徳利に白湯入れてそつと注げば喜びて飲む
東京　本田《ほんだ》　葵《あおい》
我が妻はその時そこに居たやうに語るフランス革命のこと
還暦の壬寅が同じゆゑ生きをれば祖父百二十歳

＊

ほんのりと手のぬくもりの残りたる夫の湯のみを木枯しに抱く
兵庫　前田《まえだ》　公子《きみこ》
夏の日の出石に買ひし風鈴の音色好みし母を思ひぬ
朝夕に安否確認してくれる子供の声に元気をもらふ

その昔絹の笠にて渡りたる母娘と想う夏　渡月橋

佐賀　松尾《まつお》　邦代《くによ》

唯一の身褒めの過日　家事すべて母に頼れば白魚の手と

米粉饅頭つくりし母恋う暁の里に祭りの大鉦《おおがね》ひびく

＊

補助輪をはずし漕ぎゆく妹のうしろを駆ける野球部の兄

福井　丸岡《まるおか》　里美《さとみ》

逆さまの電車を映す水張田と子らがまるごと夕陽に染まる

洗っては干してはたたみ今朝もまたありふれているしあわせを干す

＊

生まれたのはどちらなのかと聞かれたり両方ですと言う楽しさや

長野　丸山《まるやま》　英子《えいこ》

掛け衣裳あか紺まとう双子なり宮の紅葉も今日見頃にて

ベランダで幼児二人の遊ぶ声に畑の私は二階へ走る

コロナ感染会へなくなりしソウルなる孫に挨拶ズームのおかげ

千葉　水崎《みずさき》野里子《のりこ》

写真より大きくなりし孫の倫《りん》母の抱くもコロナ生き抜け

春祈る国境あるも玄海の灘を軽々ズーム越えゆく

＊

足伸べて眠る娘の横に居て老いるといふこと考へてゐる

岐阜　武藤《むとう》　久美《くみ》

短寝の起きてこの部屋まだ暗く優しく笑ふ父に会ひたい

子も夫もゐない夕べにどつぷりと観たき映画の三本ほど有る

＊

見送れば車列に合流なせし息子のくるまの尾灯ひときわ赤し

富山　村山《むらやま》千栄子《ちえこ》

正午までのあいまいな時ふらふらと近所の庭の花芽みてくる

このあかり消さば真闇となる部屋に「目じりくりくりーむ」塗る用たのし

新緑のまばゆき山や待つひとのなき古里の駅に降り立つ
東京　門間《もんま》　徹子《てつこ》

幾たびも母ひねりけむ蛇口よりぽとりほとりと滴の洩るる

斯くのごとすつと消えゆく日もあらむ地下階段を降りる父の背

＊

気に入りの録画を消してわが夫二歳の孫の非難を浴ぶる
千葉　八鍬《やくわ》　淳子《あつこ》

山道の坂にて尻よりずり落ちて滑り台とぞ孫は喜ぶ

シャボン玉孫は喜び挑めども馴れぬことにて吹く息弱し

＊

寒椿紅いちりんの花手水　ひとりの男《ひと》を見つめていたい
埼玉　安田《やすだ》　恵子《けいこ》

病むゆえの夫の苦言も耳なれて夜に深紅のペディキュアをぬる

うま年の夫が蹴りたる語氣荒く跳ねてかわしてうさぎのわれは

割烹着に顔を埋めて感じたる母の匂いは記憶の中に
岩手　山井《やまい》　章子《しょうこ》

亡き父の入れ方で飲むコーヒーは甘くて苦いいつだって同じ

中一の話す速さは早送りテープのようなり　曖昧に返す

＊

振動を覚ゆる作業止められて建築現場に佇つ身となりぬ
岡山　山本《やまもと》　幸子《さちこ》

朝あさを息の包帯を洗う嫁涙か水か眼をぬぐう様

植え付けより刈り入れ迄を背負う身となりて半年嫁の背細る

＊

子の書きし「王さまのいす」の文字残る椅子を踏み台に洗濯物干す
岐阜　横山《よこやま》美保子《みほこ》

間違っても「ご飯食べる?」と呼ばぬよう「リモート会議」と子は念を押す

ボールペンのインクに汚れし子のシャツをバイトの夫が作業衣に着る

大空の好きな息子にメールにて送る一枚夕焼の空

この秋の孫より届く写メールは阿蘇草千里の放牧の馬

山梨　渡辺《わたなべ》　君子《きみこ》

男孫ふたりの成人式なり予習とて赤飯を炊き近所に配る

＊

「またくるネ」孫の残せるおもちゃ箱片づけするもあと幾年《いくとし》か

潮騒に幼き頃の海遊び語りて尽きない姉妹老いても

茨城　綿引《わたひき》　揚子《ようこ》

「痛いか」とたずぬるだけの夫たり精いっぱいのいたわりと聞く

13

教育・スポーツ

オリンピックの賛否両論多々あるも開幕すれば歓
喜あふるる　　沖縄　あさと愛子《あいこ》
道ずれるも開幕なりしオリンピック沖縄《しま》の空手の
黄金花咲かす
やっと今パラリンピックの幕が開き車輪がまわる
生きる勢いの

＊

いくつもの苦難の歴史も屈せずに不撓の魂《たま》を育て
し空手　　沖縄　安仁屋升子《あにやますこ》
燃え盛る焔のごとくむらむらと喜友名《きゆな》諒の空手宙
を突き蹴る
あけもどろの輝く光今さして空手発祥の島に金メ
ダル

＊

「感想文、県3位受賞」は、はにかむ我を推《お》して
くれたる教師のおかげ　　群馬　新井恵美子《あらいえみこ》
星薬大《ほしやくだい》は大地に根張り百年も天高く伸びゆく銀杏
の如し
書・生花《いけばな》の師範である母、冷子《れいこ》は、洋裁・和裁、
編物の師でもあり

伊予久沼《いよくぬま》に私財を投じし祖父、恭邦《きょうほう》は、弥八柳《やはちやなぎ》と
称され境史跡遺し　　群馬　新井《あらい》　達司《たつじ》
我が師は読書に音楽、美術鑑賞、それに祖先の功
徳の教え
我が友は先生ばかり、県議・画伯、医師に教師
に、そして我も

＊

姉兄多し我に洋裁、編物・華道と、習わせくれし
亡父母《ちちはは》に感謝なり　　群馬　新井《あらい》　冷子《れいこ》
和裁の師に見初《みそ》められ見合いせし人、夫《つま》、達司《たつじ》な
り又従兄《またいとこ》でもあり
姪甥の子守せし我は娘《こ》育て手慣れ、育児書でなく
実践こそ師なり

＊

アフリカの樹上をルーツに持つヒトら東の果ての
フィールドに立つ　　福島　伊藤《いとう》　正幸《まさゆき》
紙一重の速さ強さを競ひ合ふホモ・ルーデンスの
贅なる遊び
巨大なる肺腑の中のわれらなりパンデミック下の
五輪に気づく

大宇宙を揺さぶり掛け投げできさうな四股名をもてる　天空海《あくあ》は　　神奈川　稲垣《いながき》　紘一《こういち》

五回目の優勝遂げたる照ノ富士　初冠雪の日本の富士

裏返しされても回しを離さざる執念見たりこれぞ宇良わざ

＊

一本の聖火《トーチ》を北に送りやり街は緑のしじまに返る　　秋田　臼井《うすい》　良夫《よしお》

姿なきものに怯えてゐる日々を一瞬に点す大坂なおみ

魂も抜き盗られたる表情に柔道敗者のアップが映る

＊

高校野球の球児たち思い切りすべり込む真っ黒になって　　埼玉　内田美代子《うちたみよこ》

そっくりのユニホームで戦った智弁奈良対智弁和歌山

宇良がんばれ横綱破れとテレビ前あと一ふんばり足りず負ける

コロナ禍の世に沁み入るぞオリンピックの勝者の言葉敗者のことば　　東京　大塚《おおつか》　秀行《ひでゆき》

無観客の地に吹く風を激励のこゑと思へよアスリートらよ

それぞれのハンデ乗り越え競技する姿美しパラリンピックは

＊

コロナ禍の苦しき五輪さはあれど連日の「金」ジャパン快晴　　大分　大渡《おおと》キミコ

落下せし選手の頭《づ》のうへ鉄棒のすべり止め白くうす絹ひろぐ

弁当の廃棄処分費二億とふオリンピックのつけ闇に深しも

＊

窓ぎわに子ら重なりてさわぎおり校庭まなかに狸の座る　　奈良　木田《きだ》すみよ

埋める子と埋められぬ子の放課後の自己アピール文横書き二百字

三年《みとせ》とう一日ひと日は違えども証書もつ子のみな晴れやかに

一滴の乳王冠になるまでを見届けたりし理科室の寂
東京　北《きた》久《く》保《ぼ》まりこ
老いぬまま今も子供と遊びゐる小学校の壁のキリスト
お互ひに領けば消ゆる国境《くにざかひ》　国際日本学の力学

*

聖火台登る大坂なおみ選手世界平和を身にたぎらせて
滋賀　木下《きのした》　房乃《ふさの》
独立をアピールするがにオリンピック旗手と選手の二名の行進
健闘のスケートボード少女等のたたえ合うハグに目頭うるむ

*

弓矢持つ吾にしばらく添ひて飛ぶ今年の燕いまだ稚し
群馬　木村《きむら》あい子《こ》
十本余の弓を引き終へ汗しとど八十五歳の腕いとしむ
弓道場しばしの閉鎖朝なさな筋力維持と素引にはげむ

戦中と戦後の六年《むとせ》学びたる分校跡ぞ礎石《すゑいし》残る
佐賀　小嶋《こじま》　一郎《いちろう》
複式の学級なれば唱和して一年生も九九を覚えき
同級の十人のうち四人亡くさらに消息絶ちゐる二人

*

滝汗も寒さにふるえる日もありてこの小春日の稽古は楽し
岩手　小鳥沢《ことりさわ》雪江《ゆきえ》
新弓《しんゆみ》に心弾めどゆっくりと弓は育ててゆかねばならぬ
カモシカは鋭き弦音《つるね》に誘われて名人見んと山を降り来る

*

最年長記録に限りなしと云うパラリンピアンに老《おい》人《びと》燃ゆる
和歌山　作部屋《さくべや》昌子《まさこ》
車椅子一体としてかけめぐり金メダル揚ぐ涙のアスリート
障害を受け入れ超えてパラリンピアン口口に聞く感謝とよろこび

人生を懸けた戦いこれはもう競争ではない 一位を目指せ

埼玉　清水菜津子《しみずなつこ》

開会式ピクトグラムのピクトさんラケット落としたこれも演出？

アスリートの魂燃える　比類なき戦い目指すは金メダルのみ

＊

夕映えのもの清げなるキャンパスに紅雲ひとひら未だ我を呼ぶ

千葉　清水麻利子《しみずまりこ》

回游魚女子かもしれぬ働きて学びて行き場をなおも探せる

亡き母は学びたかりけん広告の裏の作文褒めてくれたり

＊

マリンから見上げる空は真っ青でのんびり一機飛行機がゆく

千葉　水門《すいもん》　房子《ふさこ》

引退試合することもなくしなやかにコーチとなった投手を思う

にぎやかな応援団がないかわり選手の息遣いが聴こえて

サッカーのハーフタイムは山砂《やまずな》を選りて土鳩が群れて啄む

埼玉　髙田《たかだ》　明洋《あきひろ》

虐使する企業見分けるポイントを説いて生徒と求人票繰る

薄化粧パンツスーツで敬語駆使求人依頼に化けて来校

＊

マンモスと闘ひしころのブリザード家に向かひて帰る少年

長野　竹内《たけうち》　正《ただし》

緊張と不安のさなかの生徒らに受検の心得五箇条語る

緊急の職員会議に陽性者発生を知る窓よぎる鳥

＊

ポンポンと太鼓腹をばたたくおと観客のなき土俵にひびく

埼玉　丹波《たんば》　真人《まさんど》

隠岐の海、大奄美《だいあまみ》など出身地ただちにわかる四股名ぞよけれ

肌のいろ濃きと薄きと目につけど黒人力士のなきことさみし

杖つきてジムに来たれる老人がベンチプレスで五十キロ上ぐ　東京　土《ど》井《い》紘《こう》二《じ》郎《ろう》

チャンスにも打てぬカーブの負け試合終りまで観て歯も痛みだす

楽しめばいいいんだといふボウリングそこそこうまくできての話

＊

学校を続けてみてもいいですか　十六歳の雪解けを聞く　滋賀　中村《なかむら》宣之《のぶゆき》

寂しさを残し旅立つ教室にチョークが一本のこる黒板

看護師の夢をかなえた教え子のLINEに今日も既読がつかず

＊

春雪にそそぐ光の温としを滑り行きたるニセコも遥か　北海道　林《はやし》朋子《ともこ》

圧雪車にてニセコワイスの山頂に立てば果てなき白き稜線

湧き出づる雲に紛れて夫とわれニセコアンヌプリ滑り降りたり

聖火台に聖火灯りぬ漸くに混迷のなかの東京五輪　山口　林《はやし》芙美子《ふみこ》

無観客の五輪さびしと夫言ひつ鉄棒競技のテレビ見てをり

スケボーの少女ら華麗に宙を舞ふ重力みせぬ揚羽の様に

＊

鉛筆をナイフで削るはもはや化石わが手を飽かず見入る小三　千葉　平山《ひらやま》公一《こういち》

ナイフ持つ右手は添へてゐるだけよ左手にはつか力を加へ

左手のみ拇指《おやゆび》ナイフの峰を押し人差し指で鉛筆を引く

＊

コロナ禍の世界に平和願ひつつ点火台の炎高々と燃ゆ　島根　福島《ふくしま》伸子《のぶこ》

泳ぎきる事走りきる事に喜びをパラリンピックの選手等の面

メダル持ちて満面笑みのアスリート障害を力に生き生きとして

並走のリズムを刻む道下の抜き去るとみる一歩が前に
山梨　古屋《ふるや》　清《きよし》

並走の一歩前へとみたる時そのまま抜きつごくごく自然に

伴走の志田と道下万感の笑みをみせたり白き歯並び

＊

ごたごたのあげくに五輪始まりてコロナの記事は一面を消ゆ
奈良　松井《まつい》　豊子《とよこ》

サーフアーの乗る台風の大き波映像に聞く怒涛のひびき

観客の無き卓球場にぱちぱちと得点のたびメンバーの拍手

＊

ゆるやかに地球儀回し先生は旅した国の貧困を説く
千葉　松田《まつだ》　和生《かずお》

校門での「さよなら」の声大人びて夕焼け空に君は溶けゆく

ラインにもメールにもない温かさ葉書に踊る癖のある文字

持ち帰るフィールドキャストのユニフォーム荷物重たし腕に心に
千葉　松林《まつばやし》　英明《ひであき》

夏空に軌跡を残しスケボーの少女は越える国の勝ち負け

マラソンは歓声のなき「ネオ東京」レーサーのリム雨を切り裂く

＊

パラリンピックの若者たちの一途さを障害感なくＴＶ観てゐる
広島　松村《まつむら》　常子《つねこ》

腕なき身足一本を蹴りたてていきいき五十米泳ぎきりたり

ボッチャ競技頭脳戦なり車椅子に投球振り振る球の確かさ

＊

オリンピック開く夜空に地球像世界平和と人の絆を
群馬　松本《まつもと》　孝子《たかこ》

スノーボード二転三転空に舞ふ鳥になりたる技に息のむ

メダル取りし選手に秘めしドラマありオリンピックを見つむる涙

備えるを誰か忘れし両腕《もろうで》にうち克ち背泳《はいえい》競うおみなご

爽やかにすこやかに笑み仰向けにキックしゴール頭《ず》もてタッチす　兵庫　三宅《みやけ》　桂子《けいこ》

ヒマワリは何輪咲いた「3」掛ける花束いくつ幾《いく》人《たり》のもとへ

*

本当は「世界の国からこんにちは」だつたはずでは「まぼろし五輪」　新潟　矢尾板《やおいた》素子《もとこ》

あつたはずのかうだつたはずの幻想の「東京五輪」の聖火リレーよ

満場の声援響く競技場　選手の汗に手のひら痛し

*

お台場はよく晴れ渡り十キロの競泳選手海辺に並ぶ　東京　矢口《やぐち》美代子《みよこ》

お台場の石垣橋の美しく選手は十キロ泳ぎ出したり

競泳の選手の前に飛び跳ねる大き小さきうろくずの見ゆ

東京の夜空に浮かぶは江戸醸す市松模様のバルーンの地球

図らずも世代交代見る思ひ内村航平鉄棒落下に　愛媛　芳野《よしの》基礎子《きそこ》

卓球の王者中国を負かしたる「隼君」「美誠ちゃん」お手柄お手柄

*

コロナ禍と一渓《ひとたに》呑みし土石流　押し流し映る聖火《ひ》のトーチキス　富山　米田《よねだ》　憲三《けんぞう》

敗者いや求道者の表情で演技終えし結弦にどっと湧きたる喚声

スノボーの歩夢は悟空の末裔か觔斗雲にも乗るかに宙《そら》舞う

14
旅

風に吹かれ公孫樹黄葉《もみぢ》の散りかかるうたた寂しき
時過ぎにけり　神奈川　一ノ《いちの》関忠人《せきただひと》
たまさかに富嶽の巫女の降臨あり乗り合ひバスに
さつさうとして
御殿場線の窓に来てゐる秋あかね駿河小山の駅に
停車す

＊

観光では行かぬ奥祖谷訪ねたりかずら橋二つ並び
ておりぬ　佐賀　井手《いで》淑子《よしこ》
ワイヤーが組まれて丈夫と聞きながら〈かずら
橋〉をば怖々渡る
追手より逃れるためのかずら橋いつでも落せる造
りとなせり

＊

厄除けを卒へたる今は毎日が厄と思ひつつ結縁坂
のぼる　東京　大熊《おおくま》俊夫《としお》
踏まれゐる邪鬼それぞれに名前なく千年耐へて今
日も支へる
堂内の無着・世親に真向かひて久闊叙する思ひに
観つむ

柿の木の脇を抜けほそみちを行く阿修羅の履《くつ》では
険しい道だ　愛知　尾崎《おざき》弘子《ひろこ》
焼け残りしトルソーのある奥の院千手観音厳かに
たつ
空《す》いてゐる博物館は好きだなあ好きだけれども一
大事なり

＊

コロナ禍に隠りし憂さを晴らさむとパステルカラ
ーのスカーフを巻く　高知　小野亜洲子《おのあすこ》
クーポン券使ふは楽し道の駅に土佐の果物山桃の
ジャム
晩秋の光の灌ぐ「渓鬼荘」吉井勇はこの地に休ら
ひき

＊

後鳥羽院の末裔《すゑ》もまぎるる島ならむ御火葬塚は寂
びて鎮もる　栃木　上島《かみしま》妙子《たえこ》
心にはなにも反映せざる眼でメトロにをとこ扇を
使ふ
似て非なりと逸らす一瞥　すれ違ふ新宿駅のエス
カレーター

みほねある西本願寺まぶしくて眠れぬほどに銀杏
かがやく
千葉　小林《こばやし》　幸子《ゆきこ》

みかへれば紅い紅葉のちるばかり　見返り弥陀の
ささやきたまふ

前をゆくひとの背中のとほくみえ疎水のふちを遡
りゆく

*

〈フランス語講座〉映像に　おおシャンゼリゼ回
想に又もや旅をする
愛知　斎藤《さいとう》　彩《あや》

画面に映る屋根職人のこちら向き透かさず老女手
を振りのり出す

ダイアナの非業の跡地地下道にバラ・白薔薇《はくさうび》咲き
乱れ

*

俺は最初「立山」がいいな。マスクはずせよ。さ
あ定綱はまず何を飲む？
東京　佐佐木幸綱《ささきゆきつな》

昼酒を親子並んで飲んでいる富山の酒を富山の鰤
で

路面電車が時折見える飲み屋なり我らのみ客はま
だ三時なれば

熱海より天城山越え西伊豆へ緊張と絶景九十九折
りとは
愛知　笹田《ささだ》　禎果《ていか》

晩秋の風吹き抜けて陽は落ちる通る人なきなまこ
壁白し

西伊豆に自由観覧の史跡あり土間の枯れ葉に「失
礼します」

*

金剛童子祀る御堂の格子窓朝の日透かし仄かに明
し
茨城　猿田彦太郎《さるたひこたろう》

なまはげの蓑《みの》着る神の使者にして激しく舞ふに蓑
は風切る

いにしへの代の噴火にて寒風山の火口は青き草の
おほへる

*

弘前のリンゴ農家で頂きし「ふじ」と一緒に海峡
渡る
大分　関《せき》　哲行《てつゆき》

民間機自衛隊機に米軍機爆音絶えぬ三沢空港

米《よね》町の人らとラジオ体操す釧路のさやけき朝風の
中

化野は静まりてゐし念仏寺冷え冷えとして数多石仏

朝早く天満宮に参拝の静寂に響く玉砂利の音

千葉　髙野《たかの》　勇一《ゆういち》

人影は少なくありて妙心寺静寂に鳴る鐘の音《ね》のあり

*

君は右吾は左の手袋をはずしつなぎて紅葉《もみじ》の京都

五十年ぶり生家辿《たど》れば家はなく朝夕ながめし山そこにあり

東京　内藤《ないとう》二千六《ふちむ》

前書きもあらすじもなき吾の一世いかなる旅で終章つづらん

*

みぞれ降る一日の旅は天徳寺みやげ落雁佐竹の家紋

東京　中村美代子《なかむらみよこ》

みぞれ降るかやぶき屋根の武家屋敷柿の実ひとつかけすに残す

泣ぐ子《ご》はいねが泣ぐ子《ご》はいねがなまはげのお国ことばはみぞれ降る夜

天も地もあるべきものか船まるごと白き瀑布に禊のごとし

水煙あげて轟くナイアガラ真向かう刻を無音が包む

福岡　成吉《なるよし》　春恵《はるえ》

その昔の滝壺はこことう川下に瀝々たる水の歴史を想う

*

遊覧船に髪を靡かせ我はいま阿寒を渡る風となりたり

遊覧船で阿寒湖廻るいづこより聞こえてくるやムックリの音

北海道　仁和《にわ》　優子《ゆうこ》

遊覧船に電飾点り湖の夜のしじまが照らされてをり

*

筑波嶺の歩き納めと言ふ人の背中遠のく吾は休憩

ケーブルカー、ロープウエーも横に見つ目指す女体山八七七メートル

茨城　初見《はつみ》　慎《しん》

筑波山今日は吾家の茶の間から万葉人に想ひ馳せる日

少年と犬駆け上る飛ぶ鳥の明日香の里の甘樫の丘

大阪　林《はやし》　龍三《りゅうぞう》

参道の風にたゆたふ彼岸花歩幅のあはぬ石段降りぬ

焚きこめし香を纏ひし皇女《ひめみこ》の映るを想ふこの円鏡に

＊

こだま・はくたか乗り継ぎゆかむ九十歳《きうじふ》のひとり旅なり無言館まで

神奈川　蛭間《ひるま》　節子《せつこ》

道問へば駅員さんの大き文字　往路・復路の克明なメモ

「時の庫《くら》」に修復を待つ絵はありて傷みつづける八十年の黙

＊

上毛の空の明けゆき妙義山ま白き霧の上にあらはる

東京　山仲《やまなか》　紘子《ひろこ》

若き日に登りし山ぞ今なほも「カニの横這ひ」の鎖場ありや

凹凸の山容見する山にして湯宿の窓にはるか眺むる

W1《ダブルワン》の大会に向けメンテナンスに励む早春電話鳴りくる

高知　依光《よりみつ》　邦憲《くにのり》

八ヶ岳の上に湧く雲ひとときをバイク休めて見ているまひる

雪被《かず》く穂高連峰肌さむき河原に集うバイクの仲間

15
戦争

人間性を失ふのが怖いとつぶやける若きウクライナ兵士の苦悩　　奈良　英保《あぼ》　志郎《しろう》

憎しみのために戦ふのではない「正義」といふ語のかくまで眩し

国に残り自分の命の使ひ方の選択をする若者の未来

＊

「みるく世の謳」読みましたか聞きましたか八月の宰相の目よ耳よ　　埼玉　井ケ田《いけだ》弘美《ひろみ》

遺骨ある土で辺野古を埋めるとう「礎」の人らの立ち上がる影

観音の条帛《じょうはく》・裳裾のような雲ながれ原爆の落ちし八月

＊

核のボタン一つと聞けりその一人狂を発せば手だてはあらず　　鳥取　池本《いけもと》　一郎《いちろう》

あずき色のタイにてマイク睨《ね》むプーチン柔道家だし親日家だし

明治はああ提灯行列に祝いたりいま集団虐殺《ジェノサイド》に支持率騰る

敗戦後命をかけて離島せし少年老いて帰郷待ち侘ぶ　　神奈川　伊藤《いとう》　光義《みつよし》

領土化は戦果なりきと返還を拒む露国の意思は変らず

指呼の間海をはざまに緑濃き国後島は羅臼の前に

＊

侵攻とバラエティとが混在のプライムタイムが始まっており　　鳥取　井上《いのうえ》　政彦《まさひこ》

戦争は隣の国でされておりウクライナとは隣の隣

隣県の原発稼働が決まりゆく攻撃される議論などなし

＊

語り継ぐ決意を誓いて締めくくる九十二歳の声高らかに　　宮崎　今枝《いまえだ》美知子《みちこ》

七十五枚の窓を押し開け語り継ぐ決意に新たな生動き出す

野分け後の突風時に吹き荒れて合唱する児の髪撫で行けり

爆死・餓死のはらから思う敗戦をくやしなどとは
思わぬけれど　宮城　伊良部喜代子《いらぶきよこ》

敗戦の夏がめぐれり沖縄の不発弾処理ひゃくねん
かかると

指なくし復員したる父二十歳《はたち》　酔いてつぶやく戦
場の惨

＊

あなたより砲撃の音響きけん鳥の囀り聞きたき春
に　広島　岩本《いわもと》　幸久《ゆきひさ》

時の軸少し歪んでゆく気配独裁者の声ただ大きく
て

キャタピラに踏みにじられた春があるそれでも蒔
こう麦の一粒

＊

戦術核使用をにおわす据わる目よいつでも民間人
はころせる　広島　上條《うえじょう》　節子《せつこ》

ジョバンナの目と口とひまわり畑、映画館で観た
他人の哀しみ

ひまわりは墓標の花かロシア兵へ詰め寄る女性《ひと》の
種を渡せり

ラジオ前軍艦マーチに手を叩き拳握りて海ゆかば
を聴く　埼玉　上村理恵子《うえむらりえこ》

若き師は肩ふるわせる児童らへ血判の遺書　青山
進

満州という国の在りき建国は日本の夢四年の幻

＊

人々の暮らしを破壊し尽して瓦礫のやまに斃れし
人影　千葉　江澤《えざわ》　幸子《ゆきこ》

報道記者のカメラのとらへる破壊の現場テレビで
観てゐる・私

映し出さるるテレビ画面は劇画にあらず街に攻め
入るロシアの戦車

＊

プーちんへ戦車ではなく沖縄の「命どぅ宝」を贈
ります　拝　沖縄　我那覇《がなは》スエ子

黒帯六段《ろくだん》を辞退せし男他《ひと》の国を侵略するは精神も
とる

『ひまわり』の国に充ちたる装甲車昇る噴煙目を
覆う惨

戦犯の遺灰は海原に撒かれしと叔父の遺骨は今も還らず　神奈川　亀谷《かめたに》由美子《ゆみこ》
その胸に己が子抱きしことも無く戦死せし叔父子の死も知らず
亡き叔父の働きゐたる上海の内山書店アルバムに残る

＊

嫁ぎたる娘《こ》の国に来て言語を知らずドゥルズイ《ともだち》の集いはあるが　埼玉　神田《かんだ》絢子《あやこ》
日本にてウクライナの子描く絵は色彩ゆたかに平和を願う
スーパーの帰り大きな虹のいで大きな虹に停戦託す

＊

敗戦後七十年余経た現在《いま》も背負ひ続ける敗戦の痛手　熊本　紀《き》の晶子《あきこ》
たくさんの事を諦めただ生きた命の終はりこそが終戦
紫木蓮乱舞するがに散り次ぎて散り際哀し人の世悲し

チマ・チョゴリの姥となりしか終戦後煙のやうに消えし学友　福岡　栗林《くりばやし》喜美子《きみこ》
帰還船魚雷に触れし風説も学友は母国の地を踏みにしや
「水漬く屍」学友に捧げ歌ひにき国民学校三年生われら

＊

壊された街を徒歩にて逃れゆく人らの群に砲弾と雪　東京　小林《こばやし》洋子《ようこ》
一段と強力化した武器により潰されざらんものはあるらん
平和ぼけの身には衝撃　こんなにも世界は身近につながっている

＊

一日もかかさず湯あみさせゐしと記憶にはなき父のてのひら　長野　近藤《こんどう》芳仙《ほうせん》
息づかひも手のぬくもりも子に置かず征きたる父よ　帽子が遺る
南海の底ひにねむる父のこと忘れては想ひ想ひては忘る

周さんと李さんと読んだ『黒い雨』八月六日の朝涙雨
千葉　佐藤《さとう》　綾子《あやこ》

飛び散った硝子を身体に浴びながら林京子が命からがら

敗戦忌酷暑を避けた部屋にいて竹山広の歌を目で追う

＊

信濃なる丘の深きに潜みゐる「無言館」のあまたの命
神奈川　佐藤《さとう》　三郎《さぶろう》

志の半ばに失せし画学生　今の事態を何と憂ふや

きな臭きニュース飛び交ふこの地球唯一無二なる星にてあるぞ

＊

理不尽とはかかる在りざま　連なりて戦車が不意に他国に攻め入る
東京　沢口《さわぐち》　芙美《ふみ》

春畑に菜の種まきてゐる今をとほくウクライナは砲撃されをり

吠えたてる犬の尖れる両の眼がプーチンの眼に重なりて見ゆ

ウクライナの壊された街に立ち尽くす女性は涙の流るるままに
神奈川　島《しま》　晃子《あきこ》

暖かき部屋のテレビに大写しのウクライナの男《を》の子の泣き叫ぶ顔

戦場も焼け跡も知らぬ三世が安安と言ふ「核共有」を

＊

戦争は悪と呼ばるるウクライナ恐るるものを恐れとなして
長野　清水《しみず》　康臣《やすおみ》

引き裂かれ離れゆく民ウクライナ幼児の目に映る火を見よ

いとけなき子供を殺すロシアあり地獄絵のごと許さざるべし

＊

敗れたる祖国見限り国外へ逃亡はかるかアフガン人は
神奈川　菅《すが》　泰子《やすこ》

身一つにて祖国捨てむと空港にひしめく人ら行くはいづくぞ

戦ひに敗れし祖国にすがるほか道あらざりきかつての吾ら

終戦のあさ房総の空に出撃し撃墜されし零戦のあり

千葉　鈴木《すずき》ひろ子《こ》

七十五年大多喜の土にうづもれし零戦の破片わがまへに見つ

アメリカの戦闘機乗り捕虜となり終戦の日に殺されしとぞ

＊

嫁ぎ来しこの西山の地のなかにふかぶかと在り残留放射線

長崎　田中《たなか》須美子《すみこ》

炸裂後ふりたる雨に放射性物質あるとだあれも知らず

赤黒き雨あびし従兄弟「悔しか！」と十七で逝く白血病に

＊

昭和二十年『雲母』一、二月合併号「聖戦」「銀の供出」の文字も

長崎　谷川《たにがわ》博美《ひろみ》

島の兵器の数と場所とのリスト以て米軍巡検父従えり

「見すかせば水底しるき春藻かな」父の田ノ浦の戦後は

奪はれて又なぶられて基地となるフェンスの彼方の故里恋し

沖縄　照屋《てるや》敏子《としこ》

はらからと水浴び蛍狩りなどと戯れし入るに入られぬ故里望む

故里を追はれて早も八十年行くに行けざるそこは外国《とつくに》

＊

敵基地の先制攻撃滔々とうながす人のルージュに見入る

秋田　永田《ながた》賢之助《けんのすけ》

核爆弾使い果してから聞こうこのおばさんの御伽噺は

ミサイルの千六百キロの射程内わが古里の美《は》しき夕焼け

＊

何故《なにゆえ》の武力侵攻破壊さるるウクライナの町を声なく見つむ

大分　永松《ながまつ》康男《やすお》

犠牲者は市民に兵士逃げまどい泣き叫ぶ子らのその後を思う

幼児と母と老婆と泣く見れば銃口をむける気にはなれまいに

探りつつ交わる光に浮びたる巨機の姿をいまに忘れず
東京　中村《なかむら》　長哉《たけや》
海近き小禄《おろく》の濠に佇みて止めどなく涙涌き出でしかな
ウクライナ市民のありさま見るほどに戦時の記憶甦《よみがえ》り来る

＊

まへうしろオミクロン株オミクロン戰中戰後今尚いくさ
山梨　野澤《のざわ》真砂子《まさこ》
青春を一生《ひとよ》まるまる奪はれし記録悲の海ハルモニの書は
天と地と人《にん》を生きぬき寂聴さん反戰の意志その生涯は

＊

タリバンに追い立てられゆく女子《おみなご》の力なき目をテレビは映す
茨城　野村《のむら》　喜義《きよし》
二十年アフガニスタンを占拠せし米兵は去り元の混沌
絵巻物逆さに辿りゆくごとし近頃むかしの夢ばかりみる

原爆忌はわが引き揚げを思ふ日よ無蓋車水葬はたＤＤＴ
山口　羽仁《はに》　和子《かずこ》
無蓋車に乗せられ着きしコロ島に引き揚げ船の影深かりき
逃げ惑ふことなき終戦引き揚げて空の青さに背伸びせし日よ

＊

わが脳の奥処に刻み込まれたる軍歌哀しも戦争放棄
東京　林《はやし》　宏匡《ひろまさ》
つい唱ふ軍歌厭《いと》はし戦争は絶対反対洗脳学徒
成育の地にしありせば異国とて幾度訪《と》ひても倦《う》むことはなし

＊

ウクライナの子ら手を引かれ避難する見たことのなき暗き瞳《め》をして
広島　東《ひがし》　木の實《こみ》
避難するウクライナの子らに父はゐず父らは残りて闘ふといふ
行くあてはあるのか今日食べるパンはあるのかウクライナの子らよ

お城山の七曲り行かず弟は直線的に枯枝取り来る
茨城　樋川《ひかわ》　道子《みちこ》
枯枝を拾ふも士族の末なるゆゑ許されしとぞ不思
議なる町
弟と一升瓶をリュックに持ち瀬波の海の水汲みに
行く

＊

ひたすらに国をはなれる避難民戦時のむごさよみ
がへりくる
静岡　藤岡《ふじおか》　武雄《たけお》
戦時中犬の肉食べしを思ふいまウクライナ市民の
死骸を犬が食ぶ
これがマア平和を口にす人間か野望に燃ゆる人間
よアア

＊

朝顔にすずめ蛾の幼虫かぞえつつ杳きアフガンの
政変をきく
千葉　前田《まえだ》えみ子《こ》
退色の首都なる部屋に鬚髯《しゅぜん》濃し銃もつ兵士もくだ
けし者も
強いらるるブルカの暑さつまづきて見えぬは明日
あさってそれから

冬季五輪無事に終ればその直後ウクライナへのロ
シアの侵攻
埼玉　町田《まちだ》のり子《こ》
ウクライナへの侵攻止まずひと月半ゼレンスキー
の顔の強張り
歴史とはかくも悲しきものなるか争ひのなき時代
はあらず

＊

逃げまどう戦火のキーウの群集に鞍山《あんざん》のがる五
歳の我を
東京　松嶋《まつしま》　紀之《もとゆき》
ウクライナの瓦礫の道を幼児が只の一人で歩いて
ゆくよ
久住山《くじゅうさん》に星をみつめて唄いしは黒い瞳にカチュー
シャの歌

＊

父と子の別れを惜しむウクライナ明日の身知れぬ
戦場の故
和歌山　松山《まつやま》　康子《やすこ》
空爆の激しき街を逃げ惑ふ恐怖の極限子等のトラ
ウマ
幾世紀過ぎても人のエゴイズム膨らむ戦禍果てな
く続く

侵略の戦にあれば手柄なぞ立てるなといふ父の信念

埼玉　宮森《みやもり》　正美《まさみ》

満蒙の凍土に斃れし戦友は九段に在らずと父は詣でず

陸軍を馬ぐそと唾棄する父なれど酔ふたび出づる軍歌「戦友」

＊

ミモザ咲く青空の下　黄と青の国旗かかげて闘ふ国あり

岐阜　村井《むらい》佐枝子《さえこ》

若き母幼子連れて避難する映像見つつ昔日想ふ

一瞬に破壊されし街　再建のなさるるまでに幾百年を

＊

待つ人は未だ復員《かえ》らず芍薬の蕾まろまろふくらむままに

神奈川　村上《むらかみ》　容子《ようこ》

南《みんなみ》の孤島にありて家恋うる兄をし思い涙のごはず

夢に見し兄がおもかげあかつきの嵐の窓に呼べどはかなし

征く父が寝ねず作りし模型飛行機ヒゴ曲げしあと玻璃のひび割れ

山口　森元《もりもと》　輝彦《てるひこ》

青溶かしなほ溶かし切れぬ南海の極まる蒼に父は在《いま》すや

紺碧の空と海とが融け合ふところ補陀落ありて父の在《いま》すや

＊

夏季来れば予告重ぬる「慰霊の日」沖縄・広島・長崎等々

広島　山本《やまもと》　敏治《としはる》

少年も銃の匂ひを身にまとひ突進せしとふ南端の浜に

黒い雨　驟雨の河に辿り来てまぼろしの顔みづ飲みゐるや

＊

縦の空に黒き煙はのぼりゆくスマホに撮りしをスマホに見たり

京都　吉川《よしかわ》　宏志《ひろし》

治りそうな負傷ばかりが映されて横たわる人にぼかしのかかる

泣き叫ぶ母親の肩は抱かれたり誰も代わりてやれず戦死は

サイレンは車線変更、信号無視急ぐ命がウクライナにも

東京　若月《わかつき》　千晴《ちはる》

為政者が犯す殺しに制裁を　行け！ガッチャマン（地球はひとつ）

薄月に黒き麦芒針のごと小麦の怒りを墨絵に込める

＊

夢破る　夢の輸送機ドローンがアフガニスタン空爆したる

神奈川　渡辺《わたなべ》礼比子《れいこ》

その兄の終焉地とて父の詠む「ガ島」を「餓島」と吾は知らざりき

みずからを「空の御楯」と詠みて逝く予科練生よ名さえ残らず

＊

国軍がと　じつと映像見つめたり無辜の人々殺戮するを

神奈川　綿貫《わたぬき》　昭三《しょうぞう》

おばしまは何も言はねど橋桁に響く軍靴の音忘れまじ

藍甕の海に浮きゐる蜃気楼ゆめゆめ来るな戦ひの日の

16
社会・時事

コロナ禍に小枝の先まで咲き揃ふ桜並木に人の少なし
群馬　阿部《あべ》　栄蔵《えいぞう》

コロナ禍に一年ぶりの友と飲み少なき酒に共に酔ひたり

それぞれに手酌で飲まうと口数も少なきなかに心満ちたり

＊

条約を守れぬ国よ偽りの歴史唱へて裁判もなす
福岡　天児《あまこ》　都《くに》

歪曲されし歴史教はりし若者は偽りごとを堂々と言ふ

日本の若者らは黙し反論せず事実を知りてゐるのかどうか

＊

題材は伝染病のことばかり書かねばならぬ時代の哀しみ
北海道　石井《いしい》　孝子《たかこ》

人に似た生命ある星あるならばそこもまた愛と憎しみうず巻くか

凍死せる少女死に様で訴える醜い人心雪しんしんと

主役より脇役ならん晴ればれと気分は今も舞台のまん中
京都　石田悠喜子《いしだゆきこ》

清張や池波たちも小卒だ大卒だけが人生ではなし

外食も旅行もできぬを寅さんへコロナ終わらねば女もつらいよ

＊

NO MORE NUKES 意見広告四千の名前のトップはアーサー・ビナード
島根　石橋由岐子《いしばしゆきこ》

四千人の名前のなかに広島の友の名もあり八月六日

そこそこに診察を終へかかりつけの医師は五輪の不合理を言ふ

＊

神の声か「気候変動は人類の危機」とグレタの訴う
大分　伊東《いとう》さゆり

疫病に人間《ひと》の姿に戻るべしと警告受くる地球人われら

人の世に争いごとは棲みつづけ終わることなき人権侵害

フィクションはノンフィクションへ　オーウェルの題いつの間に『二〇二一年』
東京　伊東《いとう》　民子《たみこ》

トルストイは何と言ふらむ病院に不幸も同じかたちしてゐる

九歳の口癖となる「どうせまた」中止・延期の二年は長し

＊

勤勉なる父らの靴は日々減りてこの国高度成長をとげて来にけり
神奈川　上田《うえだ》木綿子《ゆうこ》

官製のワーキングプアとは繋がれた野良犬のごとし飼ひならされて

昭和の世終はりたる頃　大伯父は施設の中で病に死せり

＊

箱推しの箱が次第に壊れだすさまをまざまざ報道に見る
埼玉　生沼《おいぬま》　義朗《よしあき》

番組でご飯にうなぎパイ乗せて喰わされし志村けんを思ほゆ

錦鯉が今年もM―1の決勝に至りしことをひそかによろこぶ

冷戦が終ってホッと平和くる勝手に思い違う世を知る
群馬　大澤《おおさわ》　一雄《かずお》

珍しく祝祭日に国旗見る今と昔の違い見つめる

黙々と食べる我が家の夕ご飯避難のニュース何も言えずに

＊

若き日に工業立国目指ししが観光立国日本となる
茨城　大平《おおひら》　勇次《ゆうじ》

バブル後も頑張ったけど我々に責任がある国の迷走

新しい梅のつぼみがふくらみぬ小学校の庭の片隅

＊

知らぬ間に今日もどこかであるらしきトーチキスとう秘密の儀式
神奈川　小笹岐《おざさき》美子《みこ》

森発言に「わきまえた女」でありし日を数多の女は思い起こせり

レスリング、アーチェリーもありサッカーも鳥獣戯画はオリンピックだ

耳底によさこい節と鳴子の音《ね》追手筋演舞場コロナにてひつそり

亜熱帯になりゆく日本列島か四十度の夏マスクを外す

高齢者の医療費二割にするとかや軍事費は戦後最大にして

高知　梶田《かじた》　順子《みちこ》

＊

「十年目」を問われて応うる和やかさ深奥秘めいる里人われら

震災に待つ術覚ゆれどコロナ禍に声のみきこゆワクチン遥か

顚末をいかに記さんわが日記「コロナ」に拒めど戸惑う五輪

宮城　金澤《かなざわ》　孝一《こういち》

＊

宰相のマスク姿もこれまでか右往左往のすゑの退陣

一人くらゐ原発全廃言うて見よまことの政治家ゐると言ふなら

ミスいくら犯しても下がらぬ支持率のこの不可思議がいつまで続く

東京　雁部《かりべ》　貞夫《さだお》

円満なる長期勤務に感謝して介護離職の社員を送る

幼稚園の送迎の間に働ける二人の母になりたる社員

今は亡き社員植ゑゐし紫陽花が今年また咲き在りし日偲ぶ

千葉　神田《かんだ》　宗武《むねたけ》

＊

透明な衝立にゆるキャラ貼らるゆるキャラ五名はマスクを掛けよ

象徴は楽に死なせてくださいと馴鹿《トナカイ》らしき生物が鳴く

「危機感を感じたアメリカ」アメリカのアメリカが我の喪主かも知れぬ

静岡　木ノ下《きのした》　葉子《ようこ》

＊

モニターのマスクの顔を眼にとどめ間をとりて坐す病院の椅子

席ひとつ空けて自《し》が身を護れとぞ恃まむとするものの不確か

戒律のごときに統べられ待つ時間無機質な声が番号を告ぐ

静岡　君山《きみやま》　宇多子《うたこ》

さよならとオンラインの子ぱつと消ゆ角曲がるまで見送りしたき

新潟　桑原《くわばら》　昌子《まさこ》

宅配の再配達を頼みたる音声ガイドいつもとまどふ

不具合を聞きし店員パソコンを「この子は」と呼び説明始む

*

帰れるとう見通し立たざるフクシマより多くは住民票移さぬままと

東京　小林《こばやし》　登紀《とき》

「除染除外地」に指定されて帰れぬ人自らつぶやく「棄民」と低く

戸籍なく飢え死にしたる老い人ありいまに救えぬこの国を恥づ

*

歌う声の嗄れておらぬかめぐみさん「翼をください」未だ叶わず

新潟　佐藤《さとう》　由紀《ゆき》

数日を明かり灯らぬ家ありき今日は灯りて穏しき日暮

「助けて」の声あげられず逝きし児ら温きミルクを一口あげたし

ジョージ・フロイドの死より一年全米を呑み込む差別への憤り

長崎　下田《しもだ》　秀枝《ほつえ》

ブラックライブズマター　当然！　大切でない命などあるはずがない

おなじ国民同士が殺しあふ国にたまたま私は生まれなかつた

*

待ちわびしニュース届きぬ禎子さんの忌に五十ヶ国批准達成

埼玉　下村《しもむら》すみよ

兵の骨いまだ眠れる地を削り辺野古埋め立ての土砂にせんとは

父親の遺骨を探す田村さん喜屋武《きやん》岬《みさき》にて果てし部隊の

*

心にて自負しておりし辞書オタクスマホの世いまは味噌っ滓なり

神奈川　陣内《じんない》　直樹《なおき》

パソコンの情報六分《ろくぶ》に紙四分《よんぶ》かくシンプルにわが脳成りいん

紙の時代ミレニアム超え全盛期過ぎたれどまだ燠なす残り火

「本の会」の主宰者が来る飄飄と白髪を風に靡かせながら

青森　杉山《すぎやま》　靖子《せいこ》

酷い人間もゐるものですなあ世を語る翁の眼光取分け鋭し

深遠な叡智が生命救ふことあるべし　子らの笑ひ弾ける

＊

米の価格いまだ戻らぬ福島に田んぼアートの虚しき夕べ

福島　鈴木《すずき》　紀男《のりお》

風評といふものは風いづこより吹きてくるのかわからぬままに

風評を聞けば言霊走りたり原発事故はまだ終はらない

＊

「万が一」のその一起こりき地下鉄よりひと運ばれて運ばれて満つ

東京　鈴木《すずき》　英子《ひでこ》

踏み入りて広き廊にはあの春をサリンに呻く人々がいき

本日より差額ベッド代上がります　除外例なき消費税かな

大津波連れ去りたりし不明者の十年たちて「数字」とされぬ

千葉　園田《そのだ》　昭夫《あきお》

見つからぬ遺体の海に汚染水亡き人たちは二度殺される

ふるさとを追われおわれて十年の帰れぬ人等は棄民とされぬ

＊

家飲みとふ言葉はたまた〈人流〉にぬくみのあらぬと雨の夜気づく

千葉　谷光《たにみつ》　順晏《じゅんあん》

ブティックは閉店となるマネキンはみひらくまなこに運ばれてゆく

バーチャルに出かけたふりのできもせでぬかみその甕につかむ大根

＊

抑止力とう毒矢が島を貫いて辺野古唯一　御題目の如し

沖縄　當間《とうま》　實光《じっこう》

沖縄に核のある説囁かれ聞かぬふりされ囁きの消える

南方の遺骨遺族に届かざるもふるさと再び焼野と化すな

安らかに眠れる御魂目覚めさす激戦地摩文仁の土砂の採掘
あの土地を辺野古の海の埋め立てに死者への冒瀆言葉失ふ
南部路は骨なき父の墓場なり土砂の放棄は二度死ねよとや

沖縄　渡名喜《となき》勝代《かつよ》

＊

なじみ来し駅前通りのアーケード伊勢屋武蔵屋下總屋　閉づ
支払ひはカードをタッチ即終了和銅開珎の歴史は終る
うぶすなの社に人の姿なく入りつつ陽のかげ遊具をすべる

東京　中島《なかじま》央子《えいこ》

＊

人と人殺しあうことやめようよ憲法九条それだけのこと
コロナ禍に入院できず死んだ友なんでテレビに府知事のドヤ顔
事あらば万機公論に決すべし少年われへの父の口癖

大阪　長野《ながの》晃《あきら》

近所に住みゐし同年代の数軒が雨戸鎖して老人施設へ
庭の植木短く切りて鎖されたる雨戸を見れば面影の顕つ
空家となりたる家に光も音もなく静まれるのみ寂しさつのる

神奈川　中村《なかむら》規子《のりこ》

＊

憲法と児童憲章なほざりに子等《こら》の貧困拡がりゆける
自助共助公助の順は見誤る子ども食堂ヤングケアラー
寄り添ふとやすやす語る人の声しらじらしきを耳に拒める

埼玉　中村《なかむら》美代子《みよこ》

＊

糸満の土砂を辺野古に運ぶとふ遺骨収集真つ直中に
ガマフヤー具志堅さんの穏やかな抗議の声の木霊する摩文仁
辺野古へと運ばれし土砂にこれまでに若しや遺骨の混じりをらむか

沖縄　永吉《ながよし》京子《きょうこ》

地獄図を初めて見たる幼き日こはごは覗きし指の感触

神奈川　成田《なりた》ヱツ子《こ》

地獄図は夜毎夢に現はれつ地獄の恐怖今も引きずる

人喰ひ鬼「鬼滅の刃」とふアニメ孫の心を鷲づかみする

＊

宣言の解除されれば第五波と併せ遠のく菅首相なり

千葉　西澤《にしざわ》　俊子《としこ》

ロボットにも近い将来できるだろうゆでた玉子の殻をむく手が

Eメールを使わぬ人より達筆の手紙いただき昼の月浮かぶ

＊

戦争のありさまテレビに流るれば吾の自律神経ぐらぐらす

宮崎　西山《にしやま》ミツヨ

細菌とミサイルからの脅威なりたよりなきもの安心安全

ストレスはコロナと戦争少しずつ吾の身体むしばんでおり

虐待をなじるネットの記事でしか普通のお母さんを知らない

千葉　沼谷《ぬまたに》　香澄《かすみ》

ともだちがいない理由を今なので感染症のせいにしておく

生の側にとどまるように打ちつける楔と思え文字の焔を

＊

歴史的記念の日なり待望の核兵器禁止条約発効したり

千葉　野田《のだ》　忠昭《ただあき》

原水爆禁止の取り組み年長くつづけきて得し核禁止条約

核兵器禁止条約の発効を祝してひびけ長崎の鐘

＊

太子像のお札《さつ》一枚で好きなもの沢山買えた昭和はよき世

東京　間《はざま》　ルリ

最高裁に太子の絵画があると観る　国家の底荷の憲法であれ

慕われて千年を経る太子像の唇《くち》よ説きませ憲法九条

終はりなき世のめでたさのかひやぐら百人一首取り合ひてをり

つひにゆく道あらば水の惑星はいかなる終はり遂げんとすらむ

一束の黄のチューリップ届く日に終末時計二分を切りぬ

富山　畠山《はたけやま》満《ま》喜《き》子《こ》

＊

銭湯のテレビの人形劇を見て連れ立ち帰りし夏のゆふぐれ

苛めっ子苛められっ子チロリン村のシブガキ君はどっちだったか

家電消えウイスキー消えてＣＭは老人向けの通販ばかり

岡山　濱田《はまだ》　棟人《むねと》

＊

「緊急」が慢性化した国はいま縦縞の天気図で口元覆う

宰相の顔と名だけが変わる国くさかんむりはただのかんむり

大いなる手はいかように知恵の輪の五色いよいよ強張る気配

北海道　樋口《ひぐち》　智子《さとこ》

腑に落ちぬ〈夢追ひ人〉の結婚のその的外れを危ぶみてをり

〈あべこべ〉の儀式と化したる成人式　中身からっぽ見せびらかして

傀儡の親米憲法起源あり運《めぐ》れば〈カルタゴ〉今しも日本

大分　樋口《ひぐち》　繁子《しげこ》

＊

ごみ出しの統制きびしく野鳥らの生くるすべなしここ武蔵野は

ひもじさに悲鳴にも似し鳴くカラス遠く彼方に消えゆき去りぬ

「カラスなぜ鳴くのカラスは山に…」あの頃人はやさしかりけり

東京　樋口《ひぐち》　博子《ひろこ》

＊

ともかくも慰霊碑に黙祷する人の背に「帰れ」と言ふは悲しきヒロシマ

バッハ氏は五輪休戦言ひしかど「原爆の日」の黙祷断る

人流の減らず五輪の場外に屯し首都の感染者五千人

広島　菱川《ひしかわ》　慈子《よしこ》

地球気温の上昇抑へる目標は「遠い道のり」と言ひてはをれぬ
北海道　飄子《ひょうご》　朝子《あさこ》

鮭、うにの赤潮被害の大量死地球温暖化のもたらす禍難

ゆかりあるお女《ひと》見舞へず葬りてもやれぬ悔しさ憎きコロナよ

＊

恰好いいなあ清水希容の形演武　眼　突き蹴り空《くう》を裂く音
埼玉　平塚《ひらつか》　宗臣《そうじん》

ミネラルウォーターで六兆円の富豪とぞ農夫山泉鍾睒睒《チョンシャンシャン》は

EVとスペースXで突っ走るイーロン・マスクは価値産む男

＊

高き空に神代の音の聞こえ来る敬宮愛子内親王二十歳の正装
東京　平本《ひらもと》　浩巳《ひろみ》

杭打たれ編物のやうに鉄骨建つ車窓に親しむ更地の変化

役目終へ大気圏に燃え尽きし宇宙船こうのとりの人生天晴

夥しき折鶴つなぐ糸ほそる総理遅刻の原爆忌かな
東京　本渡《ほんど》　真木子《まきこ》

教壇へ立ちゐし教生朝刊に被爆二世の言葉持て立つ

春の日に朝ごと耳の冷えゆけりプロパガンダを謀る男の声に

＊

難しき時代を生きる姓と性いづれも命継ぎてゆくべし
石川　前川《まえかわ》　久宜《ひさよし》

いと小さき島国に住む故なるか大臣大学大根大好き

三Kが話題となりし日は遠くテレビ姦し四K八K

＊

さくら咲く通信基地を貫ける道路を渡る七十五年たちて
埼玉　三上《みかみ》　智子《ともこ》

うす雲の空に描かるる五輪マーク入間よりとぶ精鋭六機

公道の聖火リレーの羽生九段白いウェアが拍手の中を

要らぬもの海へ放出する如く東京五輪に消え失せし税
映像の東京五輪を見せられて歓喜してゐる御人好しの民は
未使用の医療物資も棄てしとふ無観客の五輪終はりしのちに
愛媛　三《み》島《しま》誠《せい》以《い》知《ち》

＊

史上初の最年少の「五冠」なり藤井聡太の未来を夢見る
「王将」を四連勝にて手にしたる「藤井五冠」にコロナ禍を忘る
十九歳六ヶ月の「藤井五冠」プロデビューより五年の躍進
東京　村田《むらた》　泰代《やすよ》

＊

補給廠の一割にみたぬ返還地よろこびて茅花の白き穂なびく
ベトナムへ戦車補修し送りけり相模補給廠返還地の原つぱ
われの暮らす日本とおなじ日本なりウィシュマさん死なせし入管収容施設
神奈川　森《もり》川《かわ》多《た》佳《か》子《こ》

花が泣く　百年を待ち来たりしを櫻・母国のアナーキーまだ見ず
ラスコーリニコフ永山則夫兇器持つ亡霊として都心へ放つ
冥府よりヘンリー・ダーガー命ずるは乃木坂46国会銃撃
長野　森島《もりしま》　章人《あきひと》

＊

輪を破る今世《いまよ》は容れぬ森発言人から言われ腹括るとは
きまぐれな神のガチャガチャだとしても地球《テラ》はぼくらのスーパーボール
差し出せない私の愛は定形外愛とは人を隔てるものか
神奈川　矢野《やの》　令《れい》

＊

コロナ禍は海さへ孤独にするものか舟影ひとつ波戸に寂けし
円卓を囲む親族《うから》らいつのまに話題は米軍統治下におよぶ
「本土並み」は空手形なりき報道も絶えて辺野古の埋立て止まず
沖縄　屋部《やぶ》　公子《きみこ》

紺青の水を湛ふる八ッ場《やんば》ダム竣工成りて厳めしく建つ

埼玉　吉弘《よしひろ》　藤枝《ふじえ》

この底に川原湯温泉沈みをり夫と宿りしかの宿もまた

山原に点々として民家ありダム建設に移住せしとぞ

＊

脱炭素のうねりの中の製油所か巨大油槽が撤去されゆく

和歌山　脇中《わきなか》　範生《のりお》

地球人のヘリが火星の空を飛ぶ小さきニュース快なり今朝は

接待とは認識持たずと官僚ら真っ赤な嘘と咲く木瓜の花

17

都市・風土

自転車にやさしい嘘と冬を乗せイルミネーションの街駆け抜ける　岡山　石原《いしはら》　華月《かげつ》

検問と仮装若者コラボする仕事帰りの街はハロウィーン

街中の信号赤に変わりたる生きている意味探して歩く

＊

秋刀魚寿司剣の如く握りたり背開きは吾が里の風習　和歌山　打越《うちこし》眞知子《まちこ》

木の赤き葉柄もちて新盆の仏の箸とする鄙育ち

田舎出が田舎恋いつつ三十年孤独に耐えて街に生きたり

＊

郭公の声聞こえなく幾年ぞ拘るサッポロのビルは林立　北海道　内田《うちだ》　弘《ひろし》

暮れ残る階を降り来て地下鉄の駅の人ごみに紛るれば安らぐ

ビル街を走りて五輪のマラソンがコロナの街を抜けて行くなり

大杉を切り倒すこと決めてのち幹を擦りて謝りおりぬ　埼玉　梅津《うめつ》佳津美《かつみ》

樵来てするすると登る大杉の全ての枝を落し尽しぬ

最後の鋸を引きし時あっけなく杉は倒れぬ鈍き音立て

＊

門と塀の無き家には猪の夜に来る里となりて久しき　広島　梅本《うめもと》　武義《たけよし》

少年の日は山に入り遊びたり松茸ありて猪居らず

人は減り放棄田増えて獣増えわが里に見る日本衰退

＊

街中は変らなけれど新しき家建ちならび屋号は消えてゆくなり　群馬　金山《かなやま》　太郎《たろう》

あかあかと夕日は燃えて西の空信濃の山もあかくそまりぬ

はなやかな人気の中にたち入りてまとものことを聞くはたのし

いづくまで行きても雪の銀世界それは故郷の夢でした

神奈川　香山《かやま》　静子《しづこ》

北辺の増毛《ましけ》とふ駅の名が夢の中まで聞こえて来ます

雪に悩み雪に遊べるふるさとの還ることなき日々の尊し

＊

南向く山の斜面の一面に葡萄畑の広がるビレッジ

山梨　桐谷《きりたに》　文子《ふみこ》

里人を千二百年守りたまふ仏の御手に葡萄ひと房

小さなる青き葡萄の棚の下　千の初恋生まれては消ゆ

＊

夏至の夜の鉄橋明るく渡りゆく電車過去より発《た》ちこしような

東京　小林《こばやし》　敬枝《たかえ》

青き橋君と渡りし頃は未だスカイツリーは図の中の夢

役所にてカードに貼られしわれの顔組み込まれたる紫陽花の一片《ひとひら》

いつよりかあるじ見かけぬ向かひの家河原撫子一鉢無言

東京　柴屋《しばや》　絹子《きぬこ》

いつかまた会ふ日は来ると言ひおきて転居しゆきぬ如月八日

庭石菖咲けりと写メール届きたり自粛の日々を誰もすごして

＊

駅前の洋品店の「コロナール」けふは改装看板変へて

埼玉　島崎《しまざき》　征介《せいすけ》

一人ひとり日陰に散つて広場向くラジオ体操朝から暑し

宵闇の空ゆくわれか歩道橋渡る真上を星の流るる

＊

大空を赤く染めたる日輪の神々しきかな普賢岳の上

長崎　辻《つじ》　武男《たけお》

白鷺か十羽弧となり朝焼の普賢の上の日輪目ざす

赤と黒のさざ波の立つ大村湾、人影の見ゆ黒き舟の上《へ》

かはたれの空澄みてきぬコンビニの灯のうすらぎて街の夜が明く

大分　津野《つの》　律餘《りつよ》

オリオン座浮ぶ水田のその先にひつそり灯るコンビニの灯は

漆黒の闇を失くしし夜にありてコンビニは母艦のごとく灯せり

＊

切通しぬけて降り行く化粧坂《けはひ》マスク外せば梅の香の濃き

神奈川　中島《なかじま》由美子《ゆみこ》

築庭《ちくてい》の岩に流るるせせらぎの音清《すが》やかに海蔵寺は春

行き摺りの人の身の内聞きながら峰《みね》の郷《さと》の足湯に浸かる

＊

わが街に音上げて吹く赤き風畑の土は砂丘のごとし

埼玉　仲野《なかの》　京子《きょうこ》

母とする白菜囲いの畑野辺に小菊の花は明るく光る

陽光のまばゆき朝に行く畑は蒸気上《のぼ》りて銀の輝き

九頭竜は三国港へと第三セクターの列車もここにて終点

東京　野崎《のざき》　益子《ますこ》

泳ぎたるあとのおにぎり大砲がための石積み穴より海見つ

けふもかも三国の海の夕さらず風わたるらむ砲臺跡を

＊

冬青空の一点破れ墨汁が流れるごとく闇空となる

東京　藤原龍一郎《ふじわらりゅういちろう》

雪に埋もれる自転車の群れがあり都市滅亡のごとき静寂

昧爽に高層マンション凍結し一つの都市に兆す告別

＊

ロンドンのミュージアムより出品のゴッホ「向日葵」オレンジ色燃ゆ

奈良　眞島《まじま》　正臣《まさおみ》

やすらぎのねぐらなのか六万羽の燕に月光　平城宮跡

深き瀬に白鷺五六羽集いおり凍れる午後の清しき生命《いのち》

東京で買う島レモン海の色かすかに残りその色あわれ
冷蔵庫に青さの残る島レモンみんなでこそう真夏の嵐
入り口に白い看板取り付けて密集さけよと近くの公園
東京　光畑《みつはた》　敬子《けいこ》

＊

復興と言われてしまえば本当の心を言葉にできない空気
わが店に売られしおもちゃのショベルカー大きくなりてわが店壊す
土地が人を呼ぶこともありわたしもあなたも選ばれし者
東京　三原由起子《みはらゆきこ》

＊

幾十度西表島《いりおもて》に通ふ海の道船脚速く島影近し
産土の御嶽《おたき》訪ひゆき祈願する幼きころの記憶辿りて
家々の門《かど》に小石《いし》撒く慣はしは結界のしるしと子等に伝へる
沖縄　宮城《みやぎ》　範子《のりこ》

豹柄のマスクの人とすれ違う再開発の進む街角
セルリアンタワー辺りの雲切れてビルの谷間も徐々に晴れゆく
焦らずに次の青信号を待つスクランブルの木陰に寄りて
東京　山内《やまうち》三三子《みさこ》

＊

木枯らしの一号吹くと気もそぞろ三面川《みおもてがわ》に鮭還るころ
ああこんな時季になったの鮭むかえる村上びとは元気湧きくる
鮭のこと地元ではイヨボヤと呼ぶイヨもボヤも魚の転訛なり
茨城　山川《やまかわ》　澄子《すみこ》

＊

胸底に築きたる城砦《しろ》くろぐろと奥丹沢の風に対峙す
実朝の御首《みしるし》塚の石の膚やや粗くして風なほ寒し
雲に聴き草に問ひつつ引き際の安けくあらな丹沢の野辺に
神奈川　山田《やまだ》　吉郎《よしろう》

田も畑も草に呑まれしふる里の谷を満たせり栗の花の香

鶯の鳴けば思ううららかに寄り添う村の墓所ありしこと

ヒメジオン漂うごとく揺れており一日荒れ田に雨降り注ぐ

広島　山原《やまはら》　淑恵《としえ》

*

湯の街の風に乱るる湯けむりを抱きてしんと雪嶺の黙《もだ》

蝉のこゑしみ入る古刹「万寿寺」の天おしあげて鴟尾《しび》かがやけり

いとま得てすずろ歩きの白雉城梅はさかりに風まだ寒し

大分　山本《やまもと》和可子《わかこ》

*

雪原に影さすやうに思ひ出づなかつたことにできない幾つ

夕暮れは唇《くち》の高さに押し寄せてわれは溺るる闇の濃度に

この街に生きてこの街に死ぬのだらう雪より抜きし足を踏み出す

岩手　吉田《よしだ》　史子《ふみこ》

ゆるやかに視界をよぎる機影あり西口商店街の夕映え

直上をかすめゆく影この街に羽田へ向かふ途《みち》の架かれる

ひたぶるに轟《がう》と機影は啼きながら羽田へ還る夕焼け小焼け

東京　和嶋《わじま》　勝利《かつとし》

18

災害・環境・科学

人類の活動範囲広げゆく月に火星に宇宙ステーション
夢を追ひロケット打ち上げ次つぎと宇宙にごみの増ゆるとぞ聞く
墓参り代行しますと運転手花を手向けて手を合はせたり

長野　青木《あおき》　節子《せつこ》

＊

しぶきつつ渦まきゆける川波が泥のにほひをたて撲ちあふ
煽らるる芭蕉破《や》れ葉のあはひより垂りて闇夜のそこより深し
相模灘のひかりをかへす冬列車たましひ幾多を乗せて通過す

神奈川　青戸《あおと》　紫枝《しえ》

＊

一日の雑事終はりて深呼吸仰げばゆつたりと月渡りゆく
欲念に魂失せたる人間よ聞こえぬか親を呼ぶ子どもらの声
ＳＤＧｓ　世界が共に歩み出し明るき未来に向かひしものを

青森　青野《あおの》　由美《ゆみ》

緊張は高まるばかりわが職場　自粛要請感染防止
東日本大震災は十年目にしてマスク外せず飯舘遠し
「いいたてっ子未来基金」事業から報告書届くわが志へ

宮城　伊藤《いとう》　誠二《せいじ》

＊

人工物はんぶんを越えし地球とふ朝なり　しづかにアスパラを食む
とほき日の家族四人の食卓の位置が目に見ゆグリーンアスパラ
ふるさとの廃炉作業はどこまでを進みしや街路樹の辛夷つぼみぬ

東京　遠藤《えんどう》たか子《こ》

＊

十年分増えしタンクの汚染水術《すべ》なく立ちてあの海に向く
十年が十字架のごと張りつくか一本松が見つづける海
ベランダの今朝の手摺に降る黄砂タクラマカンの空の手触り

岩手　貝沼《かいぬま》　正子《まさこ》

語り部として話すひと話すたび娘を海に呑ませてしまふ　宮城　梶原《かじわら》さい子《こ》

をぢさんが死に祖母が死に元《もど》ちゃんが死にき津波ののちの十年《ととせ》に

噴き上がる湯気　違《たが》はずに十年分東北はきつちり年を取りたり

＊

雨の度流れの変る女鳥羽川広き河原を自在にくねる　長野　金井《かない》と志子《しこ》

日記とは夜書くものと幾十年いまは直ちに記さねば忘る

巨白菜浅漬つくる九十四歳包丁さばき息切れしつつ

＊

中間貯蔵の中なる家も梨畑も解体されて更地になりぬ　福島　鎌田《かまだ》清衛《きよえ》

戻ることかなはず避難の地に建てし家より里の集ひに向かふ

見てはならぬごとく古里かはり果て一時立ち入る脚も遠のく

あすあると思つてゐたらうおほなみに消えたこの世のきみだけのあす　宮城　北辺《きたべ》史郎《しろう》

帰れない家族《うから》だいてるわたつみへ毒をすてると言つてる祖国

大波にもがれた松の枝のあと十年《ととせ》のただの過去でない白

＊

既視感にとらはれてをり堂内に五百の位牌の散乱のさま　福島　佐藤《さとう》輝子《てるこ》

震災復旧に励み来たりし十年はまぼろしか再び震災に遭ふ

「十年後の余震」の余震続きゐて袖塀の亀裂深まりてゆく

＊

夫の方助かりしとう午前十時半頃手を振りいしと言う　広島　竹田《たけだ》京子《きょうこ》

妻の方も見つかりしとう午後二時半頃意識ありて救助さる

「凍傷あれど命に別状無し！」十方山遭難の日よつと思い出ず

舗装路を叩く大雨しろがねの尖る王冠あまた立てつつ
広島　鳥山《とりやま》　順子《よりこ》

線状降水帯かかれる豊後水道と聞けばエノラ・ゲイ飛来せし道

堰の音消ゆれば危険といふ友の避難袋の中身を知らず

＊

海岸に砕けし軽石の寄すと言ふ老化を速めたる地球の骨か
神奈川　中村《なかむら》久《く》仁江《にえ》

軽石は放り出されて荒波の大海原を流されてゐし

ふるさとを追はれし軽石は潮の上身寄りも友もいづれに行きしか

＊

故郷の地球はコロナ禍真つ只中はやぶさ2のカプセル帰国
静岡　袴田《はかまだ》ひとみ

写さるる光る一筋カプセルの大なる土産置きて再び

夢ならむ遠き星へと行き還る歳月六年永き旅

天上に住む人からの贈物月はスピリチュアル満月見あぐ
千葉　長谷川綾子《はせがわあやこ》

何千もある銀河系地球人越える人らも住むにやあらむ

クリームパン昔なつかしき味するとゆつくり食べる夫の顔よし

＊

二十年まえ洪水に流されし谷筋木々に覆われており
福岡　姫山《ひめやま》　さち

百年に一度の豪雨終わりたりメドーセージに黒アゲハ止む

洪水の起こりぬ川に垂れ下がるソメイヨシノの夕光に染む

＊

被災地とふ土地などあらず人を生み言葉を生みしつちをふる雪
福島　本田《ほんだ》　一弘《かずひろ》

ぼた雪は重きひとひら　亡き人のこゑが身ぬちに重くふりつむ

路肩にはいまだに堅き雪あればじふいちねんを消えぬかなしみ

案内せる葉書に今年も太き文字「遥か彼方は相馬の空に」
埼玉　本多《ほんだ》　俊子《としこ》

東日本大震災の文字うすれ募金の箱にも十年の歩み
チャリティー展終へたる帰路の銀座線奢侈に馴染めぬままに目を閉づ

＊

五万年前に言葉を獲得す核ゴミ無害は十万年後
千葉　三浦《みうら》　好博《よしひろ》

「薄めれば大丈夫」とふ偽りが嘗て水俣いまフクシマに
着々とドイツは原発さやうならあれから三千六百五十日

＊

大津波に残りし一本松のモニュメント強き力を未来へ示す
岩手　八重嶋《やえしま》　勲《いさお》

大津波三度凌ぎしとき女史は百二歳の電話声たしかなり
異界との交信叶ふ「風の電話」今も人寄ると聞けば切なし

あこがれに似て眺めゐし海の色わが若き日の通勤路傍
香川　横山代枝乃《よこやまよしの》

父母ヶ浜《ちちぶがはま》に写生なしたる燧灘記憶うるはし良き友ありき
大潮となれば長々現はるる砂嘴にて夕日の中に夢喚ぶ

＊

限りなく少なき数の先の先〈逡巡〉〈刹那〉〈虚空〉こそあれ
長野　米山恵美子《よねやまえみこ》

億・兆・京さらに大なる十の六十四乗を〈不可思議〉とふはよくぞ名付けつ
人の寿命延びたるといへ百歳《ひゃく》前後　限りなき数を人は生みけり

＊

年明けて世界に起こる災害の一時も早い救助を祈る
東京　渡辺志保子《わたなべしほこ》

ウクライナの肥沃な大地狙うかにロシアは無謀な侵略すなり
青空に真白き富士を眺むるとき気高き姿永遠にと祈る

19

芸術・文化・宗教

畑中に島のごとくにある古墳麦秋の野に郭公の鳴く

東京と空の青さが違ふことふじみ野過ぎしあたりで気付く

絵の教師してゐし姪の抽象画職退きしより色の明るむ

埼玉　相川《あいかわ》　公子《きみこ》

＊

ゆらゆらとただよひくるは皆亡者輪へいざなふは空穂の鉦ぞ

積み上げし岩は卒塔婆巌上に王に抗ひ王女伏したり

パーカッションの楽唐突に収まりて小さき明かりが黄泉へたゆたふ

静岡　青野《あおの》　里子《さとこ》

＊

棚奥に仕舞ひしままの父の作拭き漆小箱ひさに取り出す

気を籠めて木象嵌の美しき模様を組み込む父の指先

微笑みに作品説明する父につきて見巡る展覧会場

石川　浅野《あさの》真智子《まちこ》

「創作の舞台裏展」の生々し太宰の筆跡体温を持つ

人並に太宰にかぶれし中学生われ　文学少女ぶりたり

熱冷めてそれでも愛しき太宰治　女生徒われに会いし短日

富山　安宅《あたか》　栄子《えいこ》

＊

人の道敬虔文《けいけんぶん》は美しい人は聞き分け正しい道に

予言者の実家の掃除に行った日正しき力守り授かる

初詣鈴鳴らし結《ゆい》新たなり正しき系譜平穏な日々

大分　安部《あべ》あけ美《み》

＊

本堂の煤の払ひに覆はれる駕籠は城主より賜りしとふ

本堂の畳の黴を拭きつぎて膝の汚れは染みのごと残る

開帳の本尊如来に繋がるるテープ握らむと人ら列なす

新潟　井上《いのうえ》　槇子《まきこ》

はじめての遠出の夫はリハビリ兼ね展示会場わが先をゆく　富山　江尻《えじり》　映子《えいこ》

リハビリの愛用の靴に夫は地をしかと踏みゆく展示会場

写真・短歌・書のコラボレーション照り合いて黒部短歌会四十周年

*

無頼派の歌人といわれし誠夫の歌に利根の水音いまだに聞こゆ　茨城　海老原輝男《えびはらてるお》

「逢ひたかる人みな失せし」と誠夫が詠みし水辺にわれは佇む

「逢ひたかる」歌碑のかな文字年古るを河内の空は抱きて安けし

*

桃紅さん自由と意志を貫きて百七歳の天寿全う　千葉　大島《おおしま》　悠子《ゆうこ》

一筆の墨に込めたる勢いに桃紅さんの刹那が宿る

墨のなかひときわ目をひく紅は生涯点しし意志の焔か

手弱女《たをやめ》としろき光の波のゆれ緑の日傘モネのよろこび　兵庫　尾崎《おざき》まゆみ

みやびなる静止画像のバルコニー背後にプルーストの気配が

こころにもほとりがあってたちまよふ思ひのやうに鶴がはばたく

*

色里の跡の大木そのもとにしゃがみて媼は迎へ火を焚く　愛媛　片上《かたかみ》　雅仁《まさひと》

倍音の響く巫女《みこ》たちサラ・ベルナール、中島みゆき、額田王

三輪山に神酒《みき》つくりたる巫女たちは御饌《みけ》を供へて大神《おほみわ》祀る

*

菊五郎文化勲章受章のニュース同じと知りつつ繰り返し見る　三重　金子《かねこ》　靖子《のぶこ》

劇場の平土間を平場と劇通の母言ひゐしを思ひ出したり

ラ・マンチャの男最終公演に駆けつけたき吾よき世にあれば

ジオラマに朝日が昇る華やかに楽が響けば皆声もなし

駅ごとに朝日を運ぶロマンスカーに芦ノ湖までの旅を想へり

ジオラマの短き夜更けを回る星　流れ星またひとつ流れぬ

神奈川　雅《が》風《ふう》子《し》

＊

名月に近き長月の近江楽堂招かれて行く古楽の愉しみ

嫋やかに楽始まりしアンサンブルわが掌に胸に鼓動が伝わる

バロックのヴァイオリン奏者後藤作楽《さくら》は若き黄の薔薇

東京　神田《かんだ》美《み》智《ち》子《こ》

＊

新聞の連載記事を始めると師より便り来たのしみですね

連載は毎日曜の学芸欄　創刊百年「種蒔く人」の

あまたの人のあこがれのパリこそは血腥しよフランス国史

秋田　小松《こまつ》芽《めぐみ》

ホルン吹く君に合はせてチューバ吹く授業終へたる午後の教室

シンバルの出番は一か所タイミング絶えずとりつつ壇上の君

一瞬の静寂の後のフォルティシモティンパニーと共にフィナーレへ向かふ

静岡　桜井《さくらい》仁《ひとし》

＊

傷心の老いしヨハネは所望せし埒なき夢をしるす羽根ペン

エジプトの乾きし砂がさらさらとボトルのうちに世界を創る

芭蕉には甘蕉《バナナ》擬《もど》きの実の垂れて清潔な耳は風音をひろふ

岐阜　早智《さち》まゆり

＊

グノシエンヌ異国のひびき影のごと壁伝いゆく消してもけしても

たそがれて押し流されて蔦かげにヘレン・メリルの歌に溺れる

カデンツァは天駆くる神馬甘き息巨人の手のように弾けいざ

大阪　篠原《しのはら》節子《せつこ》

短歌とは恥の文学と謂われるも君の歌集は生きかた示す

山口　末武《すえたけ》　陽子《ようこ》

このような人間ですと一冊の君の「生きる」は静かにかがやく

何事も先ず行動をされる君人のためにと家族のためにと

＊

祈《の》ぐ子等《こら》の小さき手と手たしたしと打つ音《ね》に祖父母の頬ゆるみたり

青森　杉山《すぎやま》　武史《たけし》

雪の降る南部の里に響く声杁《えぶり》囃子にこころ躍りぬ

春風がぬくもり運ぶ音聞こゆ澄み渡る空に花の揺れゐる

＊

絶叫の短歌はロック声明は庫裡を宇宙とみなすブルース

東京　鈴掛《すずかけ》　典子《のりこ》

雨の朝ダイヤの7の道に濡れ私の今日を如何に占ふ

菩提樹より彫り出されしとふマグダラのマリアは深き笑窪を持ちぬ

カタコトとステップの音会場に響きて拍手の音の湧きくる

静岡　鈴木《すずき》　喬子《きょうこ》

ジプシーの思ひを込めてフラメンコ踊る娘の激しさの増す

最終を踊り終へたる情熱の「リベルタンゴ」に拍手喝采

＊

美術館　女性美巡る裸婦マニア　ラフマニノフのチェロソナタが好き

北海道　高佐《たかさ》　一義《かずよし》

消灯しゴルトベルク変奏曲　チェンバロ、ハープ　今夜はギター

四冊目　藤井聡太の全局集　同一局面　創意と工夫

＊

ちち兎門打ちし白式尉飾りくる年をまつ新年を待つ

愛知　竹本《たけもと》　英重《ひでしげ》

冬の日が窓より差せりわが父は胡粉刷きをりをみなの面《おもて》

朱唇描き「深井」の面手にかざし父は見てをり絵筆を置きて

きりしたん少年ミゲルも見たりけむ千々石の浜の白砂の弧を

長崎　椿《つばき》山《やま》登《と》美《み》子《こ》

千々石の浜白砂洗ふ潮汐の移りも見たるミゲルならずや

転びたるひとりか知らず天正遣欧使節千々石ミゲルは

*

コンサートマスター三人《みたり》向き合ひて「ニムロッド」奏づ祈るが如く

東京　鶴《つる》見《み》　輝《てる》子《こ》

それぞれがオーケストラの長《をさ》なれば弦に火花を散らす時の間

明日への勁き思ひを伝え来る「ニムロッド」なりコロナ禍の今

*

痩身の指揮者飯守氏病後とふ　ゆるやかに音つむがれてゆく

宮城　寺《てら》島《しま》　弘《ひろ》子《こ》

チャイコフスキー「第六番よ」「悲愴よ」と心のうちにつげる亡夫に

テンポよくチューバとティンパニー合はされば足踏みしたき第三楽章

壬生浪士の演劇久々愉しみぬ幕末の夢想空間にわが浸り

神奈川　寺《てら》田《だ》　久《ひさ》恵《え》

壬生狼と言はるる浪士に身をつくす遊女緋霧に扮する汝よ

眼つむれば幕末の京がはつか見ゆ春の青葉のかなしき時か

*

われ九十四浅学非才を心得つ尚夢追つて死ぬまで勉強

福島　鳶《とび》　新《しん》一《いち》郎《ろう》

人生論戦ひ明したこましやくれ老いての今は世事に偓促《あくせく》

年若き妻先立つて十四年ヤモメ暮しも寂しく馴れぬ

*

ベランダにカブト虫来て飼育するカフカの『変身』改めて読む

千葉　冨《とみ》野《の》光《こう》太《た》郎《ろう》

『ペスト』にてカミュの問ひたる不条理は一年を経て消ゆる疫病

聖と俗のジュリアン・ソレルの一代記スタンダールの『赤と黒』とは

ベロニカが近づいてくる絵のなかの話にすぎぬとは思へども
十字架を背負へるイエスキリストは三度倒れてまた立ち上がる
なつかしく思ひ出したり隣人にトマスに似ると言はれし夜を

東京　服部《はっとり》　崇《たかし》

＊

天平の青き光の濤の声聞こゆるまでの静寂ならむ
地より生《あ》れ切り立つ山となる幾世重ねつくして月は照りたり
幽さは秘めねばならぬ群青の深き谷より生《あ》るる山雲

富山　日《ひ》名《な》田《た》高治《たかはる》

＊

街なかの雑踏《ノイズ》の底からかすかにぞ湧きくるやうに波の音する
ゆふぐれのゼブラゾーンをわたるとき私の影のなかに波が寄せくる
アーケードのはづれに雨の降りだしてシャッター絵《ペイント》となりたる少年

香川　兵頭《ひょうどう》なぎさ

祇園まつり開催されたり「お祭り好き」と言われし我はテレビに見物
杖つく身山車《だし》見に行くは危ないと自分の心に言い聞かせおり
お祭りのテレビ中継ヒーローの若者頭に声援おくる

千葉　藤倉《ふじくら》　文子《あやこ》

＊

薪能かがり火消えて六条の怨念深し影と漂ふ
夕顔の面《おもて》炎にゆらめきて富士の麓に秋の深まる
企業戦士死語となりたり討ち入りの「忠臣蔵」も忘れ去られぬ

山梨　舟《ふな》久《く》保《ぼ》俊子《としこ》

＊

夕暮れの部屋のピアノは影深し座りてわれの翳りを添へる
叩き、打ち、そして撫づれば音冴えて重なる音は記憶の雫
哀しみに素直なるとき鍵盤は黒白《こくびやく》の色うつくしくして

東京　増田《ますだ》　啓子《ひろこ》

秋の空仰ぐ東塔厳かに、白鳳千三百年蘇りたり
愛知　松野《まつの》登喜子《ときこ》
薬師寺の空に聳えし水煙の飛天舞ひ降り我に真向ふ
幾度の戦禍に耐へて水煙の飛天童子《どうじ》は今も横笛を吹く

＊

神域に入りしか式年大祭の戸隠一村《いっそん》しめ縄を張る
長野　松林《まつばやし》のり子《こ》
天を衝く杉の樹を背に大鳥居新装なるを中社《ちゅうしゃ》に仰ぐ
石段に立ちはだかれる宝光社《ほうくわうしや》けふは選べり女坂とふ道

＊

墓獅子は死者と生者を舞ひ分けて墓前に互ひの心通はす
青森　三浦《みうら》　敬《たかし》
獅子頭を上下左右に振りながらすすり泣くごと歯を打ち鳴らす
亡き人を恋しく思ふ切なさに袖を濡らすと掛け唄響く

「恋愛は人生の秘鑰《ひやく》」とふ銀の針ふかく晶子の胸に刺さりぬ
東京　水谷《みずたに》　文子《ふみこ》
画《かぎ》らざりき　若き晶子は鉄幹を嘆息させるまで肝ふとく
産児制限《バスコン》の術無き明治のひと晶子愛の濃ければ累々と産む

＊

歌びとの岡野弘彦先生が受章をせり功績称ふる文化勲章
香川　宮地《みやじ》　正志《まさし》
学び舎で岡野先生の講義受け万葉集の魅力を知りぬ
ストレスとリラックスとを併せ持つ作歌をすれば風立ち渡る

＊

一定の面を地球に向くる月その相関も人間のため
群馬　矢端《やばた》　桃園《とうえん》
ほどほどに地軸かたむく仕掛けもてめぐれる四季も人間のため
有機無機あらゆるものを十分にそろへられしも人間のため

人間の嫌はれもののウイルスも何か意味あらむこの世に生《あ》れて

大分　山田《やまだ》　義空《ぎくう》

曼珠沙華不要なるもの切り捨ててただ赤赤と咲くあかあかと

死の側を照らせば殊に輝ける浄土に往くと生きざらめやも

＊

高野山の修行僧達走りゆく足音に目覚めたり宿坊の朝

青森　山田《やまだ》　洋子《ようこ》

恐山の参道に立つ石仏寂しげなれど安らぎ満ち来る

雪道を出初式へと出掛けゆく凛凛しき息子と孫見送りぬ

＊

哄笑は絵巻より湧き鳥獣の戯画の自在に兎、蛙ら

神奈川　結城《ゆうき》千賀子《ちかこ》

えいやあッ　兎投げ打ち気を吐ける大蛙関《おほかはづぜき》に同胞やんや

天変地異、疫病《えやみ》の末世に戯画描き古《いにし》へ人《びと》の笑ひ逞し

恐れ多き「蘭奢待」かと思ひたり厨の山芋まるでその体

岐阜　和田《わだ》　操《みさお》

香木を鑿に穿ちし信長か山芋に吾包丁下ろす

眠りゐる正倉院の「蘭奢待」その香木をまさめに見たし

20

続・新型コロナウイルス関連

コロナ禍に左義長流れ一人分の汁粉作りて女正月
山梨　秋山《あきやま》かね子《こ》
惜しみなく朝の日の照り福寿草の反れる花びらコロナ恐れず
草むらを秋茜舞ふ葉月尽外出自粛のまだ続きゐて

＊

斜交ひに座りて物を食ひながら目付き悪しきぞコロナ禍の常
北海道　足立《あだち》敏彦《としひこ》
四月馬鹿その一日も黙々とマスク外せぬままのコロナ禍
目の前の事一つづつ「コロナ禍」とことわりて詠まむ常闇なれば

＊

駐車場に水浴びをする雀見ゆＰＣＲ検査を終へて
埼玉　安達由利男《あだちゆりお》
「妊娠？」と聞けばよろこぶばあさまにコロナワクチンの問診をする
この二年コロナにあれば帰らざる十勝の夏を妻は言ひ出づ

世の中はコロナに明け暮れ騒がしく三度にワクチン打つ間に新種
静岡　渥美《あつみ》昭《あきら》
恐ろしいミクロの新種オミクロンあっと言う間に世界へ出没
コロナ禍に嗽に手洗い当り前日本人ならマスクで変身

＊

十五年前の遺影の父だけがマスクをせずに微笑む正月
埼玉　安齋留美子《あんざいるみこ》
コロナ禍に家族で植えた蜜柑の木初生り捥いで日々眺めいる
日本中マスクの顔になってから心の距離が試されている

＊

チキンライスに銀のスプーンが突き刺さりコロナの街を遠くぼやかす
東京　飯田《いいだ》健之《たけゆき》
三叉路を行き交う者らの薄暗きウイズコロナという名の祭り
スクランブル交差点の向こうから大挙してやって来たのはマスクとゲバ棒

無為無策の人災と思ふこの一年コロナに始まりコロナ終はらず　愛知　池田《いけだ》美恵子《みえこ》
誰ひとり触れぬ吊革地下鉄の車内の空を右に左に
笹竹の「コロナが収束しますように」短冊祈る花屋の軒に

＊

三か月ぶり編集室の雑談をおやつのやうに味はつてゐる　千葉　石井《いしい》雅子《まさこ》
眼鏡かけ眼鏡をさがしマスクしてゐること忘れマスクを探す
ワクチンの接種のあとに覚えたるかろき眩暈は恍惚に似て

＊

ふたたびのコロナ禍の夏あへぎゐる浅草静止画像のごとし　東京　磯田《いそだ》ひさ子《こ》
スキ焼は密になるゆゑやんぬるかな老舗「ちんや」も暖簾を下ろす
火傷する前に白旗挙ぐるべし意地を通せる令和にあらず

鬼遣らひコロナ禍遣らふ豆を打つ　これやこの世の闇の深きに　神奈川　伊田《いだ》登美子《とみこ》
いくばくの生命《いのち》か知らずワクチンの接種に老いの二の腕さらす
ワクチンを打ちたる身のうち熱つぽく雷雲徐々に近づく気配す

＊

世界中コロナ蔓延して恐し行くな来るなの鎖国体制　和歌山　井谷《いたに》みさを
中世の城門くぐる心地にてマイナンバー見せ畏みて待つ
まるで関所お国と生れと名と用を聞かれ大学病院歯科へ

＊

エスカレーターの手摺りにタオル押し当てる駅清掃員もコロナと戦ふ　東京　市川《いちかわ》義和《よしかず》
夜八時から「そと出るな」「酒飲むな」と規制されれば家籠りのみ
「禁酒令」「灯火管制」の文字も見ゆ令和の今はコロナの戦時

段落もなき『ペスト』読む　感染者コロナにのたうつ折れ線グラフ

広島　伊藤《いとう》　玲子《れいこ》

『ペスト』読む日ごろパソコン閉づるときマウスの腹の赤い灯も消す

ソックスとマスク洗面器に洗ふわが身ひとつに貴賤なき秋

＊

マスクして言ふ時コホロギとカウモリは聞き分けがたく或いは同じ

愛知　井野《いの》　佐登《さと》

新型のコロナに奪《や》られし志村けん流行初期にて名を残しけり

空色のマスクをはだらに白くして次亜塩素酸はウィルス殺す

＊

「脂肪しかないのに筋肉注射する」医師と笑いぬワクチン接種

沖縄　伊波《いは》　瞳《ひとみ》

接種後の腕に微かな痛みありされど生きてる梅雨の蝶愛《は》し

季を忘れ疫に追わるる日常にしずかにひらく木槿の白し

宣言に夜空の明かり点さざる東京タワー抜け殻のごと

埼玉　今西《いまにし》　節子《せつこ》

病床の足らぬか命落とせしと聞けば単身の子の思わるる

妹の作る麦味噌ほんのりと麹の香して母へつながる

＊

ワクチンの接種はじまり病棟の子に会へる日の希望を抱く

千葉　上木名《うえきめ》　慧子《えこ》

コロナ禍にことしの夏も孫たちの訪れはなくひとり草引く

運動会の取り止めつづき校庭のコスモスさまざま風に揺れをり

＊

朝な夕な線香あげてチンをするあの世の父母はコロナを知らず

宮崎　江藤《えとう》九州男《くすお》

高齢者、基礎疾患持ち接種済、わが事のやうな死亡のニュース

コロナ禍のやがて明くれば思ひきり命の洗濯せむと靴なる

感染の恐怖を煽るワイドショーに感染しゆく根のなきこころ
北海道　大家《おおいえ》　勤《つとむ》

すぐ横に死が待つことを教へくるるパンデミックは神慮のごとし

明日といふ未知もいまなり足掻きても過去に戻れぬ宇宙遊民

＊

暁を降り出でし雨屋根濡らす気配にも似て潜むかウィルス
神奈川　大下《おおした》　一真《いっしん》

花冷えかウィルス冷えか暁を坐骨神経痛むじぐじぐ

整理する写真に出で来て三十年のちも笑顔を続ける人ら

＊

コロナ禍の球場の芝生瑞々し鳩の番《つがひ》かゆつくり歩む
宮城　大槻《おおつき》うた子《こ》

二回目のコロナワクチン接種終へ仰ぐ梅雨空はつか明るむ

コロナ禍に距離を保ちて話せども四方山話《よもやまばなし》に何時か相寄る

ミライトワあなたの名前を祭典が終る日に知るイヤホンの外
神奈川　大西《おおにし》久美子《くみこ》

アルコールの霧浴びながら掌は二度目の夏を乾いてゆけり

目の奥の光きりきり絞り出し言葉なき日の夜道を歩く

＊

思ひ出でふいにしたたるをぬぐひつつ新型コロナの画面に見入る
東京　大野《おおの》ミツエ

市中感染の怖れを胸に誰れ彼れと友を想ふも亡き友もまた

陽《ひ》に戯ぶ浅き流れに沿ひてゆくかの世へはやもみまかりし友よ

＊

オンラインで職場の忘年会をする夫にサラダの差入れをする
東京　大森《おおもり》　悦子《えつこ》

企業理念流すスライド見ておりぬワクチン接種待機の部屋に

消毒済のボールペンにて候補者の名前のたった一行を書く

コロナ禍に一日のみで休園のわが三歳児と砂遊びする

北海道　沖出《おきで》　利江《りえ》

熱出すも面会できぬ母のもとアイスクリーム差入れに行く

市街地で野生の熊と出遭うよりウイルス怖い「死ぬかも知れない」

＊

GOTOのトラベル利用し彼の国へ行ってもみたし日帰り旅で

栃木　長内《おさない》ヒロ子《こ》

こんなにも予定の欄が白いのはみんなコロナの所為なんだから

コロナ下ゆえ大阪場所は国技館　柝の音ひびきて震える空気

＊

キャンパスを歩めば突如声のする一人ぼっちのリモート授業

愛知　小塩《おしお》　卓哉《たくや》

カラオケにすっかり行くことなくなりて筒美京平ハミングしおり

地下鉄の漆黒の窓に映りおり真白きマスク付けた七人

このまちの人らの吐息吸いながら咲き満つ木槿の白や紫

北海道　押山《おしやま》千恵子《ちえこ》

わが庭に植えねば木槿の散るを見ずコロナ禍の死者日々にいくたり

半月はその身を照らす光もて「ここよ」と言いて薄雲のなか

＊

補聴器と眼鏡とマスク引き受ける右の耳介はやや前向きに

茨城　小野《おの》　雅敏《まさとし》

第五波のいはれも知れぬ急降下明るすぎゆゑ影は深まる

ワクチンに若さも賜れ来る年はつくば祭りに神輿担がむ

＊

幾度も発熱外来に電話してやっとＰＣＲの検査

栃木　小原《おばら》　正一《しょういち》

酸素値を見れば不安は増すばかり高熱続く隔離病棟

伊江島のビーチの写真ラインすれば女孫のひとことメチャきれいじゃん

コロナ禍のマスクの世なればまづ名前告げてそののちコンニチハいふ　　千葉　風間《かざま》　博夫《ひろお》

死もありたる新型コロナワクチンの接種、覚悟無く打ちてしまひぬ

接種した身には聞きたくないウハサ人類削減ツール〈ワクチン〉

＊

入梅の内閣府下交差点マスクに渡る物言へぬ民

アドレスに pacem 友は灯しをり送信の度ひろがる pacem　　東京　春日《かすが》いづみ

照明にぼんやり生るる光の輪 Zoom 画面の君は聖人

＊

コロナ禍に受註のとだえ一台の試織の音の寂さび響く　　石川　金戸紀美子《かねときみこ》

形変へ力増しくる病原体人の驕りを嗤ふがごとし

通学のマスク姿に忘れ得ぬ防空頭巾のわれら重なる

コロナには発酵食が効くといふ婆ばの智恵は価千金　　大阪　上條美代子《かみじょうみよこ》

終日のワクチン充填業務なり一重まぶたはくっきり二重

接種後の観察所は息ひそめ見つめるスマホに全集中か

＊

病室は六階にあり鍵かかるコロナ病棟逃げて帰れぬ　　滋賀　唐沢《からさわ》　樟子《しょうこ》

嗅覚も味覚もなくて粥三匙すくいて切に生きたしと思う

すがり来て遠ざかりゆくこの闇は私を何処に連れてゆくのか

＊

コビット19に罹りたるとふジャカルタの息子のメール　心臓早打つ　　大阪　川上美智子《かわかみみちこ》

ただ祈るひたすら祈る大いなる何かに願ふほかに術なく

回復し帰国し隔離の期間経てやうやく戻り来し息《こ》の笑顔

最初から君らの生にZoom有り子らは画面に普通に手を振る
京都　川本《かわもと》　千栄《ちえ》

本当に怒ってること伝えずに返事ができる　メールでよかった

コロナ世が終われば微妙なニュアンスが伝わる対面の世が戻り来る

＊

自転車にマスクの幼二人乗せマスクのパパ行く連翹の道
京都　菊田《きくた》　弘子《ひろこ》

コロナ禍を今年も六点のみの火は風に流れて大の字になる

京春日に今年はアマビエの御札受けスイス・東京の娘に送る

＊

せいいつぱいこゑを張る蟬、この朝も吊革を握る私、いつまで
埼玉　岸野亜紗子《きしのあさこ》

そむきあふ磁石を詰めてゐるやうに朝のニュースの見出しは並ぶ

蟬たちにひとたびの夏選手にもひとたびの夏けふの死者にも

ウイルスはただの悪なき物なれど細胞に入れば生き物と化す
東京　久和《きゅうわ》　鏡子《きょうこ》

古代からひそと生きてしウイルスも悪と言はるる今の地球に

ウイルスは細胞に依り人類は地球に依りて時空を生きる

＊

うるわしい瞳の女性の口元を見てみたいかも見たくないかも
北海道　桑原憂太郎《くわはらゆうたろう》

とりあえずマスクをしてればいいんならイワシの頭を吊るせばいいのに

本当は感染のない日々なんて望んでないんじゃないんじゃないの

＊

八ヶ岳の峰をはなれぬ白雲のエクモにつながる人々の息
山梨　河野小百合《こうのさゆり》

ワクチンのためにひらいたラインにはあいさつくれる人またひとり

ビルの間の甲斐駒が澄むワクチンの接種をおえて出たる地上に

意識して声にも目にも表情を顔半分はマスクの日日に

北海道　小島《こじま》美智子《みちこ》

花の径娘が眩しさうに目を細む過去と未来のひかり交差す

「藤娘」ワクチン接種の三日後の地方公演チケットの思案

＊

ジェンダーの議論すすまぬこの国のステイホームは女《をみな》に辛し

大分　後藤《ごとう》邦江《くにえ》

「わたしだけの部屋」を持てざるをみなみないつも誰かに時を盗まる

水仕事のはな唄さへも止められてグローヴのごとき妣の手うかぶ

＊

お前らにはもう十分に食はせたと言ひてコロナ禍に定食屋閉づ

福島　小林《こばやし》真代《まさよ》

ゆくところなくして家居に励む人が太つた猫にまたもの食はす

死者に会ふためのマスクと検温の記憶のあはひ紫陽花ひらく

もう嫌と医療従事者もち場すて山に隠るる幻想またも

千葉　小峯《こみね》葉子《ようこ》

みんな皆一生一度の今の歳を惜しみながらも遣り過ごしいる

『サピエンス全史』に加えられるべし科学で勝ちし対コロナ戦が

＊

為政者の百年前を今を思う与謝野晶子の叱咤を思う

神奈川　三枝《さいぐさ》昂之《たかゆき》

やはりあれは武漢ウイルスではないか人民共和国という反語の国の

厄災は海彼からくる近き世の韓半島もそう見ただろう

＊

今はもう誰もがマスク離さないマスクが顔の一部のように

富山　佐伯《さえき》悦子《えつこ》

すっきりと夜空に浮かぶ青い月コロナの怖さ知ってるような

オミクロンの感染増えし富山駅おさなき子らのマスクかわゆし

いや高きコロナ三波に揉まれ散る題詠「藪椿」歌のくれなゐ

京都　坂部《さかべ》　昌代《まさよ》

二年目の疫禍の混沌送り火の雨中に炎ゆる点の「大」立つ

バラードは九月に聴けよと流れくるコロナ以前を偲ぶせつなさ

＊

屈葬のごとく身体折り曲げて経済は息をひそめていたり

神奈川　桜井《さくらい》　健司《けんじ》

アクリルの板の向こうにウイルスは片笑みて問う「密とは、何ぞ」

「コロナ後」とう粗き言の葉　うらおもて翻らせて夕風を受く

＊

全国に感染拡大引き金は三千万人のＧｏＴｏトラベル

東京　ささげ・てるあき

年寄りは感染怖く旅に出ず金に釣られず命を護る

健脚をひそかに誇りしわれの脚コロナに負けたか筋力衰う

去年より悪化をしたるコロナ禍に大義危ふき五輪決行

埼玉　佐田《さた》　公子《きみこ》

「デルタ株が猛威を」といふ文言を定型文のごとく書きをり

久々の対面授業の学生のマスクなれども質量を持つ

＊

新型のコロナウイルス人間の傲慢怒るや地球飲み込む

新潟　佐藤《さとう》　愛子《あいこ》

これでもかこれでもかとて拡げ来るコロナウイルスの挑戦不気味

コロナ禍に来日できぬノット氏の映像指揮の「英雄」に足る

＊

蔓延を防止したから蔓延で済んでいるあのいくつかの県

埼玉　佐藤《さとう》　理江《りえ》

休業の成果が上がり本県のコロナ患者は少数(派)になった

なんとなく松竹梅に格付けのファイザーモデルナアストラゼネカ

笑顔だけでは埋まらなかったアルバムの余白を埋めて咲く花菫

青森　里見《さとみ》　佳保《よしほ》

「ありがとうございました」と声揃え言うこともまた禁止されおり

誰も誰も深く黙して目を閉じて心の湖に校歌が凝る

＊

回游魚ごとき人らの集う輪に毒ちりばめてコロナ近づく

長野　塩川《しおかわ》　治子《はるこ》

満月の空に浮かびし船の人見し球体はコロナに病めり

マスクして透明な傘もちて行く曇日つづく花舗ある町へ

＊

八十路きてクラスメートの速達は「元気でいますか、いつか会いたい」

奈良　島本《しまもと》　郁子《いくこ》

立ち上がるわが太ももの筋肉に地球の重力集中しおり

春日野に修学旅行の子らの列戻りてコロナの日々遠ざかる

コロナ禍の想ひこれほどに歌びとの『コロナ万葉集』令和の記録

千葉　下村《しもむら》百合江《ゆりえ》

加齢まさに拒めぬヒト科ぞ細々とすがる作歌にコロナ禍けふも

コロナ禍の弥生ひねもすわが娘パリの技術に浮世絵を刺す

＊

開眼は疫病《えやみ》の兆す前年といふバイアスに見る八部衆

奈良　勺《しゃく》　禰子《ねこ》

スポットライトに濃淡のある影三つ伸ばし阿修羅は非武装に立つ

ＡＬＣＵＲＥなる光触媒空気清浄機は浄めゆく仏頭も吾も

＊

消毒の霧を手にうけ額《ぬか》にピッされて記名すコロナの関所

大阪　城《じょう》　富貴美《ふきみ》

数《かず》といふ抽象記号に附されゆく感染者数、コロナの死者数

補聴器とマスクと眼鏡からみあひ全部はづせばあのつぺらぼう

マスクして手を洗ふなりしゆわしゆわとコスモス街道時雨るるならむ　千葉　白石《しらいし》トシ子《こ》

葉牡丹のむらさきの渦コロナ禍に三密といふ禁忌のありて

静かなる時こそ泉　巷にはコロナウイルス往き交ふといふ

＊

薬局はマスクを求め長い列コロナウイルス災禍と人と　大阪　鈴木《すずき》彩子《あやこ》

プリーツと赤と白とのチューリップ父と一緒に祖母を見舞いぬ

オードリー・ヘップバーンのチケットを手に入れ見ずに展示終らん

＊

風かをる城山通りに揺れてをり弔旗のごとき〈TOKYO2020〉　東京　鈴木《すずき》良明《よしあき》

誰ひとり民を愁ふることのなき政権のもとにマスクしてわれら

仮設なるを野戦病院と名をつけて死に至れるもやむなしといふか

ヒト社会に入りてウイルス黙々と生き残るため設計図を広げる　茨城　曽野《その》誠子《せいこ》

診療終へ次は集団接種会場へと急ぐ息子の横顔みてゐる

ひと時をコロナ喧騒ふり払ひ青空までのブランコの旅

＊

コロナ禍に独り身の息子へラインする「孤独死するな」オカンの本気　大阪　高尾富士子《たかおふじこ》

観客を入れて秋場所十五日マスク観戦テレビは追いし

公園の遊具安全点検に春の足音コロナ禍の冬

＊

コロナ禍をチャンスと捉え勉学に励む子もおり学生頑張れ　神奈川　高木《たかぎ》陸《むつみ》

安政の暴瀉病《ぼうしゃびょう》流行日記には頭二つの鳥のお告げを

明日のことわからぬ日日を生き継ぎて今日の幸せオレンジをむく

エクモすら救ふ術なく死にゆくを日々数量として
メディアの伝ふ
人類の狼狽ぶりを天空の穴より見下ろす神も仏も
神奈川　髙田《たかだ》みちゑ

隣より役員交替のメモ入る「コロナですからお会
ひしません」

＊

街に出ればコートなびかせマスク美女われは思は
ず背すぢを伸ばす
父親に抱かるる幼もマスクしてあゝ早く来よ笑顔
見ゆる日
神奈川　髙山《たかやま》　克子《かつこ》

忘れぬやう玄関に置くマスク箱それでも慣れず戻
るあはれよ

＊

コロナ禍と過ぎて一年マスク跡日焼けの頬に白く
残して
山梨　瀧澤《たきざわ》美佐子《みさこ》

流星にコロナ終息願ふ娘《こ》とあなたの幸せ祈れる我
と

コロナ禍に会の無きまま「次にまた」会ふを約し
し友ひとり逝く

ラグビーのトライを果敢に決めたるは寡黙な末の
子眼が微笑めり
東京　竹野《たけの》ひろ子《こ》

姑《はは》よりの半纏《はんてん》はおりふっくらと黒豆を煮る外は雪
明り

コロナ禍の対処に追はるる卯月尽幼に小さき歯が
生え初む

＊

凛とした眼差し向ける看護師の完全装備にピアス
が光る
千葉　竹本《たけもと》　幸子《さちこ》

春来れどウイルス感染おさまらず人は孤独になる
ばかりなり

電線にムクドリ並び話しおり人間界が何か変だと

＊

集団接種に出務をひかへ自らもワクチンを受く土
曜診療後
新潟　橘《たちばな》　美千代《みちよ》

わが医院最初のコロナワクチンを接種せりうすき
筋肉の腕に

十万人に一人のアナフィラキシーショック患者出
ぬやう願ひ接種をすすむ

向い来る貌のマスクは歯のもよう晩夏の町に奇をてらう人　神奈川　塚田《つかだ》キヌエ

「じんりゅう」が耳にも目にも慣れて来しハチ公眠る騒音のなか

若き親よ伝えて欲しきコロナ禍に怯えし日々を未来の子らへ

＊

花咲くを心待ちするひとときはコロナの禍忘れてゐたり　神奈川　土屋《つちや》美恵子《みえこ》

開けもせず配られし布マスク棚の隅に置かれしままに一年過ぎぬ

マスクするわが嗅覚に届きをり卯の花満ちて咲く脇来れば

＊

初顔を合はせ自己開示《じこかいじ》なきままに名刺たよりの取引始む　宮城　遠山《とおやま》勝雄《かつお》

コロナ禍で帰省できぬと電話あり旨き生牡蠣《なまかき》をたべたしと言ふ

コロナ禍に遊具はづせる公園の隅にのびのびたんぽぽの花

日に三度メダカにエサやりコロナ禍のこもる日々にリズムをつける　千葉　遠山《とおやま》ようこ

今年書く賀状はコロナを意識してイラストの牛にマスクかけやる

コロナ禍にあらわになってゆく数字ふえてく数字をチェックする日々

＊

自宅にて老衰死とふ九十歳記事を横目にワクチンを打つ　静岡　戸口《とぐち》愛策《あいさく》

ワクチンの二回目接種終りたり足どり軽く野の道辿る

コロナびと一〇〇万人を超ゆる日に観客ゼロの祭りの終る

＊

コロナのワクチン拒む人らの声聞けどわれは接種す六月の尽　茨城　飛田《とびた》正子《まさこ》

注射後の腕の重さよ何もせずこんにゃくのごと一《ひと》日《ひ》を過ごす

さまざまに見る夢あれど接種後はわれ青虫に変身したる

コロナゆゑドア開け放す診察室聞きてはならぬ事も聞こゆる
神奈川　長岡《ながおか》　弘子《ひろこ》

嚔する男がわが前に移り来て吊革つかむ朝の電車に

苦しからむ病む友の声耳に残るコロナでなくて本当によかつた

＊

にぎやかな声の一室に身を置けばブレイクスルー感染おそる
神奈川　中川《なかがわ》佐和子《さわこ》

怖いもの多く二重のマスクして夕べ混み合う水素バスに乗る

顎マスク、鼻マスクなど無粋なる言葉の消えず令和の初秋

＊

トリアージわが身の上に起こるとき十分生きたと言えるだろうか
神奈川　長澤《ながさわ》　ちづ

素っ気なくワインのセールス断わりてコロナ不況の業種と気付く

装身具を鎧の如く身に着けしコロナ禍以前いまうらさびし

「なぜ私」コロナに感染孫娘泣き泣き後期試験見送る
埼玉　中村《なかむら》　和江《かずえ》

それぞれの部屋に籠もりて自宅療養メールの会話家内をめぐる

夕暮の玄関前に駅弁を置きて会はずに夫ともどり来

＊

観客が減れば息づくいのちたち上野の森はお産のラッシュ
東京　中山《なかやま》　春美《はるみ》

うばたまのうーばーいーつの黒リュック雨の街路に弾道をひく

禍事の街にも普請の朝がきて槌音まじる異国のKOTOBA

＊

中天に澄めるだけ澄む冬の月変異種コロナのニュースに終ふ
高知　中山《なかやま》　恭子《やすこ》

コロナ禍の店仕舞ひ早きスーパーに刺身に叶ふキビナゴ光る

帯屋町閉店つぎつぎ見知らざる街の如くにコロナ禍深し

雲海も科学にてつくると宣伝しGOTOトラベル人等を誘ふ

埼玉　南雲《なぐも》ミサオ

コロナ禍にうつかり風邪もひけざると小寒の朝夫はつぶやく

カレンダーに赤丸印せる予定表実行せぬまま如月すぐる

*

「防護服に二重のマスク、手袋よ」勤務を終へし娘が告ぐる

長崎　西野《にしの》國陽《くにあき》

ＩＣＵの夜勤のあとに寝入りける娘起こせず夕べ暮れても

〈医療者へ感謝の花火〉も良いけれど給与アップが娘の願ひ

*

「もうすぐ終息だね」のメモ入れてガーゼのマスクがしまはれてあり

埼玉　橋本《はしもと》久子《ひさこ》

マスクして湯船につかるをうな増ゆ筋トレ終へて湯の国ゆけば

マスク顔一年あはねば皺ふかみその皺さへも愛しかりけり

変異種に斃れし人らに木を積みて野焼する様インドのニュース

埼玉　橋本《はしもと》みづえ

ひとり居に届かぬ窓の虎落笛オミクロンなるニュースふたたび

焼香の妻の私も娘《こ》もマスク遺影の夫のみマスクはせずに

*

然《さ》あれ夏　マスクはずした清しさに担担麺とかガパオライスを

京都　畑谷《はたや》隆子《たかこ》

忘れない今年の夏の白木槿白夾竹桃ま白きマスク

初秋の空のほころびから湧いた蜻蛉とびかう第五波のなか

*

いくたびもモデルチェンジし進化する車のやうなウイルスあるべし

静岡　林《はやし》充美《あつみ》

コロナウイルスとは寂しき命名そのむかし日輪は神でありたるものを

ふるさとへ帰れぬきみへはろばろとフラワームーンをメールに贈る

母の逝きし齢にあれどワクチンの接種を受けて生き延びんとす

長野　原《はら》　国子《くにこ》

コロナ禍の収束見えぬ梅雨晴れを紫蘇の若葉の一斉に生う

三島由紀夫を語る講師をパソコンに招きリモート聴講をなす

＊

コロナの世マスクは白を脱したり色鮮やかにアニメも見ゆる

心から笑ふこと無き常となる目先の見えぬコロナ蔓延

和歌山　原見《はらみ》　慶子《よしこ》

地蔵にも道祖神にもマスク掛け人は祈りの心忘れず

＊

コロナ禍に怯える今日も健やかに勤めに向かう子らを見送る

大阪　春名《はるな》　重信《しげのぶ》

向かい合い人らマスクを口に張り信号を待つ朝の交叉路

我がマスク忘れ気まずくハンカチを口に宛がい電車を降りる

ウォーリーのようにはいられず子と共に白衣を着込み前を向きたり

愛媛　平山《ひらやま》　繁美《しげみ》

人よりも看護師として期待されもうずっとずっっと白夜に生きる

防護服に護られながら　チューニング狂い始めたフラットがある

＊

コロナ禍の終息願ひ白旗を掲げ咲き継ぐ皇帝ダリア

徳島　廣瀬《ひろせ》　艶子《つやこ》

金星と月は距離置きコロナ禍の地球に篤き光を注ぐ

研修後週一出社とテレワークをさらりと告げて孫は旅立つ

＊

生れてより新たなる日々歩みいて今日一回目のワクチン接種

滋賀　藤沢《ふじさわ》　和子《かずこ》

どれ程に密集しているのであろう草むら震わすウマオイたちは

鹿が掘り猿が運べる大根の里のはなしにマスクの緩む

かかりつけの病院ワクチンの接種なく予約とるため三日を要す

千葉　藤島《ふじしま》　鉄俊《てつとし》

訓練を重ねたためかてきぱきと案内をする集団接種は

集団接種二回目を終へ安堵してスマホを見つつ休憩し居り

＊

これの世に用なきわれと思うまでコロナになべて予定の消ゆる

秋田　古澤《ふるさわ》りつ子《こ》

春雨に湿れる土の匂いさえわからぬままに庭より戻る

オミクロン株に負けしが得るものも多かったよと負け惜しみいう

＊

籠もり居の家並続けり木犀の散り尽くしたる露地のひそけく

山梨　古屋《ふるや》　正作《しょうさく》

幾年を逢ふなき友ら喪に集ふマスクの貌の誰ぞおぼろに

増え続く感染告ぐる暮れ方の報に自づと耳を傾く

愛犬の鼻と吾《あ》の鼻をつんつんとくっつけゼロの距離に安らぐ

佐賀　松田理恵子《まつだりえこ》

人類を滅ぼすために生まれたかコロナという名の殺人《キラー》ウイルス

二回目のワクチン終えて帰宅せし夫が気丈にフライパン持つ

＊

接種後をただだらだらと過ごしおれば「副反応よ」と妻の声する

秋田　松本《まつもと》　隆文《たかふみ》

入口で体温測定手指の消毒一年を経て当たり前となる

ワクチンの二回の接種を終えたれば進める足の軽くなりゆく

＊

春塵に閉店の紙めくれおり路地のはずれのおにぎり屋さんの

埼玉　三石《みついし》　敏子《としこ》

秋色の口紅購うこともなく月夜の散歩にマスクをはずす

長らくを居座りつづく感情に呼び名の無くて街川の鷺

きららかに地球の奥より湧き出づる初日に祈れり疫なき世界　埼玉　三友《みとも》さよ子《こ》

和服には相応《ふさ》はぬマスクと思へども色柄を選り着くる元日

初に会へる人の特徴つかめぬもマスクの上の眼差しおぼゆ

＊

デルタ株オミクロン株と変異して人の社会にウイルス挑む　宮城　皆川《みなかわ》二《じ》郎《ろう》

続かざる人の我慢を見透かしてコロナウイルス感染止まず

ウイルスに打ち勝つ術を高めつつコロナ禍の中われら生き抜く

＊

当事者とならねば気持ち軽きとふ大震災をコロナ罹患も　神奈川　宮下《みやした》俊博《としひろ》

人の世の季《とき》の移ろひ消えゆきて自粛とふ名の季節の長し

脇道に入れば一度たちどまりマスクはづして和らぐ呼吸

児童館の庭に干さるるぬひぐるみバイキンマンが逆さまに揺る　大分　宮武《みやたけ》千《ち》津《づ》子《こ》

目はなにも語りはしない見つめゐるマスクの君のこころ見えざり

叔母二人に百歳めざせと別れきぬ人影少なき疫病《えやみ》禍《か》の斎場

＊

使い捨てマスクに使用期限なしコロナウイルス見えないままに　鳥取　宮原《みやはら》玲子《れいこ》

生き強き変身願望持ちおれば変異羨しきオミクロン株

解けかかる雪はまた降り解けかかり解け切らずして雪積む寒く

＊

ワクチンを打たれる上腕幾たびもテレビは大きく映し出したり　京都　村上《むらかみ》太《た》伎《き》子《こ》

変異してなおウイルスの襲い来る若葉の街につばめの来たり

入口のミラーに顔を寄せたれば体温36度2分現る

休校の庭より聞こえし声に佇つ雷雨の過ぎし朝の
初蟬　沖縄　銘苅《めかる》　真弓《まゆみ》
ウイルスは心の青空奪いしか五月の空に鯉のぼり
なし
声のみに互いの安否確かめ合い寡黙の世界に立ち
戻りゆく

＊

コロナ禍のさながら踏絵　足の絵に佇《た》ちてながな
がレジを待ちをり　広島　森《もり》　ひなこ
宮島の土産物店ひとをらず犬の留守番　猫の見回
り
朝ごはん野良《のら》猫にもやりてああわれは良い人なり
と微笑みてをり

＊

ありがたうと周りの人に繰り返し前日に言ひ眠り
たる母　千葉　森《もり》　弘子《ひろこ》
在りし日の母の厨に亡き母としまらく座り扉を閉
ざす
紅白の日日草はコロナ禍を知らず逝きたる母を想
へり

吐き出した自分の息をまた吸って光合成に変える
システム　東京　森崎《もりさき》　理加《りか》
「それは寂しいことですね」キラキラとアクリル
パネルに囲まれる街
本当はまだ誰の顔も知らないと転校生はそっと目
を閉じ

＊

母の忌は白やまぶきの花明かりパンデミックの行
き詰まらむか　東京　森谷《もりたに》　勝子《かつこ》
「ウィズコロナ」の文化をせつなく生きゐると写
真の母に語りかけたり
幾千年の道行ならむコロナ禍の地球を渡る土星木
星

＊

感染者一億超えたと聞く夕べ終末時計の秒針進む
千葉　山内《やまうち》　活良《かつよし》
自粛せぬ者を見張るか沿道にソラマメの花の黒目
が並ぶ
コロナ禍に逝きし者らの人魂か総理が見たとう謎
の明かりは

病める世に降りこし天使のごとく立つミモザの花
束抱くおみならは　大分　山下《やました》　純子《じゅんこ》

遊歩道は「密」の回避に鎖《さ》されいてしずかな闇を
蛍あそべり

「非日常」はいつか来るのかマスク売り場あるは
当然のフロアゆきつつ

＊

海原を白き方舟かろやかに漕ぎゆくごとく白鷺の
飛ぶ　栃木　山西《やまにし》えり子《こ》

籠もれよと云われてこもる長き日々あわれ蚕繭の
孤独を識りぬ

全山を白くけぶらす繊き雨　ひそと疫禍の拡ごる
この世

＊

見えながらアクリル板に阻まれしマスクの声を幾
度も質す　千葉　山野《やまの》　吾郎《ごろう》

くっつくなマスク外すな大声出すな消毒こまめに
何処へも行くな

揶揄されしアベノマスクの小振りなる二枚使わず
半年経たり

鹿の子百合咲きしが姉はいかなるや都のコロナ禍
ますます激しき　北海道　山本《やまもと》　司《つかさ》

過去最多日々更新を報じらる新型コロナの感染者
数は

コロナ禍の自宅療養の死者いでし今日も木槿の花
が落ちたり

＊

脳霧といふ言葉生まれてコロナ下の春に漸くワク
チン届く　埼玉　湯沢《ゆざわ》　千代《ちよ》

アジトなる言葉なつかし深々とマスクを付けて籠
るは家族

コロナ禍の地球を逃れ星出氏宇宙ステーションに
到着したり

＊

その背丈2メートルてふ狛犬に宮司がマスクを掛
けゐる写真　神奈川　吉岡《よしおか》　恭子《きょうこ》

オリンピック二日後開会　夫は今ワクチン接種の
針刺されゐむ

じわじわと絶滅危惧種への道を辿り初めしかホモ
サピエンス

己が額《ぬか》銃で撃ち抜くかまえにて体温はかる村の寄
合　富山　吉國《よしくに》　延子《せいこ》
手を繋ぎ「第九」ハモって孫《こ》と歩む過疎のわが里
密を愉しむ
たわいない話が楽しコロナ禍の朝市に買う温もり
と芋

＊

桜湯の花弁しづかに開く昼生《あ》れし赤児の動画に見
入る　石川　吉藤《よしふじ》　純子《じゅんこ》
玄関で消毒除菌と言ふをさなリボンは結へぬに生
きる術知る
小学生つばめ調査に来ないらしつばめのお宿のシ
ールの懐し

新型コロナウイルス関連年表

二〇一九（令和元）年

一二月　八日　中国・湖北省武漢市で原因不明の肺炎患者が初めて報告される。
　三一日　中国、世界保健機関（ＷＨＯ）中国事務所に原因不明の肺炎を報告。

二〇二〇（令和二）年

一月　一日　讀賣新聞が「中国で原因不明の肺炎」の短記事を掲載。共同通信社も配信。（武漢市で謎の肺炎）
一四日　神奈川県内の医療機関から管轄の保健所に、武漢市の滞在歴がある肺炎の患者が報告され、翌一五日に新型コロナウイルス陽性の結果が得られた。国内一例目の感染者として確認される。
　二三日　武漢市封鎖措置（四月八日まで）。
二月　五日　「クルーズ船10人感染」（毎日新聞・二月五日夕刊）。
一一日　ＷＨＯが正式名称「COVID-19」に決定。
二七日　安倍晋三首相、三月二日から全国一斉休校を要請。
二八日　北海道、緊急事態宣言。
　※この頃、マスクが品薄となる。
三月二〇日　日本にオリンピックの聖火到着。
　二四日　東京オリンピック・パラリンピック一年延期決定。
四月　一日　安倍首相が全世帯に布マスク二枚を配布すると発表（アベノマスク）。
七日　七都府県に緊急事態宣言発出。

五月二五日　全ての都道府県の緊急事態宣言解除。
六月　一日　国の公立学校のうち99％がこの日までに再開。
　一九日　プロ野球、無観客開幕。
七月二二日　「ＧｏＴｏトラベル」（東京都除外）開始。東京都は一〇月一日に追加。
八月　三日　東京都、飲食店等に営業時間短縮を要請。
九月一六日　菅義偉が首相に就任。
　一九日　イベント開催制限の緩和（政府）。
一二月　一日　「３密」が新語・流行語大賞となる。
　二八日　「ＧｏＴｏトラベル」停止。
※この年、以下の言葉が多く使われる。
アマビエ、３密、ステイホーム、ソーシャルディスタンス、テレワーク、オンライン授業、オンライン歌会

二〇二一年（令和三）年
一月　八日　二度目の緊急事態宣言発出。以後、三度目、四度目（東京）の緊急事態宣言が発出される。
二月一四日　新型コロナウイルスワクチンが国内初の特例承認される（厚生労働省）。
三月　九日　「富岳」（スーパーコンピューター）本格稼働。
　二五日　聖火リレーが福島県からスタート。
七月二三日　東京二〇二〇オリンピック競技大会開幕。
八月　八日　東京二〇二〇オリンピック競技大会閉幕。
　二四日　東京二〇二〇パラリンピック競技大会開幕。

九月　五日　東京二〇二〇パラリンピック競技大会閉幕。
　三〇日　緊急事態宣言と「まん延防止等重点措置」解除。
一〇月　四日　岸田文雄が首相に就任。
一一月二九日　新型コロナウイルス変異株対応のため、外国人の新規入国停止を発表（政府）。
一二月二二日　「オミクロン株」の市中感染を国内で初確認。

二〇二二年（令和四）年

三月　一日　観光を除く外国人の入国再開。
　二一日　新型コロナウイルス感染症まん延防止等重点措置の終了（一月九日〜三月二一日）。
　二七日　現代短歌フォーラム二〇二二「コロナの時代の短歌」（現代歌人協会）開催。
四月〜五月　大型連休、三年ぶりの行動制限無し。
六月一〇日　外国人観光客受け入れ再開。
七月二二日　濃厚接触者待機期間を七日から五日に短縮。
　二四日　全国的な感染再拡大。しかし行動制限は行わず、社会経済活動回復を目指すと山際大志郎新型コロナ対策相がNHK日曜討論で語る。
　二七日　WHOが「新規感染者は日本が一週間辺り、およそ九七万人で世界最多」と発表。
　二九日　解熱鎮痛剤「カロナール」の出荷調整（需要急増のため）。
九月　七日　新型コロナウイルス水際対策の緩和。日本人を含むすべての入国者に求めてきた陰性証明書の提出について、三回目のワクチン接種を済ませていることを条件に免除。
　一五日　WHOのテドロス事務局長が記者会見で新型コロナウイルスの世界的な感染拡大の現状を「まだ到達していないが、終わりが視野に入ってきた」と述べる。

二六日　新型コロナウイルス感染者の「全数把握」の簡略化を全国一律で導入。「ウイズコロナ」政策が本格始動する。

【参考資料】

①ニュースパーク（新聞博物館）緊急企画展「新型コロナと情報とわたしたち」簡易資料（ニュースパーク（日本新聞博物館）（一般社団法人日本新聞協会博物館事業部）二〇二一年一月発行）

②厚生労働省ＨＰ「報道発表資料」

③「朝日新聞」（二〇二一年一二月三〇日）「二〇二一年あの日」

④内閣官房ＨＰ「新型コロナウイルス感染症対策」

⑤ＮＨＫのＨＰ「特設サイト新型コロナウイルス」

⑥「朝日新聞」（二〇二二年九月二七日）の「時時刻刻」

（大西久美子・編纂）

参加者名簿・作品索引

［あ］

小笹岐美子　おざさきみこ
神奈川（香蘭）　219
長内ヒロ子　おさないひろこ
栃木（窓日）　256
小澤　京子　おざわきょうこ
東京（塔）　8
小澤婦貴子　おざわふきこ
長野（塔）　91
小塩　卓哉　おしおたくや
愛知（音）　256
押切　寛子　おしきりひろこ
東京（宇宙風）　126
押山千惠子　おしやまちえこ
北海道（未来）　256
小田　　実　おだみのる
和歌山　73
小田倉玲子　おだくられいこ
茨城（波濤）　134
小田嶋昭一　おだしましょういち
秋田（秋田歌人懇話会）　91
落合　妙子　おちあいたえこ
神奈川（白路）　8
小沼　常子　おぬまつねこ
東京　150
小野亜洲子　おのあすこ
高知（星雲）　202
小野　洋子　おのひろこ
福島（青天）　150
小野　雅敏　おのまさとし
茨城（かりん）　256
小野瀬　壽　おのせひさし
茨城　91
尾花　栄子　おばなえいこ
兵庫（文学圏）　29
小原　文子　おはらあやこ
茨城（塔）　91
小原　正一　おばらしょういち
栃木　256
小原　裕光　おばらひろみつ
神奈川（香蘭）　65
小俣　悦子　おまたえつこ
大分（日本歌人クラブ）　134
小俣はる江　おまたはるえ
山梨（富士）　65
織本　英子　おりもとえいこ
北海道（星雲）　8

［か］

甲斐美那子　かいみなこ
鹿児島　175
貝沼　正子　かいぬままさこ
岩手（未来山脈）　236
香川　哲三　かがわてつぞう
広島（歩道）　91
籠田くみよ　かごたくみよ
和歌山（日高短歌会）　134
笠井　恭子　かさいきょうこ
東京　91
笠井　忠政　かさいただまさ
愛知（中部短歌）　8
笠巻　　睦　かさまきむつみ
埼玉（心の花）　9
風間　博夫　かざまひろお
千葉（コスモス）　257
梶田　順子　かじたみちこ
高知（海風）　220
柏原　義清　かしはらよしきよ
広島（香蘭）　151
加島あき子　かしまあきこ
香川（ポトナム）　92
樫山　香澄　かしやまかすみ
山梨（富士）　126
梶山　久美　かじやまくみ
佐賀（ひのくに）　29
柏木　節子　かしわぎせつこ
埼玉（合歓）　73
柏谷　市子　かしわやいちこ
秋田（短歌人）　92
梶原さい子　かじわらさいこ
宮城（塔）　237
梶原　展子　かじわらのぶこ
福岡（ひのくに）　175
春日いづみ　かすがいづみ
東京（水甕）　257

香山　静子　かやましづこ
神奈川（香蘭）　231
唐沢　樟子　からさわしょうこ
滋賀（ポトナム）　257
雁部　貞夫　かりべさだお
東京（新アララギ）　220
苅谷　君代　かりやきみよ
神奈川（塔）　21
川井　恭子　かわいきょうこ
島根（未来）　176
河井　房子　かわいふさこ
長野　151
河合真佐子　かわいまさこ
東京（歌と観照）　176
川上美智子　かわかみみちこ
大阪（笛）　257
川岸　花澄　かわぎしかすみ
東京（湖笛）　9
川久保百子　かわくぼももこ
埼玉（香蘭）　94
河分　武士　かわけたけし
滋賀（好日）　94
川﨑　綾子　かわさきあやこ
滋賀（好日）　94
川﨑　勝信　かわさきかつのぶ
山梨（富士）　94
河﨑香南子　かわさきかなこ
山口（塔）　177
川島　道子　かわしまみちこ
千葉　40
川住　素子　かわずみもとこ
東京（まひる野）　94
川添　良子　かわぞえりょうこ
神奈川（コスモス）　95
川田　　茂　かわたしげる
神奈川（中部短歌）　95
川田　泰子　かわたたいこ
茨城（長風）　95
河田　育子　かわだいくこ
愛知（音）　21
川田　永子　かわだえいこ
宮城（群山）　50
川田　禎子　かわだていこ
神奈川（中部短歌）　95
川田由布子　かわだゆうこ
東京（短歌人）　95
河竹　由利　かわたけゆり
埼玉（未来）　95
河野美津子　かわのみつこ
山口（華浦）　96
河原　　栄　かわはらさかえ
栃木（草木）　151
川原　優子　かわはらゆうこ
埼玉（香蘭）　96
川又　和志　かわまたかずし
愛媛（心の花）　135
河村　郁子　かわむらいくこ
東京（未来）　96
川本　千栄　かわもとちえ
京都（塔）　258
神澤　静枝　かんざわしずえ
群馬（黄花）　152
神田　絢子　かんだあやこ
埼玉　210
神田美智子　かんだみちこ
東京（ぱにあ）　244
神田　宗武　かんだむねたけ
千葉（歩道）　220
菅野　石乃　かんのいしの
福島　96
菅野　幸子　かんのさちこ
岩手（歩道）　50
管野多美子　かんのたみこ
長崎（あすなろ）　96

［き］

菊田　弘子　きくたひろこ
京都（吻土）　258
菊地　栄子　きくちえいこ
宮城（地中海）　96
菊地かほる　きくちかほる
宮城（かりん）　50
菊池　啓子　きくちけいこ
東京（覇王樹）　152

［く］

［さ］

佐藤　節子　さとうせつこ
宮城（群山）　156
佐藤　智洞　さとうちどう
北海道（潮音）　66
佐藤千代子　さとうちよこ
東京（歌と観照）　179
佐藤　照男　さとうてるお
東京（未来）　156
佐藤　輝子　さとうてるこ
福島（歌と観照）　237
佐藤てん子　さとうてんこ
北海道（かりん）　179
佐藤冨士子　さとうふじこ
宮城　156
佐藤　文子　さとうふみこ
福島（歩道）　157
佐藤　靖子　さとうやすこ
宮城　53
佐藤　靖子　さとうやすこ
埼玉（歌と観照）　100
佐藤　由紀　さとうゆき
新潟（歌と観照）　221
佐藤　嘉子　さとうよしこ
青森（八戸潮音）　31
佐藤ヨリ子　さとうよりこ
秋田（長風）　41
佐藤　理江　さとうりえ
埼玉（未来）　260
里田　　泉　さとだいずみ
埼玉（ひのくに）　157
里見　佳保　さとみよしほ
青森（りとむ）　261
佐野　督郎　さのとくろう
宮城（長風）　67
佐野　豊子　さのとよこ
東京（かりん）　157
佐野　琇子　さのゆうこ
北海道（新墾）　67
佐波　洋子　さばようこ
神奈川（かりん）　136
佐山加寿子　さやまかずこ
新潟（かりん）　41
猿田彦太郎　さるたひこたろう
茨城（歩道）　203
沢口　芙美　さわぐちふみ
東京（滄）　211
澤村八千代　さわむらやちよ
愛知　100
寒川　靖子　さんがわやすこ
香川（日本歌人クラブ）　157
三條千恵子　さんじょうちえこ
茨城（茨城歌人）　157

［し］

椎木　英輔　しいきえいすけ
富山（短歌人）　100
塩入　照代　しおいりてるよ
千葉（万象）　100
塩川　治子　しおかわはるこ
長野（水甕）　261
塩田　文子　しおだふみこ
神奈川（香蘭）　75
塩見　澤子　しおみさわこ
岐阜（池田歌人）　100
鹿井いつ子　しかいいつこ
熊本（梁）　101
鹿内　伸也　しかないのぶや
青森（群山）　75
志久　達成　しくたつなり
長崎（あすなろ）　101
重光　寛子　しげみつひろこ
大分（歌帖）　179
重吉　知美　しげよしともみ
東京（水甕）　137
志堅原喜代子　しけんばるきよこ
沖縄（黄金花）　157
志田貴志生　しだきしお
群馬（萩）　179
篠　　弘　しのひろし
東京（まひる野）　127
篠田　理恵　しのだりえ
岐阜（幻桃）　158
篠田和香子　しのだわかこ
秋田（心の花）　11

［す］

［せ］

関口満津子　せきぐちまつこ
神奈川　42
関口　洋子　せきぐちようこ
茨城（香蘭）　67
関沢由紀子　せきざわゆきこ
東京（心の花）　180
関根　由紀　せきねゆき
群馬　11
関谷　啓子　せきやけいこ
東京（短歌人）　103
雪春郷音翠　せつしゅんごうおんすい
福岡　42

［そ］

楚南　弘子　そなんひろこ
沖縄（黄金花）　54
曽野　誠子　そのせいこ
茨城（潮音）　262
園田　昭夫　そのだあきお
千葉（かりん）　222
園部みつ江　そのべみつえ
茨城（国民文学）　54

［た］

田尾　信弘　たおのぶひろ
北海道（かりん）　12
多賀　洋子　たがようこ
東京（笛）　104
高尾富士子　たかおふじこ
大阪（覇王樹）　262
高岡　淳子　たかおかじゅんこ
和歌山（水甕）　159
高貝　次郎　たかがいじろう
秋田（覇王樹）　67
高木　　陸　たかぎむつみ
神奈川（響）　262
高倉くに子　たかくらくにこ
福井　55
高佐　一義　たかさかずよし
北海道　245
鷹志かれん　たかしかれん
埼玉（曠野）　67
髙田　明洋　たかだあきひろ
埼玉　197
髙田みちゑ　たかだみちえ
神奈川（香蘭）　263
高田　　好　たかだよしみ
京都（覇王樹）　104
高田　理久　たかだりく
福井（未来）　159
髙野　勇一　たかのゆういち
千葉（万象）　204
髙野　佳子　たかのよしこ
富山（短歌時代）　12
高橋　公子　たかはしきみこ
千葉（水甕）　181
髙橋　京子　たかはしきょうこ
埼玉（まひる野）　31
高橋　協子　たかはしきょうこ
石川（作風）　42
高橋　茂子　たかはししげこ
広島（表現）　181
高橋美香子　たかはしみかこ
東京（覇王樹）　104
髙橋　庚子　たかはしみちこ
神奈川（濤声）　181
高橋　康子　たかはしやすこ
埼玉（曠野）　22
高橋　良治　たかはしりょうじ
埼玉　12
高畠　憲子　たかばたけのりこ
神奈川（香蘭）　12
高原　　桐　たかはらとう
東京（地中海）　104
高松　恵子　たかまつけいこ
東京（かりん）　67
髙山　克子　たかやまかつこ
神奈川　263
高山　邦男　たかやまくにお
東京（心の花）　181
瀧澤美佐子　たきざわみさこ
山梨（富士）　263
田口　敏子　たぐちとしこ
埼玉（表現）　104

中川　玉代　なかがわたまよ
長崎（コスモス）　68
中川　親子　なかがわちかこ
富山（国民文学）　57
中畔きよ子　なかぐろきよこ
兵庫（水甕）　77
中込カヨ子　なかごめかよこ
神奈川（花實）　183
長﨑　厚子　ながさきあつこ
神奈川（音）　32
中里茉利子　なかさとまりこ
青森（まひる野）　108
長澤　重代　ながさわしげよ
静岡（波濤）　77
長澤　ちづ　ながさわちづ
神奈川（ぷりずむ）　265
中下登喜子　なかしたときこ
沖縄（黄金花）　57
中島　央子　なかじまえいこ
東京（地中海）　223
中島　雅子　なかじままさこ
長野（白夜）　139
中島由美子　なかじまゆみこ
神奈川（香蘭）　232
長嶋　浩子　ながしまひろこ
埼玉（歌と観照）　139
長島　洋子　ながしまようこ
長崎　184
中霜　宮子　なかしもみやこ
大分（朱竹）　57
中田　慧子　なかたけいこ
北海道（原始林）　32
永田　和宏　ながたかずひろ
京都（塔）　139
永田賢之助　ながたけんのすけ
秋田（覇王樹）　212
永田　吉文　ながたよしふみ
東京（星座α）　108
中西　照子　なかにしてるこ
奈良（山の辺）　43
中西名菜子　なかにしななこ
石川　184
中根　誠　なかねまこと
茨城（まひる野）　68
仲野　京子　なかのきょうこ
埼玉（覇王樹）　232
中野たみ子　なかのたみこ
岐阜（国民文学）　127
中野　寛人　なかのひろと
長野（中日歌人会）　108
中野美代子　なかのみよこ
群馬（香蘭）　13
長野　晃　ながのあきら
大阪（短詩形文学）　223
仲原　一葉　なかはらいちよう
東京（俳人協会）　108
永平　緑　ながひらみどり
神奈川（潮音）　139
仲間　節子　なかませつこ
沖縄（かりん）　23
永松　康男　ながまつやすお
大分（水甕）　212
中村　和江　なかむらかずえ
埼玉（響）　265
中村久仁江　なかむらくにえ
神奈川（ＮＨＫ短歌友の会）　238
中村　セミ　なかむらせみ
香川（やまなみ）　57
中村　長哉　なかむらたけや
東京　213
中村　宣之　なかむらのぶゆき
滋賀（好日）　198
中村　規子　なかむらのりこ
神奈川（素馨）　223
中村ひろ子　なかむらひろこ
千葉（いそしぎ）　108
中村　正興　なかむらまさおき
千葉（表現）　161
中村美代子　なかむらみよこ
東京　204
中村美代子　なかむらみよこ
埼玉（花實）　223
中村　陽子　なかむらようこ
東京（香蘭）　32

濱田　棟人　はまだむねと
岡山（龍）　225
濱本紀代子　はまもときよこ
大分（かりん）　111
林　彰子　はやしあきこ
神奈川（星座α）　185
林　充美　はやしあつみ
静岡（りとむ）　266
林　和代　はやしかずよ
石川（新雪）　111
林　朋子　はやしともこ
北海道（原始林）　198
林　祐子　はやしひろこ
愛知（醍醐）　185
林　宏匡　はやしひろまさ
東京（湖笛）　213
林　芙美子　はやしふみこ
山口（短歌人）　198
林　龍三　はやしりゅうぞう
大阪（塔）　205
林田　恒浩　はやしだつねひろ
東京（星雲）　44
早田　千畝　はやたちうね
京都（国民文学）　44
早田　洋子　はやたようこ
京都（国民文学）　33
原　国子　はらくにこ
長野（ポトナム）　267
原　里美　はらさとみ
岡山（水甕）　58
原　ナオ　はらなお
東京（心の花）　140
原見　慶子　はらみよしこ
和歌山（水甕）　267
春名　重信　はるなしげのぶ
大阪　267
伴　芙美子　ばんふみこ
愛知　111
坂野　弘子　ばんのひろこ
愛知（波濤）　185

［ひ］

柊　明日香　ひいらぎあすか
北海道（短歌人）　185
比嘉　道子　ひがみちこ
沖縄（黄金花）　111
檜垣　実生　ひがきじつお
愛媛（かりん）　163
檜垣美保子　ひがきみほこ
広島（地中海）　59
東　木の實　ひがしこのみ
広島（花季）　213
東野登美子　ひがしのとみこ
大阪（りとむ）　186
樋川　道子　ひかわみちこ
茨城（まひる野）　214
樋口　智子　ひぐちさとこ
北海道（りとむ）　225
樋口　繁子　ひぐちしげこ
大分（歌帖）　225
樋口　博子　ひぐちひろこ
東京　225
久富　利行　ひさとみとしゆき
京都（巻雲）　111
菱川　慈子　ひしかわよしこ
広島（新アララギ）　225
樋田　由美　ひだゆみ
三重（コスモス）　140
飛髙　敬　ひだかたかし
埼玉（曠野）　33
飛髙　時江　ひだかときえ
埼玉（曠野）　186
人見　邦子　ひとみくにこ
三重（短歌人）　33
日名田高治　ひなたたかはる
富山（海潮）　247
日野　正美　ひのまさみ
大分（小徑）　59
日比野和美　ひびのかずみ
岐阜（中部短歌）　59
姫山　さち　ひめやまさち
福岡（未来）　238

日向　海砂　ひゅうがみさ
徳島（潮音）　140
飄子　朝子　ひょうごあさこ
北海道（コスモス）　226
兵頭なぎさ　ひょうどうなぎさ
香川（やまなみ）　247
平井　信一　ひらいしんいち
富山（綺羅）　111
平岡　和代　ひらおかかずよ
富山（弦）　69
平澤　良子　ひらさわよしこ
茨城（かりん）　112
平田　明子　ひらたあきこ
東京（りとむ）　33
平田　利栄　ひらたとしえ
福岡（滄）　13
平田　卿子　ひらたのりこ
福井（いずみ）　186
平塚　宗臣　ひらつかそうじん
埼玉（りとむ）　226
平野久美子　ひらのくみこ
神奈川（短歌人）　112
平野　隆子　ひらのたかこ
大阪　112
平林加代子　ひらばやしかよこ
長野（まひる野）　44
平本　浩巳　ひらもとひろみ
東京（あさかげ）　226
平山　　勇　ひらやまいさむ
群馬（地表）　163
平山　公一　ひらやまこういち
千葉（潮音）　198
平山　繁美　ひらやましげみ
愛媛（かりん）　267
蛭間　節子　ひるませつこ
神奈川（かりん）　205
廣井　公明　ひろいひろあき
新潟（国民文学）　14
弘井　文子　ひろいふみこ
島根（短歌人）　141
廣澤益次郎　ひろさわますじろう
佐賀（ひのくに）　14
廣瀬　艶子　ひろせつやこ
徳島（水甕）　267
廣田　昭子　ひろたあきこ
宮崎　14

［ふ］

深井　雅子　ふかいまさこ
茨城（歌と観照）　112
深串　方彦　ふかくしまさひこ
神奈川（まひる野）　163
深沢千鶴子　ふかざわちづこ
東京（からたち）　186
深谷ハネ子　ふかやはねこ
愛知　112
福岡　勢子　ふくおかせいこ
秋田（好日）　112
福沢　節子　ふくざわせつこ
東京（水甕）　163
福島　伸子　ふくしまのぶこ
島根（湖笛）　198
福田むつみ　ふくだむつみ
熊本（心の花）　141
藤井　永子　ふじいのりこ
岩手（歩道）　59
藤井　徳子　ふじいのりこ
東京（コスモス）　113
藤井　正子　ふじいまさこ
岡山（龍）　186
藤江　嘉子　ふじえよしこ
徳島（塔）　14
藤岡　武雄　ふじおかたけお
静岡（あるご）　214
藤川　弘子　ふじかわひろこ
奈良（水甕）　69
藤木倭文枝　ふじきしずえ
東京　186
藤倉　文子　ふじくらあやこ
千葉（橄欖）　247
藤倉　　節　ふじくらせつ
栃木　113
藤沢　和子　ふじさわかずこ
滋賀（好日）　267

［へ］

［ほ］

堀井　弥生　ほりいやよい
愛知　15
堀内　善丸　ほりうちよしまる
東京（窓日）　114
堀江　正夫　ほりえまさお
宮城（長風）　70
堀河　和代　ほりかわかずよ
東京（表現）　115
本宮小夜子　ほんぐうさよこ
広島（心の花）　115
本田　葵　ほんだあおい
東京（塔）　188
本田　一弘　ほんだかずひろ
福島（心の花）　238
誉田　恵子　ほんだけいこ
東京（心の花）　115
本田　民子　ほんだたみこ
長崎（香蘭）　15
本多　俊子　ほんだとしこ
埼玉（花實）　239
本多　眞理　ほんだまり
埼玉（からたち）　115
本渡真木子　ほんどまきこ
東京（水甕）　226
本土美紀江　ほんどみきえ
大阪（好日）　164
本間　温子　ほんまはるこ
鳥取（塔）　115

［ま］

前川　久宜　まえかわひさよし
石川（新アララギ）　226
前田　明　まえだあきら
神奈川（コスモス）　60
前田えみ子　まえだえみこ
千葉（たんか央）　214
前田　公子　まえだきみこ
兵庫（美加志保）　188
前田多恵子　まえだたえこ
福岡（風）　115
前原　タキ　まえはらたき
鹿児島（南船）　60
真狩　浪子　まかりなみこ
北海道（短歌人）　141
槙野早智子　まきのさちこ
徳島（徳島短歌）　60
牧野　房　まきのふさ
山形（青南）　141
牧野　道子　まきのみちこ
東京（香蘭）　116
益子　威男　ましこたけお
茨城（星雲）　116
眞島　正臣　まじままさおみ
奈良（ポトナム）　232
増田　啓子　ますだひろこ
東京（かりん）　247
増田美恵子　ますだみえこ
東京（塔）　141
増田　律子　ますだりつこ
栃木（地上）　15
間瀬　敬　ませたかし
東京　33
町田のり子　まちだのりこ
埼玉（歩道）　214
松井　純代　まついすみよ
奈良（朱竹）　116
松井　豊子　まついとよこ
奈良（巻雲）　199
松井　平三　まついへいぞう
静岡　164
松浦　曙美　まつうらあけみ
富山（白路）　24
松尾　邦代　まつおくによ
佐賀（ひのくに）　189
松尾　直樹　まつおなおき
長崎（日本歌人クラブ）　142
松尾みち子　まつおみちこ
長崎（あすなろ）　116
松岡　静子　まつおかしずこ
東京　15
松﨑　英司　まつざきえいじ
神奈川（星座α）　44
松嶋　紀之　まつしまもとゆき
東京（ぷりずむ）　214

水崎野里子　みずさきのりこ
千葉（湖笛）　189
水谷　文子　みずたにふみこ
東京（かりん）　248
水間　明美　みずまあけみ
北海道　16
水本　　光　みずもとあきら
和歌山（心の花）　128
溝部　昭子　みぞべあきこ
埼玉（覇王樹）　118
三田　純子　みたじゅんこ
静岡（翔る）　24
三井　ゆき　みついゆき
石川（短歌人）　70
三石　敏子　みついしとしこ
埼玉（音）　268
満木　好美　みつきよしみ
埼玉（香蘭）　16
光畑　敬子　みつはたけいこ
東京（水甕）　233
光本　恵子　みつもとけいこ
長野（未来山脈）　61
三友さよ子　みともさよこ
埼玉（花實）　269
御供　平佶　みともへいきち
埼玉（国民文学）　118
皆川　二郎　みなかわじろう
宮城（群山）　269
湊　　明子　みなとあきこ
長野（鼓笛）　70
南　　静子　みなみしずこ
大分（朱竹）　119
源　　陽子　みなもとようこ
和歌山（未来）　25
箕浦　　勤　みのうらつとむ
神奈川（地中海）　165
三原　香代　みはらかよ
三重（秋楡）　34
三原由起子　みはらゆきこ
東京　233
耳塚　信代　みみつかのぶよ
静岡（翔る）　34
宮川　桂子　みやかわけいこ
北海道（原始林）　25
宮城　範子　みやぎのりこ
沖縄（黄金花）　233
宮口　弘美　みやぐちひろみ
東京（香蘭）　119
三宅　桂子　みやけけいこ
兵庫（塔）　200
三宅　隆子　みやけたかこ
兵庫（象）　142
宮崎　滋子　みやざきしげこ
富山（弦）　78
宮﨑トシミ　みやざきとしみ
和歌山（水甕）　119
宮里　勝子　みやざとかつこ
島根　16
宮地　正志　みやじまさし
香川（コスモス）　248
宮下　俊博　みやしたとしひろ
神奈川（日本歌人）　269
宮田ゑつ子　みやたえつこ
埼玉（長流）　61
宮武千津子　みやたけちづこ
大分（朱竹）　269
宮地　岳至　みやちたけし
群馬（水甕）　165
宮地　嘉恵　みやぢよしえ
岐阜　45
宮原喜美子　みやはらきみこ
神奈川（太陽の舟）　78
宮原　史郎　みやはらしろう
島根（輪）　119
宮原　玲子　みやはられいこ
鳥取　269
宮原志津子　みやばらしづこ
長野（未来山脈）　45
宮邊　政城　みやべまさき
福岡（朱竹）　119
宮森　正美　みやもりまさみ
埼玉（響）　215
宮脇　瑞穂　みやわきみずほ
長野（波濤）　119

三好　春冥　みよししゅんめい
愛媛（未来山脈）　143

［む］

武藤　久美　むとうくみ
岐阜（新アララギ）　189
武藤　敏春　むとうとしはる
群馬（槇）　128
武藤ゆかり　むとうゆかり
茨城（短歌人）　165
村井佐枝子　むらいさえこ
岐阜（中部短歌）　215
村上太伎子　むらかみたきこ
京都（好日）　269
村上美智代　むらかみみちよ
埼玉（香蘭）　165
村上　容子　むらかみようこ
神奈川　215
村田　泰子　むらたやすこ
京都（水甕）　120
村田　泰代　むらたやすよ
東京（まひる野）　227
村松とし子　むらまつとしこ
三重（歩道）　25
村山　重俊　むらやましげとし
茨城　120
村山千栄子　むらやまちえこ
富山（短歌人）　189
村山　幹治　むらやまみきはる
北海道（新墾）　78
村寄　公子　むらよせきみこ
福井　143
室井　忠雄　むろいただお
栃木（短歌人）　120

［め］

銘苅　真弓　めかるまゆみ
沖縄（未来）　270

［も］

毛利さち子　もうりさちこ
京都（未来山脈）　143
望月　孝一　もちづきこういち
千葉（かりん）　165
本木　巧　もときたくみ
埼玉（長風）　25
森　暁香　もりさとか
埼玉（まひる野）　25
森　ひなこ　もりひなこ
広島（真樹）　270
森　弘子　もりひろこ
千葉（りとむ）　270
森　美恵子　もりみえこ
宮城　61
森　みずえ　もりみずえ
千葉（晶）　120
森　安子　もりやすこ
佐賀（麦の芽）　61
森　葦乃　もりよしの
宮城　120
森　利恵子　もりりえこ
東京（新暦）　34
森　玲子　もりれいこ
東京　143
森川　和代　もりかわかずよ
埼玉　25
森川多佳子　もりかわたかこ
神奈川（かりん）　227
森崎　理加　もりさきりか
東京（覇王樹）　270
森下　春水　もりしたはるみ
東京（歌と観照）　143
森島　章人　もりしまあきひと
長野　227
森田瑠璃子　もりたるりこ
和歌山（水甕）　128
森谷　勝子　もりたにかつこ
東京（潮音）　270
森野　樟子　もりのしょうこ
千葉（コスモス）　78
森本　平　もりもとたいら
東京（開耶）　120
森元　輝彦　もりもとてるひこ
山口　215

森山　晴美　もりやまはるみ
東京（新暦）79
門間　徹子　もんまてつこ
東京（まひる野）190

［や］

八重嶋　勲　やえしまいさお
岩手（歩道）239
矢尾板素子　やおいたもとこ
新潟 200
八木橋洋子　やぎはしようこ
埼玉（香蘭）143
矢口美代子　やぐちみよこ
東京（香蘭）200
八鍬　淳子　やくわあつこ
千葉（歩道）190
矢島　満子　やじまみつこ
北海道（原始林）166
安田　恵子　やすだけいこ
埼玉（香蘭）190
安田　純生　やすだすみお
大阪（白珠）121
保田　ひで　やすだひで
兵庫（波濤）61
安富　康男　やすとみやすお
東京（歌と観照）26
安廣　舜子　やすひろきよこ
東京 166
柳田　かね　やなぎだかね
栃木（はしばみ）121
柳原　泰子　やなぎはらやすこ
福岡（ぷりずむ）34
矢野　和子　やのかずこ
愛媛（かりん）121
矢野　令　やのれい
神奈川 227
矢端　桃園　やばたとうえん
群馬 248
屋部　公子　やぶきみこ
沖縄（碧）227
藪　弘子　やぶひろこ
三重（歩道）128
藪内眞由美　やぶうちまゆみ
香川（海市）121
矢部　暁美　やべあけみ
神奈川（りとむ）166
山井　章子　やまいしょうこ
岩手（新風覇王樹）190
山内　活良　やまうちかつよし
千葉（かりん）270
山内三三子　やまうちみさこ
東京（あるご）233
山内　義廣　やまうちよしひろ
岩手（かりん）166
山川　澄子　やまかわすみこ
茨城（りとむ）233
山岸　和子　やまぎしかずこ
東京（日本歌人クラブ）16
山岸　金子　やまぎしかねこ
三重（国民文学）144
山岸　哲夫　やまぎしてつお
埼玉（未来）16
山北　悦子　やまきたえつこ
長崎（覇王樹）121
山口　桂子　やまぐちけいこ
富山（短歌時代）166
山口　輝美　やまぐちてるみ
長崎（水甕）79
山口美加代　やまぐちみかよ
大阪（覇王樹）144
山口みさ子　やまぐちみさこ
埼玉（覇王樹）79
山崎国枝子　やまざきくにえこ
石川（澪）16
山崎美智子　やまざきみちこ
大分 26
山下　紘正　やましたこうせい
神奈川（香蘭）121
山下　成代　やましたしげよ
神奈川（星雲）35
山下　純子　やましたじゅんこ
大分（朱竹）271
山下　勉　やましたつとむ
東京（しきなみ）166

［ゆ］

［よ］

吉岡　恭子　よしおかきょうこ
神奈川（白珠）　271
吉岡　正孝　よしおかまさたか
長崎（ひのくに）　123
吉岡もりえ　よしおかもりえ
埼玉（香蘭）　80
吉川　幸子　よしかわさちこ
愛知（早わらび）　123
吉川　宏志　よしかわひろし
京都（塔）　215
吉國　姃子　よしくにせいこ
富山（短歌時代）　272
吉田　信雄　よしだのぶお
福島（新アララギ）　123
吉田　史子　よしだふみこ
岩手（コスモス）　234
吉田　和代　よしだまさよ
埼玉（覇王樹）　62
吉田　倫子　よしだみちこ
石川（国民文学）　62
吉田　理恵　よしだりえ
北海道（トワ・フルール）　45
芳野基礎子　よしのきそこ
愛媛（吾妹子）　200
吉野　裕之　よしのひろゆき
神奈川　123
吉濱みち子　よしはまみちこ
山梨（国民文学）　167
吉弘　藤枝　よしひろふじえ
埼玉（コスモス）　228
吉藤　純子　よしふじじゅんこ
石川（心の花）　272
吉村喜久子　よしむらきくこ
徳島（未来）　17
与那覇綾子　よなはあやこ
沖縄（黄金花）　80
米田　憲三　よねだけんぞう
富山（原型富山）　200
米山恵美子　よねやまえみこ
長野（潮音）　239
依光　邦憲　よりみつくにのり
高知（温石）　205
依光ゆかり　よりみつゆかり
高知（音）　129

［わ］

若尾　幸子　わかおゆきこ
愛知（白珠）　70
若月　千晴　わかつきちはる
東京　216
若林　榮一　わかばやしえいいち
栃木（短歌21世紀）　123
脇中　範生　わきなかのりお
和歌山（林間）　228
和久井　香　わくいかおる
栃木　123
和嶋　勝利　わじまかつとし
東京（りとむ）　234
和田　操　わだみさお
岐阜（新アララギ）　249
和田　羊子　わだようこ
山梨（香蘭）　17
渡辺　君子　わたなべきみこ
山梨（香蘭）　191
渡邊　喬子　わたなべきょうこ
東京（表現）　80
渡辺　茂子　わたなべしげこ
滋賀（覇王樹）　167
渡辺志保子　わたなべしほこ
東京（ＮＨＫ文化センター）　239
渡部　崇子　わたなべたかこ
秋田（短歌人）　26
渡辺南央子　わたなべなおこ
茨城（コスモス）　45
渡邊　光子　わたなべみつこ
千葉（ポトナム）　168
渡辺　泰徳　わたなべやすのり
東京（かりん）　168
渡辺　謙　わたなべゆづる
神奈川（歩道）　144
渡辺　良子　わたなべよしこ
山梨（富士）　124
渡辺　礼子　わたなべれいこ
愛知（武都紀新城）　124

あとがき

二〇二二年版の『現代万葉集』をお届けすることとなりました。春先、皆様の歌稿を整理しながら、どれだけの方々に御参加頂けるか、そしてミスの無いようにしようと担当者で語り合ったことを思い出します。

さて、コロナ禍が長引いていることを受け、本年版には「続・新型コロナウイルス関連」の項目を置きました。現在、社会は落ち着いているように見えますが、生活に様々な影響を及ぼし続けています。三年間を振りかえる手立てとして、「新型コロナウイルス関連年表」を付しました。

そして、二〇二二年二月、ロシアがウクライナに侵攻しました。穏やかな住宅地の家々が壊され、歴史ある都市の建物が戦火に焼け焦げているニュース映像には私も衝撃を受けました。日本にもこういうことが起きない保証はないと思いつつ、通勤の車窓に見える家並を見ることがあります。これを書いている一〇月下旬、戦争の行方はまだ見えませんが、どのような短歌作品が生まれるか、注視してゆきたいと思います。もちろん、一日も早い戦争終結を祈りつつ……。

本書刊行につきまして、作品をお寄せ頂いた歌人の皆様、本書を応援して下さる指導的な立場にある方々に感謝申し上げます。また、版元の短歌研究社の國兼秀二社長、菊池洋美様、スタッフの皆様、デザイナーの岡孝治様、森繭様、DTPの津村朋子様、そのほか、校正、印刷、製本に携われた方々に感謝申し上げます。

令和四年　十月

日本歌人クラブ中央幹事　上條雅通

日本歌人クラブ『現代万葉集』編集委員会
竹内由枝、桜井園子、斎藤知子、石井雅子
大西久美子、佐田公子、上條雅通

内容についての問い合わせ先
日本歌人クラブアンソロジー2022年版
『現代万葉集』
編者　日本歌人クラブ
代表　藤原龍一郎
住所　〒一四一—〇〇二二
東京都品川区東五反田一—一二—五
秀栄ビル二F
電話　〇三—三二八〇—二九八六
振替口座　〇〇一八〇—二—一三二二七四

日本歌人クラブアンソロジー2022年版

現代万葉集

二〇二二（令和四）年十一月三十日　第一刷発行
編者　日本歌人クラブ
発行者　國兼秀二
発行所　短歌研究社
〒一一二—〇〇一三　東京都文京区音羽
一—一七—一四　音羽YKビル
電話　〇三—三九四四—四八二二
ホームページ　http://www.tankakenkyu.co.jp
振替　〇〇一九〇—九—二四三七五
印刷・製本　大日本印刷株式会社

ISBN978-4-86272-726-8 C0092